O CAMINHO DE IDA

A marca FSC® é a garantia de que a madeira utilizada na fabricação do papel deste livro provém de florestas que foram gerenciadas de maneira ambientalmente correta, socialmente justa e economicamente viável, além de outras fontes de origem controlada.

RICARDO PIGLIA

O caminho de Ida

Tradução
Sérgio Molina

COMPANHIA DAS LETRAS

Copyright © 2013 by Ricardo Piglia

Grafia atualizada segundo o Acordo Ortográfico da Língua Portuguesa de 1990,
que entrou em vigor no Brasil em 2009.

A citação original de *Moby Dick*, de Herman Melville, foi retirada da edição da Cosac
Naify (2008), com tradução de Irene Hirsch e Alexandre Barbosa de Souza.

Título original
El camino de Ida

Preparação
Silvia Massimini Felix

Revisão
Jane Pessoa
Luciana Baraldi

Dados Internacionais de Catalogação na Publicação (CIP)
(Câmara Brasileira do Livro, SP, Brasil)

Piglia, Ricardo
    O caminho de Ida / Ricardo Piglia. ; tradução Sérgio Molina.
— 1ª ed. — São Paulo : Companhia das Letras, 2014.

    Título original : El camino de Ida.
    ISBN 978-85-359-2404-6

    1. Ficção argentina I. Título.

14-01223   CDD-ar863

Índice para catálogo sistemático:
1. Ficção : Literatura argentina ar863

[2014]
Todos os direitos desta edição reservados à
EDITORA SCHWARCZ S.A.
Rua Bandeira Paulista, 702, cj. 32
04532-002 — São Paulo — SP
Telefone: (11) 3707-3500
Fax: (11) 3707-3501
www.companhiadasletras.com.br
www.blogdacompanhia.com.br

Para Germán García
pela volta

É infinita esta riqueza abandonada.
Edgar Bayley

Sumário

I. O acidente, 11

II. A vizinha russa, 81

III. Em nome de Conrad, 149

IV. As mãos no fogo, 201

Epílogo, 243

I. O ACIDENTE

Um

1.

Naquele tempo eu vivia várias vidas, seguia sequências autônomas: a série dos amigos, do amor, do álcool, da política, dos cachorros, dos bares, das caminhadas noturnas. Escrevia roteiros que não eram filmados, traduzia múltiplos romances policiais que pareciam sempre o mesmo, redigia áridos livros de filosofia (ou de psicanálise!) que outros assinavam. Estava perdido, fora do ar, até que por fim — por acaso, de repente, inesperadamente — acabei indo lecionar nos Estados Unidos, envolvido num acontecimento sobre o qual quero deixar meu testemunho.

Recebi a proposta de passar um semestre como *visiting professor* na elitista e exclusiva Taylor University; outro candidato tinha desistido, e pensaram em mim porque já me conheciam, então me escreveram, negociamos, marcamos datas, mas comecei a enrolar, a adiar: não queria passar seis meses enterrado num fim de mundo. Um dia, em meados de dezembro, recebi um e-mail de Ida Brown escrito com a sintaxe dos antigos telegramas urgentes: TUDO PRONTO. ENVIE SYLLABUS. AGUARDAMOS SUA CHEGADA. Fazia muito calor nessa noite, portanto tomei uma chuveirada, peguei uma cerveja na geladeira e me sentei na cadeira de lona em frente à janela: lá fora, a cidade era uma massa opaca de luzes remotas e sons desencontrados.

Estava separado da minha segunda mulher e morava sozinho num apartamento em Almagro, emprestado de um amigo; fazia tanto tempo que não publicava que um dia, saindo do cinema, uma loira que eu tinha abordado com um pretexto qualquer se espantou ao saber quem eu era, porque pensava que estava morto. ("Oh, me disseram que você tinha morrido em Barcelona.")

Eu me defendia trabalhando num livro sobre os anos de W. H. Hudson na Argentina, mas a coisa não progredia; estava cansado, paralisado pela inércia, e passei algumas semanas sem fazer nada, até que um dia Ida me localizou por telefone. Onde eu tinha me metido que ninguém conseguia me achar? Faltava um mês para o início das aulas, eu tinha que viajar agora mesmo. Todos estavam esperando por mim, exagerou.

Devolvi as chaves do apartamento ao meu amigo, deixei minhas coisas num guarda-móveis e parti. Passei uma semana em Nova York e em meados de janeiro me mudei num trem da New Jersey Transit para o pacato vilarejo suburbano onde funcionava a universidade. Claro que Ida não estava na estação quando cheguei, mas tinha mandado dois estudantes me esperarem na plataforma segurando um cartaz com meu nome escrito errado em letras vermelhas.

Tinha nevado e o estacionamento era um deserto branco com os carros mergulhados na bruma gelada. Entrei no carro e avançamos lentamente no meio da tarde, iluminados pelo reflexo amarelo dos faróis de neblina. Finalmente chegamos à casa na Markham Road, não muito longe do campus, que o serviço de *housing* da universidade havia alugado de um professor de filosofia que estava passando seu ano sabático na Alemanha. Os estudantes eram Mike e John III (eu iria reencontrá-los nas minhas aulas), muito prestativos e muito silenciosos, me ajudaram a descer as malas, me deram algumas dicas práticas, ergueram a porta da garagem para me mostrar o Toyota do professor Hubert, que estava incluso no aluguel; me explicaram como funcionava a calefação e me deram um telefone para eu ligar se começasse a congelar ("em caso de urgência, ligue para o Public Safety").

O vilarejo era esplêndido e parecia fora do mundo a sessenta quilômetros de Nova York. Residências com amplos jardins abertos, janelões de vidro, ruas arborizadas, calma absoluta. Era como estar numa clínica psiquiátrica de luxo, exatamente o que eu precisava na época. Não havia grades, nem guaritas de segurança, nem altos muros em lugar nenhum. As fortificações eram de outra natureza. A vida perigosa parecia estar fora de lá, além dos bosques e dos lagos, em Trenton, em New Brunswick, nas casas queimadas e nos bairros pobres de Nova Jersey.

Na primeira noite fiquei acordado até tarde, investigando os cômodos, observando pelas janelas a paisagem lunar dos jardins vizinhos. A casa era muito confortável, mas a estranha sensação de alheamento se repetia pelo fato de eu estar vivendo outra vez no lugar de outra pessoa. Os quadros nas paredes, os enfeites sobre a lareira, a roupa embalada em cuidadosos sacos de náilon faziam me sentir mais um voyeur do que um intruso. No escritório do andar de cima, as paredes estavam cobertas de livros de filosofia, e ao percorrer a biblioteca pensei que os volumes eram feitos da matéria densa que sempre me permitiu isolar-me do presente e fugir da realidade.

Nos armários da cozinha, encontrei molhos mexicanos, especiarias exóticas, vidros com cogumelos e tomates secos, latas de azeite e potes de geleia, como se a casa estivesse preparada para um longo cerco. Comida enlatada e livros de filosofia, que mais eu podia desejar? Preparei uma sopa Campbell de tomate, abri uma lata de sardinhas, torrei pão congelado e abri uma garrafa de Chenin branco. Depois preparei um café e me instalei num sofá da sala para ver televisão. Sempre faço isso quando chego a outro lugar. A televisão é igual em toda parte, o único princípio de realidade que persiste para além das diferenças. Na ESPN, os Lakers iam ganhando dos Celtics; nas News, Bill Clinton sorria com seu jeito afável; um carro afundava no mar num comercial da Honda; na HBO, estavam passando *Possessed*, de Curtis Bernhardt, um dos meus filmes favoritos. Joan Crawford aparecia no meio da noite num bairro de Los Angeles, sem saber quem era, sem lembrar nada do seu passado, movendo-se pelas ruas estranhamente iluminadas como se estivesse num aquário vazio.

Acho que peguei no sono, porque fui acordado pelo telefone. Era por volta de meia-noite. Alguém que sabia meu nome e me chamava de professor com muita insistência estava me oferecendo cocaína. Tudo era tão insólito que sem dúvida era real. Surpreso, desliguei. Podia ser um engraçadinho, um idiota ou um agente da DEA controlando a vida privada dos acadêmicos da Ivy League. Como ele sabia meu sobrenome?

Esse telefonema me deixou bastante nervoso, para dizer a verdade. Costumo ter leves surtos de inquietação. Nada que qualquer sujeito normal não tenha. Imaginei que alguém estava me vigiando do lado de fora e apaguei as luzes. O jardim e a rua estavam em sombras, as folhas das árvores se agitavam com o vento; de um lado, além da cerca de madeira, via-se a casa iluminada do meu vizinho e, na sala, uma mulher baixa, de jogging, fazendo exercícios de tai chi, lentos e harmoniosos, como se flutuasse na noite.

2.

No dia seguinte fui à universidade, conheci as secretárias e alguns colegas, mas não comentei com ninguém o estranho telefonema da noite. Tirei fotos, assinei papéis, me entregaram o cartão com o ID que me permitiria usar a biblioteca e me instalei numa ensolarada sala no terceiro andar do departamento que dava para as trilhas de pedra e os edifícios góticos do campus. O semestre estava começando, os estudantes chegavam com suas mochilas e suas maletas com rodinhas. Havia uma alegre agitação em meio à brancura gelada dos largos caminhos iluminados pelo sol de janeiro.

Encontrei Ida Brown no *lounge* dos professores, e fomos almoçar na Ferry House. Já tínhamos nos visto três anos antes, da outra vez que eu estivera na universidade, mas enquanto eu afundava ela só fizera melhorar. Tinha uma aparência muito distinta com seu elegante blazer de lãzinha, sua boca pintada de vermelho-vivo, seu corpo esguio e seu jeito mordaz e maldoso. ("Bem-vindo ao cemitério aonde vêm morrer os escritores.")

Ida era uma estrela do mundo acadêmico, sua tese sobre Dickens havia paralisado os estudos sobre o autor de *Oliver Twist* por vinte anos. Seu salário era um segredo de Estado, diziam que era aumentado a cada seis meses, com a única condição de que sempre fosse cem dólares mais alto que o do macho (ela não os chamava assim) mais bem pago da sua profissão. Morava sozinha, nunca se casara, não queria ter filhos, estava sempre rodeada de estudantes, a qualquer hora da noite era possível ver a luz do seu escritório acesa e imaginar o suave ruído do seu computador, no qual elaborava teses explosivas sobre política e cultura. Também era possível imaginar seu risinho divertido ao pensar no escândalo que sua nova hipótese iria causar entre os colegas. Diziam que era esnobe, que mudava de teoria a cada cinco anos e que cada um dos seus livros era diferente do anterior porque espelhava a moda da temporada, mas todos invejavam sua inteligência e eficácia.

Assim que nos sentamos para almoçar, ela me pôs a par da situação no Departamento de Modern Culture and Film Studies que ela ajudara a criar. Incluía os estudos de cinema porque os estudantes, disse, podem não ler livros, não ir à ópera, podem não gostar de rock ou de arte conceitual, mas *sempre* verão filmes.

Era frontal, direta, sabia brigar e pensar. ("Esses dois verbos andam juntos.") Estava engajada numa guerra sem quartel contra as células derridianas que controlavam os departamentos de literatura no leste do país e, sobretudo, contra o comitê central do desconstrucionismo, em Yale. Não os criticava da perspectiva dos defensores do cânone, como Harold Bloom ou George Steiner ("os estetas kitsch das revistas da classe média ilustrada"), mas os atacava pela esquerda, na grande tradição dos historiadores marxistas. ("Se bem que dizer 'historiador marxista' é um pleonasmo, como dizer 'cinema norte-americano'.")

Trabalhava para a elite e contra ela, odiava as pessoas que formavam seu círculo profissional, não tinha um público amplo, era lida somente por especialistas, mas incidia sobre a minoria que reproduz as hipóteses extremas, as transforma, as populariza e as converte — anos depois — em informação dos meios de massas.

Tinha lido meus livros, conhecia meus projetos. Queria que eu desse um seminário sobre Hudson. "Preciso da sua perspectiva", disse com um sorriso cansado, como se essa perspectiva não tivesse muita importância. Ela estava trabalhando sobre as relações de Conrad com Hudson, disse-me, antecipando que esse era seu terreno e que eu não devia entrar nele. (Não acredita na propriedade privada, diziam dela, a não ser quando se trata do *seu* campo de estudo.)

Edward Gardner, o editor que descobriu Conrad, também havia publicado os livros de Hudson. Foi assim que os dois escritores se conheceram e se tornaram amigos; eram os melhores prosadores ingleses do final do século XIX e os dois haviam nascido em países exóticos e remotos. Ida estava interessada na tradição daqueles que se opunham ao capitalismo partindo de uma posição arcaica e pré-industrial. Os populistas russos, a *beat generation*, os hippies e agora os ecologistas retomaram o mito da vida natural e da comunidade camponesa. Hudson, segundo Ida, acrescentara a essa utopia meio adolescente seu interesse pelos animais. Os cemitérios dos bairros luxuosos dos subúrbios estão cheios de túmulos de gatos e de cachorros, disse, enquanto os *homeless* morrem de frio nas ruas. Para ela, a única coisa que havia sobrevivido da luta literária contra os efeitos do capitalismo industrial eram as histórias de Tolkien para crianças. Mas, bom, enfim, o que eu pensava fazer nas minhas aulas? Expliquei-lhe o plano do seminário, e a conversa seguiu esse curso sem maiores sobressaltos. Ela era tão linda e tão inteligente que parecia um pouco artificial, como se se esforçasse para atenuar seu encanto ou o considerasse um defeito.

Acabamos de almoçar e saímos pela Witherspoon em direção à Nassau Street. O sol tinha começado a derreter a neve e caminhamos com cuidado pelas calçadas escorregadias. Eu ainda teria alguns dias livres para me aclimatar; qualquer coisa que precisasse, era só avisá-la. As secretárias podiam cuidar dos detalhes administrativos, os estudantes estavam animados com meu curso. Esperava que eu ficasse à vontade na minha sala no terceiro andar. Na hora de nos despedirmos, na esquina em frente ao portão do campus, ela apoiou a mão no meu braço e me disse com um sorriso:

— No outono estou sempre quente.

Fiquei sem ação, confuso. Ela me encarou com uma expressão estranha, esperou minha resposta por um instante e em seguida se afastou resoluta. Talvez não tenha dito o que pensei escutar (*"In the fall I'm always hot"*), talvez tivesse querido dizer "Na queda sou sempre um falcão". "Hothawks", podia ser. Outono significava semestre de outono, mas o que estava começando era o semestre da primavera. Claro que "hot" em *slang* podia significar "speed", e "fall", no dialeto do Harlem, era uma temporada na cadeia. O sentido prolifera quando se fala com uma mulher numa língua estrangeira. Esse foi mais um sinal do desajuste que iria se agravar nos dias seguintes. Costumo ser obsessivo com a linguagem, ressaibos da minha formação; tenho um ouvido envenenado pela fonética de Trubetzkoy e sempre escuto mais que o devido, às vezes me concentro nos anacolutos ou nos substantivos adjetivados e perco o significado das frases. Acontece quando estou viajando, quando estou sem dormir, quando estou bêbado, e também quando estou apaixonado. (Ou seria gramaticalmente mais apropriado dizer: acontece quando viajo, quando estou cansado e quando gosto de uma mulher?)

Passei as semanas seguintes tomado dessas estranhas ressonâncias. O inglês me inquietava, porque me engano com mais frequência do que gostaria e atribuo a esses enganos o sentido ameaçador que às vezes as palavras têm para mim. *Down the street there are pizza huts to go to and the pavement is nice, bluish slate gray.* Não podia pensar em inglês, imediatamente começava a traduzir. "No fim da rua há uma pizzaria e o asfalto (o pavimento) brilha agradável sob a luz azulada."

Minha vida exterior era tranquila e monótona. Fazia as compras no supermercado Davidson's, preparava a comida em casa ou ia comer no clube dos professores, de frente para os jardins da Prospect House. De quando em quando pegava o Toyota do professor Hubert e saía para visitar os povoados vizinhos. Vilarejos antigos, com vestígios das batalhas da independência ou da cruel guerra civil americana. Às vezes caminhava às margens do Delaware, um canal que no século XIX ligava a Filadélfia a Nova York como principal via de comércio. Foi cavado à força de pás por imigrantes irlandeses e contava com um complexo sistema de eclusas e diques, mas agora estava fora de uso e havia se transformado num passeio arborizado, com luxuosas casas nas colinas que davam para as águas quietas. Nessa época do ano, estava congelado, e crianças de casacão amarelo e gorro vermelho voavam como pássaros com seus patins e trenós sobre a superfície transparente.

Uma das minhas ocupações era observar a vizinha. Ela era a única imagem de paz nas minhas madrugadas solitárias. Uma figura minúscula cuidando das flores de um pequeno jardim pessoal em meio à terra morta. Do meu quarto em sombras, no andar de cima, eu a via descer para o quintal todas as manhãs, caminhar com passinhos cautelosos pela neve e depois levantar a tela amarela com que protegia as flores de estufa que cultivava num canto, ao abrigo de um muro de pedra. Cuidava para que os brotos conseguissem superar as geadas e a falta de sol e o ar inóspito do inverno. Falava com elas, acho, com as plantas, até mim chegava um sussurro agradável numa língua estranha, como uma música suave e desconhecida. Às vezes tinha a impressão de ouvi-la assobiar, é raro as mulheres assobiarem, mas uma madrugada a escutei modular os "Quadros de uma exposição" de Mussorgsky. A realidade tem música de fundo, e nesse caso a melodia russa — bastante leve — era muito adequada ao ambiente e ao meu estado de espírito.

3.

Reli Hudson muitas vezes ao longo da vida e no passado cheguei a visitar a fazenda — Los Veinticinco Ombúes — onde ele nasceu. Ficava perto da minha casa em Adrogué, eu ia de bicicleta até o quilômetro 37, pegava uma estradinha de terra ladeada de árvores e chegava até a sede no meio do campo. Gostamos da natureza quando somos muito jovens, e Hudson — assim como muitos escritores que transmitem essas emoções da infância — parece ter continuado ali por toda a vida. Muitos anos depois, em 1918, durante as seis semanas que passou, doente, numa casa perto do mar, na Inglaterra, ele teve uma espécie de longa epifania que lhe permitiu reviver com uma clareza "milagrosa" seus primeiros dias de felicidade no pampa. Apoiado nos travesseiros e munido de um lápis e um maço de papéis, escreveu sem parar, num estado de febril felicidade, *Far Away and Long Ago*, sua maravilhosa autobiografia. Essa relação entre doença e lembrança tem algo da memória involuntária de Proust, mas, como o próprio Hudson esclarece, "não era como aquele estado mental, conhecido pela maioria das pessoas, em que uma cena ou um som, ou, mais frequentemente, o perfume de alguma flor, associados à nossa primeira vida, restauram o passado tão súbita e vividamente que é quase uma ilusão". Tratava-se antes de uma espécie de iluminação, como se ele voltasse a estar lá e pudesse ver com clareza os dias vividos. A prosa que surgiu dessas lembranças é um dos momentos mais memoráveis da literatura em língua inglesa e também, paradoxalmente, um dos acontecimentos luminosos da descolorida literatura argentina.

Talvez escrevesse assim porque o inglês se misturava com o castelhano da sua infância; nos originais dos seus escritos aparecem muitas dúvidas e erros que mostram a pouca familiaridade de Hudson com o idioma em que escrevia. Um dos seus biógrafos recorda que às vezes ele se detinha para procurar uma palavra que lhe escapava e imediatamente recorria ao espanhol para substituí-la e seguir em frente. Como se a língua da infância estivesse sempre perto da sua literatura e fosse um fundo onde persistiam as vozes perdidas. Escrevia em inglês, mas sua sintaxe era espanhola e conservava os ritmos suaves da oralidade desértica das planícies do Prata.

Em 1846, os Hudson deixaram Los Veinticinco Ombúes e viajaram até Chascomús, onde seu pai tinha arrendado uma chácara. Naquele tempo, as estradas eram quase intransitáveis, e não é difícil imaginar a dificuldade da viagem, que durou três dias. Partiram na madrugada de uma segunda-feira num carro de boi, seguindo a pobre marca do caminho que levava ao Sul. Sob a lona viajavam os pais e as crianças, e poucas coisas mais, porque a roupa, os cachorros, a louça e os livros foram numa barcaça pelo rio. O carro avançava lentamente com rangidos e sacolejos pelo meio do campo, procurando a trilha das tropas. Um lampião se balançava no cabeçalho do carro, e à frente só se enxergava a noite.

Eu deixava a biblioteca ao cair da tarde e voltava para casa a pé pela Nassau Street. Muitas vezes me sentava para jantar no Blue Point, um restaurante de peixes que ficava no meio do caminho. Havia um mendigo que pernoitava no estacionamento do lugar. Segurava um cartaz que dizia "Sou de Órion" e vestia uma capa branca abotoada até o pescoço. De longe parecia um enfermeiro ou um cientista no seu laboratório. Às vezes eu parava para conversar com ele. Tinha escrito que era de Órion caso aparecesse alguém que também fosse de Órion. Precisava de companhia, mas não qualquer companhia. "Só pessoas de Órion, monsieur", explicou. Pensa que sou francês, e não o desmenti para não alterar o rumo da conversa. Dali a pouco ficou em silêncio e depois se recostou sob a marquise e adormeceu. Em casa, organizava as anotações feitas na biblioteca e passava a noite trabalhando. Preparava um chá, escutava o rádio, tentava fazer com que a manhã nunca chegasse.

Hudson recordava com saudade o tempo em que levou vida de soldado na Guarda Nacional e participou dos exercícios militares e das manobras de 1854 perto do rio Colorado, na Patagônia. "No serviço militar, aprendi muito com a tropa sobre a vida do *gaucho* soldado, sem mulheres nem descanso, e aprendi com os índios a dormir sobre o lombo do cavalo."

A *Crystal Age*, o romance de Hudson, recria essa áspera ilusão ascética num mundo situado num futuro distante. "A paixão sexual é o pensamento central do meu romance", dizia Hudson numa carta, "a ideia de que não haverá descanso nem paz perpétua enquanto essa fúria não se extinguir. Podemos sustentar que melhoramos moral e espiritualmente, mas entendo que não há mudanças nem qualquer redução na violência da fúria sexual que nos aflige. Ardemos hoje com tanta intensidade quanto há dez mil anos. Podemos esperar um tempo no qual já não existam os pobres, mas nunca veremos o fim da prostituição."

4.

Eu também vivia num mundo transparente e, atraído por certa catexia monástica, procurava seguir uma rotina fixa, embora me sentisse cada vez mais alterado. Sofria pequenas perturbações que me provocavam efeitos estranhos. Não conseguia dormir e nas noites de insônia saía para caminhar. O lugar parecia desabitado, e eu adentrava os bairros escuros, como um espectro. Via as casas nas trevas da noite, os jardins abertos; ouvia o barulho do vento entre as árvores e às vezes vozes e sons obscuros. Chegava a pensar que essas noites em claro vagando pelas ruas desertas eram na realidade sonhos, e de fato acordava de manhã, exausto, perguntando-me se não havia passado a noite toda rolando na cama, sem deixar o quarto.

Eu saía desses estados meio ofuscado, como quem passou muito tempo olhando para a luz de uma lâmpada. Levantava com uma estranha sensação de lucidez, recordava vividamente alguns detalhes isolados — uma corrente quebrada na calçada, um pássaro morto. Era o contrário da amnésia: as imagens estavam fixas com a nitidez de uma fotografia.

Podia ser efeito de um pesadelo ou podia ser efeito da insônia, mas eu guardava segredo sobre esses sintomas. Só meu médico em Buenos Aires sabia o que estava acontecendo e chegou a me recomendar que não fizesse essa viagem, mas eu insisti, certo de que viver num campus isolado iria me curar. Nada melhor que um vilarejo tranquilo e arborizado.

— Nada pior — interrompeu-me o dr. Ahrest, estendendo-me uma receita.

Era um grande clínico e um homem afável, sempre sereno. Segundo Ahrest, eu sofria de uma estranha doença que ele chamava de *cristalização arborescente*. Era efeito do cansaço e do excesso de álcool, como se de repente sofresse pequenas crises de rememoração nervosa. Talvez fosse minha doença, ou quem sabe a sensação de alheamento que se agravava num lugar onde eu já estivera anos atrás e que recordava vagamente.

Quando me sentia muito enclausurado, fugia para Nova York e passava dois ou três dias em meio à multidão da cidade, sem procurar ninguém, sem me expor, visitando lugares anônimos e evitando o Central Park e os locais muito abertos. Descobri o café Renzi's na MacDougall Street e fiz amizade com o dono, mas ele não soube me explicar por que o local tinha esse nome. Eu me hospedava na Leo House, uma residência católica administrada por freiras. No passado havia funcionado como hospedaria para familiares que visitavam os doentes de um hospital próximo, mas agora era um pequeno hotel aberto ao público, com prioridade para sacerdotes e seminaristas. Eu os via na hora do café da manhã, celibatários e cerimoniosos, rindo de qualquer coisa como crianças e lendo seus livros religiosos com ar deliberadamente abstraído.

Saía de lá, como tantas vezes na noite de Buenos Aires, procurando uma aventura. Perambulava pelo Village ou por Chelsea, percorrendo as ruas geladas e olhando as garotas passarem dentro dos seus grandes casacos impermeáveis e suas botinhas de cano alto. Estava envelhecendo, tinha passado dos cinquenta e começava a ser invisível para as mulheres. Por isso, talvez, uma tarde resolvi ligar para Elizabeth Wustrin, que anos atrás havia publicado meus contos por sua pequena editora. Na minha primeira viagem a Nova York, três anos antes, tínhamos dormido juntos algumas vezes.

Era miúda e muito ativa, de pele escura, meio mulata; na realidade tinha sido criada por um casal de imigrantes alemães porque sua mãe — que era negra (*afroamerican*, ela dizia) — a entregara para adoção. Nunca vira a mãe e não tinha como conhecê-la, porque a mulher tomara todas as precauções legais para não ser identificada. Por fim, Elizabeth havia contratado um detetive para procurá-la, mas quando a localizou, em Saint Louis, não teve coragem de ir vê-la. A mulher havia mudado de nome, morava no centro da cidade, trabalhava numa revista de moda. Elizabeth não conheceu a mãe, mas fez amizade com o detetive, e uma tarde fomos visitá-lo. Chamava-se Ralph Parker, da Ace Agency, e morava num apartamento perto do Washington Square. Embaixo, na entrada do prédio, havia um portão de controle, um detector de metais, câmeras. Ao sairmos do elevador, Parker já estava esperando por nós. Devia ter uns quarenta anos, óculos escuros, cara de raposa. Vivia num loft de pé-direito alto, quase vazio, com janelões que davam para a cidade. E quatro computadores dispostos em círculo sobre uma grande escrivaninha, todos sempre ligados, com vários arquivos e sites abertos. Foi a primeira vez que vi a internet ser rastreada por um programa com buscador especial, um *web crawler*, que na época era uma novidade. O navegador acessava os arquivos aos quais Parker estava ligado, e a informação chegava instantaneamente. Já não vamos mais para a rua, nós, os *private eyes*, disse. Tudo o que precisamos está aí. Uma das telas estava conectada a um galpão do porto, e ao mexer o cursor era possível entrar no edifício e ver uns homens sentados em volta de uma e escutar o que diziam. Parker desligou o som e deixou só a imagem, que fluía como num sonho. Os homens riam e bebiam cerveja, e numa das tomadas tive a impressão de ver uma arma. Também já não existem detetives particulares em sentido estrito, disse em seguida, nenhum particular é capaz de investigar crimes. Isso funciona no cinema, nas séries de tevê, mas não na vida. O mundo verdadeiro é tenebroso, psicótico, corporativo, ilógico. Sozinho, na rua, você não dura nem dois dias, sorriu Parker. Fumava um *joint* atrás de outro e bebia *ginger ale*. A Ace Agency era uma organização de diversos membros associados mas independentes. Trabalhavam com informantes, com a polícia, recrutavam drogados, putas, michês, soldados, se infiltravam, atuavam em bando. Ninguém conhecia os outros agentes, todos se comunicavam via internet. Melhor não conhecer pessoalmente aqueles que trabalham com você, muita gente ruim na profissão. *Private shit.*

Estava investigando a morte de três soldados negros de um batalhão de infantaria na Guerra do Golfo com maioria de oficiais e suboficiais texanos. Uma associação de familiares de soldados afro-americanos o contratara para investigar. Tinha certeza de que foram assassinados. Racismo puro. Mataram os rapazes por diversão. A agência tinha contatado vários soldados que continuavam no Kuwait, e eles é que iriam desvendar o caso. Eu só processo a informação, disse. Se conseguisse provar os crimes, a associação iria aos tribunais e ele forneceria as provas para os advogados. Mostrou-nos a foto de um areal no deserto do Iraque com três jovens soldados negros em uniforme de combate.

Depois fomos almoçar num restaurante chinês. Parker prosseguiu na linha de me fazer ver a verdade da sua profissão. Em 1846, fora inaugurada em Boston a primeira agência de detetives especializada em espionagem industrial e no controle de operários em greve. ("O monitoramento de um indivíduo a toda hora e em todo lugar para intimidá-lo e a vigilância encoberta das incipientes organizações sindicais constavam entre suas atividades habituais.") Parker cultivava uma espécie de cinismo romântico, como se ele fosse o único a ter descoberto que o mundo era um pântano inóspito. A luz nessa escuridão parecia ser Marion, sua ex-mulher, que o abandonara de um dia para o outro e que ele tentava reconquistar sem sucesso. A moça trabalhava numa livraria, e quando Parker ficou sabendo que eu era escritor (ou que tinha sido escritor) insistiu para que fôssemos vê-la e telefonou para ela, andando de um lado para o outro no restaurante chinês para lhe avisar que estávamos indo para lá, insistindo que ela precisava me conhecer, sem falta, porque eu tinha sido muito amigo de Borges. Fomos então à Labyrinth, na rua 110, no bairro da Universidade Columbia. De fato, a livraria tinha uma frase de Borges sobre os labirintos pintada na parede da entrada, mas nenhum dos seus livros nas estantes. A garota era muito atraente, uma ruiva alta e tranquila, que falava de Parker como se ele não estivesse presente. Viveram juntos durante alguns meses, mas ela o deixara porque não suportava seu ciúme e seus desplantes, e agora Parker tinha colocado um dos seus esbirros no encalço da moça, até descobrir que ela estava saindo com um homem casado. Parker não parava de se mexer e a interrompia, tentando convencê-la a vir conosco para beber alguma coisa no Algonquin, mas ela recusou o convite com argumentos precisos e extremo cuidado, como no esforço de persuadir um louco recém-saído do manicômio. Por fim, Elizabeth e eu fomos ao bar, e Parker ficou lá folheando livros, decerto esperando que a garota terminasse seu expediente.

Era um ótimo detetive, segundo Elizabeth, mas sua vida pessoal era um caos, sabia tanto sobre todo mundo que vivia atacado de ciúme e de desconfiança generalizada. Suspeitei que ela também tivera um caso com o detetive e que também fora investigada por ele. O outro problema, disse como se tivesse lido meu pensamento, é que ele sempre anda armado e é bastante violento. Acompanhei-a até seu apartamento e, apesar da sua insistência, não quis ficar e fui até o terminal da Port Authority para pegar um ônibus que atravessava Nova Jersey e me deixava no vilarejo.

Cheguei depois da meia-noite, tudo estava deserto e escuro, só os carros estacionados davam a sensação de que o lugar não era desabitado. Encontrei correspondência na caixa de correio, mas nada importante, contas a pagar, folhetos de publicidade. Quando já ia entrar em casa, vi minha vizinha saindo da *laundry* aonde tinha ido lavar roupa. Ela também não conseguia dormir à noite, disse, como se pensasse que eu tinha saído para caminhar e combater a insônia. Falava inglês com um leve sotaque europeu e me contou que era russa, professora aposentada de literaturas eslavas, seu marido havia morrido fazia dois anos. Quando eu quisesse, podia ir à sua casa para tomar um chá e conversar. Era uma mulher idosa, baixa, ágil, enérgica; tinha feições finas e olhos claros, muito penetrantes. Uma dessas mulheres bonitas a qualquer idade, com um jeito malicioso que os anos não apagam. Falava com tanta vivacidade e graça que não parecia uma velha de verdade; sua aparência era mais a de uma atriz que estivesse representando o papel de uma dama já entrada em anos. ("As mulheres da minha idade não envelhecem, querido, só enlouquecem", disse-me um dia.)

Dois

1.

As aulas começaram no início de fevereiro, eu lecionava três horas por semana, nas segundas à tarde, na sala B-6-M da biblioteca; o seminário tinha uma assistência moderada (seis inscritos). Era sem dúvida um grupo de elite, muito bem treinado, com aquele ar de conspiração que os doutorandos têm durante os anos em que estudam juntos e escrevem sua tese. É um tipo de treinamento muito estranho, desconhecido na Argentina. Parece mais um ginásio de boxe do Bronx onde os jovens lutadores são treinados por velhos campeões semiaposentados que os golpeiam e lhes dão ordens no ringue, correndo sempre o risco de acabar na lona. Acho que é um dos poucos ritos de passagem ainda vigentes no mundo ocidental; quem sabe os conventos medievais tivessem a mesma atmosfera de sigilo, de privilégio e de tédio, porque aqui os estudantes estão quase reclusos, se movimentam num círculo fechado, convivendo — como sobreviventes de um naufrágio — com seus professores. Sabem que no mundo exterior ninguém está muito interessado em literatura e que eles são os conservadores críticos de uma gloriosa tradição em crise.

Portanto os seis recrutas que eu tinha à minha frente estavam tensos e à espera, como jovens assassinos principiantes trancafiados numa penitenciária federal. As universidades substituíram os guetos como lugares da violência psíquica. No mesmo dia em que cheguei, um jovem *assistant professor* de uma universidade da região se entrincheirara na sua casa, em Connecticut, e matara um policial; permaneceu trancado durante doze horas, até que chegou o FBI. Exigia que reavaliassem sua promoção a *associate*, que havia sido rejeitada, por achar que era uma injustiça e uma desconsideração com seus méritos e suas publicações. O mais engraçado foi que, no fim, ele prometeu se render se lhe garantissem que na prisão poderia usar armas. E ele estava certo, é na prisão que se devem usar as armas, mas seu pedido foi recusado, e o jovem se suicidou.

Os campi são pacíficos e elegantes, pensados para deixar a experiência e as paixões do lado de fora, mas por baixo correm altas ondas de cólera subterrânea: a terrível violência dos homens educados. O *chair* do Modern Culture and Film Studies era Don D'Amato, um veterano da Guerra da Coreia, e todos diziam que por isso mesmo havia sido escolhido para dirigir o novo departamento. Daqui a pouco, só os homens com experiência na prisão e na guerra é que serão incumbidos de administrar as universidades.

Talvez eu tenha passado a ver as coisas assim depois do que aconteceu (o acidente, *the mishap, the setback*, como a polícia daqui o chama), como se os fatos fossem resultado da alta e complexa formação das elites na academia norte-americana. Seja como for, quando no primeiro dia me sentei para começar o seminário sobre Hudson me senti livre c feliz, como toda vez que inicio um curso, animado pelo ambiente de tensa cumplicidade no qual se repete o rito imemorial de transmitir às novas gerações os modos de ler e os saberes culturais — e os preconceitos — da época.

Eu estava interessado nos escritores ligados a um duplo pertencimento, vinculados a duas línguas e duas tradições. Hudson encarnava plenamente essa questão. Esse filho de americanos nascido em Buenos Aires, em 1838, se criou no veemente pampa argentino em meados do século XIX e, em 1874, acabou indo para a Inglaterra, onde viveu até sua morte, em 1922. Um homem dividido, com a dose certa de estranhamento para ser um bom escritor. "Sinto-me a cavalo entre duas pátrias, duas nostalgias, duas essências. Devo render homenagem às duas, e devo fazê-lo justamente com estes dois elementos que formam minha dupla ubiquidade: nostalgia e angústia." Apresentava os problemas clássicos de quem foi educado numa cultura e escreve em outra. Assim como Kipling, e também como Doris Lessing ou V. S. Naipaul, Hudson nasceu num território perdido que se transformou no centro remoto da sua literatura. Eram narradores que incorporavam em suas obras a experiência do mundo não europeu, e muitas vezes pré-capitalista, perante o qual seus personagens (e seus narradores) são confrontados e postos à prova. Hudson celebrava com excelente prosa elegíaca esse mundo pastoril e violento porque o via como uma alternativa à Inglaterra dilacerada pelas tensões provocadas pela Revolução Industrial.

Começamos com uma cena de *Idle Days in Patagonia* que poderíamos chamar de "Uma lição de óptica". Situada na infância de Hudson, ocorre por volta de 1851. Nesse momento, no campo, no deserto patagônico, há (conta Hudson) um inglês e um *gaucho* que aprende a ver, que vê pela primeira vez, e por isso também poderíamos denominar a cena "Modos de ver". O *gaucho* ri do europeu porque este usa óculos. Acha ridículo aquele homem com um aparelho artificial encavalado sobre o nariz. Há um desafio e uma tensão para definir quem vê direito as coisas que vê, e aos poucos o *gaucho* entra no jogo e acaba aceitando provar os óculos do inglês.

E assim que põe os óculos (que servem perfeitamente nele, quase num surrealista golpe do acaso), o campeiro começa a ver o mundo tal como é; descobre que até aquele momento ele tivera uma visão borrada da natureza e que só enxergava manchas difusas e formas incertas na planície cinzenta. Ele põe os óculos, e tudo muda, e passa a enxergar as cores e o contorno nítido da paisagem e reconhece a verdadeira pelagem do seu cavalo oveiro e sofre uma espécie de epifania óptica.

"Estou vendo essa carroça", diz o *gaucho*, que custa a acreditar que ela tenha essa cor ardente, e então vai e a toca, pois acha que acabou de ser pintada. Os passos do *gaucho* até a carroça e o gesto de tocar aquilo que ele vê são uma descoberta e um encontro com a realidade. O mundo se tornou visível e real. ("O verde das folhas, o amarelo do capim.") O *gaucho* se dá conta de que a natureza não era tão natural assim, ou que a natureza verdadeiramente natural só era visível para ele por meio de um aparelho artificial.

É uma cena de conversão, portanto, uma cena pedagógica, digamos, mas também, evidentemente, uma cena colonial: o nativo se civilizou. Hudson é da estirpe de Conrad, e o capítulo se intitula "Sight in Savages". Depois disso, o *gaucho* passa a usar óculos, e sem dúvida é o primeiro gaudério com a vista armada a percorrer a província de Buenos Aires a cavalo.

Quem usava óculos na Argentina em meados do século XIX? Mostrei aos alunos algumas imagens e gravuras. Com o desenvolvimento da imprensa, a demanda de óculos cresceu, e por volta de 1829 seu volume já justificava a concessão dos direitos de exportação para a Argentina a uma corporação de fabricantes ingleses. Deveríamos por outro lado aplicar a noção de *Kultur-brille* (lentes culturais), do antropólogo Franz Boas, que ressaltava a desvantagem com que deve contar todo narrador que se dispõe a estudar outra cultura.

Hudson se distanciava e parava de falar de si mesmo, para se pôr na posição enviesada da testemunha que esteve lá. Esse procedimento de construção tinha certo ar familiar com outros narradores fascinados por mundos remotos. Era o que Conrad tinha levado à perfeição a partir de *Juventude*, a novela inaugural da série que tem Marlow como narrador. Pedi para os alunos lerem esse texto e também o conto de Kipling "Mrs. Bathurst", no qual, além dessa intimidade cindida, o cinema aparecia pela primeira vez na literatura. Acrescentei, ainda, "Juan Darién", o conto de Horacio Quiroga no qual uma onça transformada em homem olha o mundo com incrível lucidez e distanciamento, e paga o preço pela clareza da sua visão.

Dei a bibliografia, organizei as apresentações orais, e durante as primeiras semanas tudo correu bem. Cada um lia os livros de Hudson de um modo diferente, como se na verdade tivesse sido escrito por vários autores. Mais do que unificar essas versões, eu procurava aprofundar as diferenças.

2.

Eu ia me adaptando lentamente com o passar dos dias, a rotina acadêmica me ajudava a pôr em ordem a desordem da minha vida. Minhas visões noturnas não melhoravam, mas pelo menos eu estava mais ocupado. Tinha começado a registrar nos meus cadernos os encontros com Órion. Eu me dedicava a observá-lo e a estudar seus hábitos e os locais onde se refugiava ao longo do dia. Ele costumava permanecer imóvel por longo tempo, sempre ao sol, como se tentasse poupar energia. Movia-se seguindo a luz, instalando-se nas ilhas ensolaradas à procura do calor e da claridade. Como uma pedra, monsieur, explicou-me um dia, devemos tentar ser como as pedras, duros e firmes. Sua outra atividade central era caminhar, andava pelo vilarejo como se estivesse viajando, marchava com um passo equilibrado e calmo; ele chamava esse modo de caminhar de marcha mental. Só conseguia pensar quando estava a caminho de algum lugar. Quando anoitecia, ia até o Natural, o supermercado orgânico que ficava na parte baixa do vilarejo. Lá, entre os desperdícios do fim do dia, ele encontrava de tudo: iogurte, frutas, verduras, pão, cereais, biscoitos. Chamava isso de resgatar comida, e, embora a prática fosse proibida, todos faziam vista grossa. Órion protestava e se indignava porque qualquer pessoa podia jogar comida fora, mas não era permitido recolhê-la e aproveitá-la.

Às vezes ia tomar uma sopa quente no bar do grego em frente ao campus ou pedia um café com leite com um *bagel* na lanchonete dos estudantes. Sempre pagava o que consumia com uma moeda de vinte e cinco cents, que era aceita independentemente do valor do que ele havia consumido. Pagava o que a consumação custava nos anos 70, quando, segundo diziam, ele chegara como pós-graduando e aos poucos foi afundando na inatividade e na miséria. Nunca pedia esmola, recolhia moedas perdidas na rua, e esse era um dos seus afazeres diários. Caminhava rente ao meio-fio e vasculhava todo o quarteirão, e sempre encontrava moedas caídas. Quando o tempo esquenta e o sol derrete a neve é que ele recolhe mais dinheiro; para junto às bocas de lobo e só precisa de um pedaço de pano ou de tela de arame para pescar o que na sua economia do passado lhe permite sobreviver por vários dias. Todo mundo aqui o conhece e o deixa à vontade, e ninguém o perturba. "São gentis se você é gentil, se assustam se você está assustado, sorriem se você sorri": essa é uma das suas conclusões sobre o funcionamento da vida social.

Logo notei que no seminário havia dois grupos bem definidos: um era integrado por duas moças, Yu-Yho-Lyn e Carol Murphy, muito estudiosas e tímidas, e um rapaz, Billy Sullivan, que, resumindo, parecia estar sempre irritado. Os três se mostravam um pouco confusos, porque eram pós-graduandos novatos e estavam assistindo aos seus primeiros seminários na universidade. O outro trio era formado por John Russell III, Mike Trilling e Rachel Oleson, uma moça de origem sueca, muito atlética e inteligente. Andavam sempre juntos e eram alunos avançados, com o projeto de tese já aprovado. O mais brilhante era John III, jovem delfim de Ida com ares de estudante de Oxford (de onde de fato provinha), que já estava escrevendo sua tese sobre *The Monkey Gang*, o romance de Edward Abbey, com ilustrações de Robert Crumb, sobre a gangue de foragidos anarquistas meio punks que defendiam a natureza matando aqueles que devastavam as florestas e destruindo as escavadeiras, as pás mecânicas e as motosserras; assistia ao meu curso sobre Hudson porque, nos seus livros que exaltavam o pampa argentino, ele via uma pré-história dos movimentos ecologistas modernos. Todos diziam que John III era o preferido de Ida e, ao mesmo tempo — previam com satisfação —, seu futuro rival. Havia rumores sobre discussões e conflitos entre eles, porque Ida se opusera ao seu projeto de tese ("É estúpido e atrasado hoje em dia fazer uma pesquisa sobre um único livro"), mas John III não arredou pé e defendeu com arrogância seu projeto de estudar uma violenta ficção *gore* que retomava, de acordo com ele, as tradições das *country songs* e o banditismo rural. Quanto a Mike, era o clássico ianque de classe média baixa da Filadélfia, um jovem de nariz achatado e cabelo escovinha, mais sério e cerimonioso que os outros, e tão polido que cheguei a pensar que a tensão de suas maneiras era aquela típica de quem já esteve na prisão. Mike tinha sido chofer de caminhão de longa distância ("Sim, sou dos que leram *On the Road* na High School"), até resolver pleitear uma vaga diretamente na pós-graduação. Foi aceito porque havia publicado um conto na revista *Stories* e porque enviou um trabalho muito bom sobre a tradição autobiográfica no romance americano. Ia completando seu terceiro ano na universidade, com uma tese sobre a cultura operária na *beat generation*. Estava fazendo sua carreira acadêmica, mas só acreditava na universidade como um lugar para ganhar a vida folgadamente. Admirava Thomas Wolfe, Jack Kerouac e Ken Kesey, segundo ele porque não eram intelectuais afetados do Leste.

Rachel era descendente de *scholars* e diplomatas — sua mãe era uma nova-iorquina que lecionava literatura francesa no Vassar College e seu pai tinha sido adido cultural da embaixada sueca em Washington —, uma moça muito atuante e muito atraente. Estudava o *Bildungsroman* feminino e era a *teaching assistant* nos cursos de Ida, e estava apaixonada por John III, que por seu turno era apaixonado por Mike, que decerto amava Rachel. Essa comédia de erros invisível e tensa conseguia me distrair das minhas preocupações, e eu a observava com o interesse reflexivo que Hudson dedicava ao estudo dos pássaros do interior argentino.

John III, Mike e Rachel pegaram o hábito de no fim da tarde vir à minha sala para conversar sobre seus projetos e sua tese. Esperavam por mim no corredor, os três juntos, e mostravam essa camaradagem feliz que os jovens experimentam quando estudam e passam o tempo juntos (confesso que durante algum tempo imaginei que também iam juntos para a cama). Conversava um pouco com cada um deles na minha sala e depois descia com os três para tomar um café no Chez Nana, a cafeteria francesa da Palmer Square. Lembro que uma tarde John III insistiu que fôssemos conhecer a casa onde Hermann Broch tinha morado, perto dali, na College Street. Um tour turístico sob medida para os literatos recém-chegados à universidade, que incluiu ainda algumas fotos no jardim da residência. Nos altos da casa ele escrevera seu romance *A morte de Virgílio*, e Broch realmente morrera no hospital local. O romance foi publicado em inglês em 1946, e fiquei surpreso ao saber que a segunda edição estrangeira do livro foi a tradução para o castelhano publicada em Buenos Aires em 1947, o livro da Ediciones Peuser que eu tinha em casa e que havia lido e tentado copiar — sem sucesso — mais de uma vez. (*La muerte de Alberdi* foi um dos meus bem-sucedidos projetos frustrados.) Broch recebera três mil dólares de adiantamento pela publicação do romance na Argentina; seria o caso de calcular quanto valeriam, hoje, aqueles três mil dólares de 1947...

Quando me despedi dos três alunos, voltei para casa e na esquina da Nassau Street com a Harrison deparei com um homem, de jeans e jaqueta de flanela xadrez, que fazia propaganda política aproveitando o longo sinal fechado da avenida. Carregava um cartaz de apoio ao candidato republicano nas eleições legislativas de maio. Tinha acrescentado uma bandeirinha americana, sinal de que pertencia à direita patriótica. Era a primeira vez que eu via um ato proselitista de um homem só. Aqui tudo se individualiza, pensei, não há conflitos sociais nem sindicais, e se um funcionário é mandado embora da agência de correios onde trabalhou por mais de vinte anos, não tem a menor chance de receber a solidariedade dos colegas com uma paralisação ou uma manifestação; por isso, normalmente, quem se sente injustiçado sobe no topo do prédio do seu antigo local de trabalho armado de um fuzil automático e um par de granadas e mata todos os despreocupados compatriotas que estiverem passando por ali. Faz falta um pouco de peronismo nos Estados Unidos, me diverti pensando, para reduzir a estatística de assassinatos em massa realizados por indivíduos que se rebelam contra as injustiças da sociedade.

3.

A capacidade de observação dos animais em Hudson era uma arte em si mesma. Seria possível fazer um zoológico literário com os bichos pampianos que aparecem em sua obra. Como todo bom narrador, ele era paciente e sabia esperar, e era capaz de descrever os movimentos e as rápidas mudanças de ritmo das mais diversas formas de vida (incluídos os homens). "Um animal muito interessante é o *Ctenomys magellanicus*; é chamado tuco-tuco devido à sua voz, e também *El oculto*, por ser um habitante do subsolo que, como a toupeira, pode nadar sob a superfície. Sua voz é estentórea e forte, uma sucessão de golpes de martelo que ressoam nas entranhas da terra, primeiro com golpes fortes e medidos, depois com outros mais leves e rápidos, de modo que quase não é visto, mas é ouvido."

O olhar de Hudson nunca é estático, guarda uma relação particular com os seres vivos, não tenta capturá-los (Melville, Hemingway) nem aspira a uma natureza sem animais (Conrad); age mais como um voyeur extremo, não mata nem captura, apenas observa. Mas às vezes Hudson conta o modo como os animais olhavam para ele. "Há um elegante lince, de dorso preto e cabeça cinza, o *Galictis barbara*, que se senta ereto e me observa com olhos altivos, sorrindo, semelhante a um pequeno frade de negro manto e capuz cinza; mas a expressão de sua cara aguçada é maligna e depreciativa para além de tudo que há na natureza, e talvez fosse mais razoável compará-la com a de um demônio, e não com a dos seres humanos."

Já não sabemos descrever os animais, exceto os domésticos. Naquele dia, segundo o noticiário local, um urso tinha sido avistado no bosque, junto a uma baixada, não muito longe daqui. Era uma mancha entre as árvores, como uma névoa vermelha. Abriu caminho no mato e apareceu num descampado, na beira da Mountain Avenue. Erguido sobre duas patas, alterado pelo barulho dos automóveis, com um brilho assassino nos olhos, andou em círculos e por fim mergulhou de volta na espessura. Lembrou-me o urso de um circo ambulante que se instalou num terreno baldio nos fundos da minha casa, em Adrogué, quando eu era garoto. Passava horas observando o bicho através da cerca viva. Preso a uma corrente, também andava em círculos, e às vezes eu escutava seus urros na noite. O circo encerrava seu espetáculo com um número teatral. As obras eram adaptações de comédias de costumes e de radionovelas populares. Os atores pediram emprestados à minha mãe alguns móveis para completar o cenário. Quando assisti à representação, as cadeiras de madeira clara do jardim de casa que apareciam no cenário não me deixaram acreditar naquilo que via. O urso rondando nas proximidades do campus me causou o efeito contrário: acredito que tudo pode ser possível.

A noite estava gelada, e os vidros embaçaram. O pianista que mora em frente, do outro lado da rua, ensaiava a última sonata de Schubert. Avançava um pouco, parava e recomeçava desde o início. Criava em mim a sensação de uma janela corrediça que trava e custa a abrir. Agora o via sob a luz amarela do poste, parado junto ao seu carro, o capô aberto, em estado de quietude. De quando em quando se inclinava e escutava o som do motor. Reerguia o corpo e persistia, imóvel, numa espera indecifrável.

O que Órion estaria fazendo a essa hora? Já devia ter se recolhido aos seus aposentos, como diz às vezes. Ele se esqueceu de tudo e vive o dia de hoje, no presente puro. Sofre um desajuste indefinido que afeta seu senso de tempo. Está confundido num moto contínuo que o obriga a pensar para deter a confusão. Pensar não é lembrar, é possível pensar mesmo quando se perde a memória. Mas ele não esqueceu a linguagem, e tudo o que precisa saber pode ser encontrado na biblioteca, como ele diz. O conhecimento já não pertence à sua vida.

O Weather Channel anunciou a aproximação de uma tempestade, que devia chegar de madrugada. Entrei no carro e dirigi pela Route One até o *mall* sob a ponte, a incessante caravana de carros que vinham de Nova York dava a sensação de invasão por um exército inimigo. Carros e mais carros um atrás do outro, na mesma velocidade e à mesma distância, com as luzes acesas, todos viajando numa só direção como que guiados por um objetivo comum, e assim atravessavam e atravessavam por horas a fio. Por fim, passando a Junction, deixei a Route One na direção sul, cruzei uma ponte e virei para a praça central. Dei algumas voltas até achar o local do Home Depot. Era uma enorme loja de ferragens com aparelhos, ferramentas e maquinários de todo tipo e calibre, que cobriam o espaço como uma interminável oficina ou um desmanche de peças recém-chegadas. Não havia clientes nem vendedores, estava deserto. Caminhei pelos corredores numerados por entre grandes objetos vermelhos e furadeiras de bancada. Tinha a sensação de estar num museu, numa espécie de reprodução ampliada do galpão para guardar ferramentas e objetos em desuso que havia nos fundos das casas antigas, mas aqui tudo era novo e impecável.

As caixas registradoras estavam fechadas e cobertas. Ao lado do corredor, uma única balconista atendia o único balcão em funcionamento. Comprei uma pá para neve, um par de luvas de lona e uma pinça (para abrir e fechar as janelas). Esperava-se uma tempestade de neve, a última do inverno, provavelmente.

4.

No dia seguinte, a secretária do *chair* me avisou que D'Amato queria me ver e me convidara para tomar um drinque na casa dele. Vivia numa residência na Prospect Avenue, e fui vê-lo no fim da tarde. Don era um misto muito norte-americano de erudito e homem de ação. Na Guerra da Coreia, quando tinha dezoito anos, num posto perto da fronteira junto ao paralelo 38, uma mina o surpreendera quando ele saía do banheiro de campanha e agora tinha uma perna de pau. Abriu-me a porta e girou como se sua perna esquerda fosse um mastro de navio. Era alto e maciço, e sua cabeleira branca, que lhe chegava aos ombros, parecia o velame de um barco.

Seu livro sobre Melville tinha sido uma referência no mundo acadêmico durante os anos 60, mas depois sua estrela começara a declinar. Nos altos da casa, ele tinha uma sala dedicada a Melville onde acumulava objetos pessoais do escritor — uma escrivaninha portátil, raríssima peça do século XIX, por exemplo —, além de uma ampla biblioteca especializada no autor de *Benito Cereno*. Contavam-se as histórias mais extravagantes sobre Don, e sempre fui com a cara dele. Era um sujeito frontal e direto, dizia-se que já não preparava as aulas; nos seus cursos (seu mítico seminário sobre *Moby Dick*), simplesmente pedia para os alunos escreverem suas perguntas num cartão e ele as lia em classe e improvisava as respostas. Estava sozinho naquela noite

— e em todas as noites da semana — porque a mulher e os filhos passavam longas temporadas em Nova York e não suportavam a vida no vilarejo. D'Amato vivia com eles só nos fins de semana, e isso acentuara sua fama de mulherengo.

Seu estúdio estava abarrotado de objetos do mundo baleeiro, que ele colecionava como parte do seu Museu Melville. Mostrou-me uma réplica do arpão de Queequeg e o original da carteira de cedro na qual Melville escrevera — "sempre de pé" — seus tediosos relatórios quando trabalhava como escrivão na alfândega de Nova York. Mostrou-me também a edição das obras de Shakespeare de 1789 na qual Melville tinha trabalhado enquanto escrevia o romance. Era evidente que do encontro com as obras do bardo surgira o capitão Ahab e o tom altivo e trágico que o romance adquire depois do seu início, mais convencional. Começa como um livro sobre a caça de baleias e termina como uma obra da magnitude de *Macbeth*.

Sua biblioteca era a mais completa coleção privada sobre Melville que existia nos Estados Unidos. Tinha recebido muitas ofertas para vendê-la, mas ele sempre as recusara com um sorriso. Se eu vender estes livros, vou morrer de tédio, dizia. Naquela noite foi muito amável comigo, tendo em conta que eu era um obscuro literato sul-americano e ele, um *scholar* de terceira geração, colega de Lionel Trilling e Harry Levin.

Sentamos nas poltronas de couro do seu escritório com um copo de brandy na mão e comentamos as relações de Hudson com Melville; em *Idle Days in Patagonia* havia um longo capítulo sobre a brancura da baleia em Melville. As grandes pradarias e o mar imenso identificavam os dois narradores, dizia D'Amato, enquanto nós somos escritores de histórias que transcorrem em recintos fechados e espaços mínimos. A coisa mais difícil num romance é fazer os personagens saírem de casa, e Melville os faz dar a volta ao mundo num navio baleeiro. Ria com voz possante, enquanto me servia brandy como num conto de piratas.

Depois passamos para a sala de jantar e comemos uma pizza que entregaram de moto e abrimos a garrafa de vinho argentino que eu tinha levado. D'Amato perguntou sobre meus projetos futuros. Se eu tivesse a intenção de permanecer nos Estados Unidos, o departamento teria muito prazer em renovar meu contrato por mais um ano. Os colegas, os alunos e especialmente a professora Brown estavam bastante contentes com meu trabalho. Naquela altura eu não tinha nenhuma decisão clara quanto ao meu futuro, mas não queria voltar para Buenos Aires. Agradeci sua proposta e respondi com evasivas. D'Amato queria me convencer a visitar a velha zona marinheira de Massachusetts. Eu precisava ir a Nantucket, ficava perto de Concord, toda a literatura norte-americana tinha sido escrita nessa região. Contei-lhe que Sarmiento, nosso maior escritor do século XIX, nosso Melville, acrescentei para facilitar, era muito amigo de Mary Mann, Peabody quando solteira, que era irmã da mulher de Hawthorne. Sarmiento frequentou Emerson e conheceu Hawthorne, e nas suas visitas à casa de Horace e Mary Mann talvez também tivesse conhecido Melville. Será que existia alguma carta de Sarmiento para Melville? Olhou-me eu não diria com estranheza, mas com indiferença. Sei que, quando falo dos escritores sul-americanos que admiro, os *scholars* norte-americanos me escutam com educada distração, como se eu sempre estivesse falando de uma espécie de versão patriótica de Salgari ou de livros no estilo de A *cabana do Pai Tomás*. Sim, claro, os mares do Sul, conciliou, o *Pequod* tinha cruzado o cabo Horn. A conversa continuou por mais um tempo, até que começou a definhar, e ele então me convidou para conhecer o porão.

Os *basements* são construções subterrâneas com grande tradição na cultura norte-americana: nos filmes de terror, quando se desce ao porão, deve-se esperar o pior; os assassinos de famílias camponesas costumam se esconder no porão para liquidar os familiares um após outro, os jovens adolescentes se iniciam sexualmente nas profundezas da casa. Mas não podia imaginar o que me esperava no subsolo da casa de D'Amato. A escada que levava ao subterrâneo ficava numa entrada lateral, pegada à cozinha. Don isolara com uma divisória de metal as caldeiras da calefação, a máquina de lavar roupa e a secadora, o quadro de luz, o pilar de cimento com os contatos do alarme e alguns caixotes e trastes velhos. Esvaziara o resto da longa superfície do porão e a transformara num grande aquário com paredes e teto de vidro. Podia-se caminhar sobre o enorme tanque por umas passarelas de madeira suspensas sobre a estrutura transparente.

Abaixo, no imenso aquário, nadava um tubarão-branco. Movia-se na claridade da água como uma sombra, com sua barbatana frisando o ar. É um filhote, explicou, vivem pouco em cativeiro. Era belo e sinistro e se movia com gelada elegância. E com o que os alimenta? Com *visiting professors*!, disse Don, e fingiu que me empurrava, mas só pôs a mão no meu ombro. Acendeu as luzes e a sombra pareceu se enfurecer, porque mergulhou até deixar de ser visível, e durante algum tempo só se ouvia o murmúrio da água, até que o tubarão voltou à superfície como uma selvagem aparição e sua barbatana sulcou a água em silêncio, uma suave linha cinza na transparência do ar. Alimentava-o com moluscos vivos, com pedaços de carne, mas não lhe dava de comer nem gatos nem cachorros recém-nascidos, como caluniavam seus vizinhos.

Olhamos mais um pouco as ondulações sinistras do altivo peixe e depois subimos à superfície e nos despedimos alegremente, ajudados pelas brumas do álcool.

Voltei a pé, a noite era calma, as árvores balançavam de leve com a brisa de março, a lua brilhava no céu. Não longe dali, o tubarão-branco cruzava silencioso a água sob a superfície de uma casa vitoriana.

Três

1.

Eu encontrava Ida nas reuniões ou pelos corredores, ela sempre com pressa, precisamos conversar, dizia — a sós?, eu pensava —, até que numa sexta-feira à noite, quando peguei o trem para Nova York, a vi chegar ao vagão, linda e luminosa, e sentar ao meu lado. Era muita coisa que ela queria falar comigo, portanto, se eu não tivesse nada melhor a fazer, podíamos aproveitar a coincidência para pôr a conversa em dia. Tinha os olhos vermelhos, como se não houvesse dormido ou estivesse com febre. Claro que ela sabia perfeitamente tudo o que vínhamos fazendo no seminário. Os alunos estavam contentes com as minhas aulas. Eu já tinha conversado com John III? Era o mais brilhante e o mais problemático. Continuava com essa ideia ridícula de fazer uma tese sobre um livro. Já não se fazem teses sobre um livro, afirmou taxativa, como se estivesse falando de uma mudança evidente para todos os passageiros do trem. Mas o que eu ia fazer em Nova York? Nada de especial, respondi, passear um pouco. Ela fugia para a cidade sempre que podia, procurava não passar o tempo todo enfiada no campus. Precisava respirar, em Nova York ela era outra pessoa, criou-se em Manhattan, conhecia bem a cidade, seu pai era médico, um médico da velha guarda, daqueles que visitavam os doentes. Quando era pequena, seu pai costumava levá-la com ele, e Ida o esperava no carro enquanto fazia a consulta. Seu pai sempre voltava com cheiro de gelo seco na pele, e ela podia sentir o frio do álcool nas mãos branquíssimas quando lhe acariciava o rosto, e ele fazia alguma brincadeira antes de dar a partida no carro e cruzar a cidade até o paciente seguinte. Ida parecia ter contado essa história muitas vezes, até conseguir que a imagem da menina esperando pelo pai no carro fosse suficientemente pessoal para que o outro imaginasse uma infância feliz. Possuía uma segurança e uma confiança em si mesma que havia recebido quando criança, era isso que Ida queria que todos pensassem. Ela mesma interpretara seu modo de ser como resultado da educação de uma menina adorada por um pai seguro e viril que sabia tratar as mulheres e que estava sempre presente como figura protetora. Falava de si mesma em sequências dramáticas, a épica de uma garota nova-iorquina que realizara todos os seus desejos, que era dona da própria vida, que nunca tinha aceitado ordens de ninguém. Não sou uma mulher em sentido estrito, disse, mas também não sou um homem, esclareceu. Falava em tom de brincadeira, me provocando. Mas o pai tinha morrido, e sua mágoa era que ele não tivesse visto sua vitória. Vitória? Sim, claro, lecionar nesta universidade, meu pai teria adorado saber disso. Na época dele, as mulheres não podiam nem entrar aqui, disse como se descrevesse a vanguarda de um exército que conseguiu conquistar uma posição inimiga. Sorria com um sorriso provocante, era a jovem que continuava a surpreender os mais velhos. Era dez anos mais nova que eu, mas parecia muito mais jovem. Estava naquela idade incerta em que não se sabe se a mulher acabou de deixar a adolescência ou já começou a envelhecer.

Trocamos de trem na Junction e procuramos o vagão para fumantes, que naquela época ainda existia. Cada vez se veem menos homens fumando na rua, disse ela. As mulheres saem dos escritórios e logo acendem um cigarro, mesmo que olhem torto para elas; há uma graça — um *gift* — no vício. Um vício leve, se é que se pode dizer assim, acrescentou em seguida. Os *junkies* ainda se escondem. Não é má ideia se esconder para cultivar os pecados privados. Era tão linda que custava a associar essa mulher com seu jeito rápido e surpreendente de falar. Usava um vestido roxo, de corte perfeito, que revelava as linhas do seu corpo e me fazia perder o olhar entre seus seios. Estava sem sutiã? Mudei um pouco de ângulo para tentar resolver essa incógnita, e ela ajeitou o lenço no pescoço com um gesto rápido. Era atraente, era sexy, mas não se achava bonita, como as mulheres que, de tanto se acharem atraentes — mesmo quando são de fato —, acabam estragando tudo. Para ela, sua beleza era uma coisa supérflua, e sorria resignada diante dos olhares — como o meu — que tentavam despi-la. Usava os verbos no presente, e a ironia reforçava seu encanto. Falava como se pusesse certas palavras entre aspas, e às vezes até fazia um gancho com dois dedos de cada mão para deixar claro que se distanciava do que estava dizendo.

Quando chegamos à Penn Station, ela se cobriu com um longo casaco de tweed e pôs um gorro de lã. Antes de descer, sacou um espelhinho de mão para retocar o batom, e eu a convidei para uma bebida. Fomos ao Dublin, um pub na parte alta de Manhattan que eu tinha descoberto nas minhas andanças pela cidade. Sentamos junto ao balcão e pelo espelho víamos uma área mal iluminada nos fundos, com casais na penumbra. Ela olhava o bar distraída, como se fosse uma paisagem natural, o jardim confuso de uma casa abandonada. Um sujeito de rosto carregado falava com o barman sobre a maldição de uma mulher da qual não conseguia se separar. Estava, ou parecia, bêbado e falava da mulher com um misto de paixão e rancor. Não posso sair de casa, disse, tenho uma oficina no porão e é lá que eu passo os melhores momentos da minha vida. O barman fez que sim com um gesto tão leve que podia ser confundido com um pestanejar, enquanto nos servia o uísque à americana, com muito gelo num copo pequeno. Quem serve bebida nos bares é capaz de manter uma conversa interessante com um mudo. Ida deu um gole, pensativa. Durante seu doutorado em Berkeley, ela dividiu o quarto com uma militante negra da periferia dos Black Panthers, uma linda garota do Alabama que em pouco tempo tinha aderido a todas as revoluções da época: sexual, feminista, maoista, racial; fazia análise, defendia a negritude, tomava anticoncepcionais, escrevia uma tese sobre Joe Brown, o revolucionário antiescravista do século XIX, saía com o poeta negro LeRoi Jones e queria se converter ao islamismo. Foi morta numa manifestação contra a Guerra do Vietnã, aos dezenove anos. Seu nome era Assia Morgan, e pensava mudar para Sherezade Baraka, mas não teve tempo. Ida precisou recolher seus pertences antes que a polícia revistasse a residência. Não sabia muito bem o que fazer com tudo aquilo e, quando achou um revólver no fundo de uma caixa, o enfiou na sua bolsa e foi de táxi até a sede dos Panthers em San Francisco. Era uma casa meio fortificada, com pequenas janelas circulares e portão de ferro. Tocou a campainha várias vezes, até que apareceu um vigia a quem ela entregou a mala e deu o endereço onde podia encontrar o resto das coisas de Assia. O homem agradeceu e a olhou com severidade, como se ela tivesse culpa de ser branca. Essa moça, disse Ida, embelezava tudo o que tocava; a garota morta, segundo ela, tinha uma capacidade inata para o amor, e lhe dissera que descendia de reis egípcios. Às vezes a acompanhava aos inferninhos dos músicos negros de Boston onde ela militava, e, quando ia a esses bares, Ida percebia que neste país havia vários países, com culturas antagônicas. De repente parou de falar, deixou seu relato em suspenso, olhou novamente para o salão e sorriu. Você não acha este bar triste?, perguntou. Era triste. Vamos para outro lugar, disse.

Ida tinha um apartamento no Village, na Bleecker Street. Era um estúdio, muito bem iluminado, onde ela se retirava para viver sua vida de mulher independente. Assim que entramos, lhe dei um abraço, mas ela me afastou com um gesto suave. Não tão rápido, *man*, disse. Temos toda a vida pela frente. Não era verdade, mas passamos essa noite e a seguinte como se, mais do que um presságio, isso fosse uma ameaça.

Ida abriu uma caixinha de prata onde levava uns comprimidos cor-de-rosa, não sei se eram ecstasy ou LSD, ou quem sabe umas *poppers* de nitrato de prata, o que sei é que nas horas que se seguiram tive a sensação de ser um macaco pendurado no ventilador de teto de onde via aqueles dois corpos embaixo, nus na cama ou em pé diante do espelho, realizando as fantasias que nem sequer tinham imaginado.

Para poder falar, antes é preciso ir para a cama, ela tinha dito. Possuía o dom de imediatamente estabelecer uma sensação de intimidade, de confiança, que ia além dos corpos. Então lhe perguntei o que ela havia dito quando saímos do restaurante, no nosso encontro anterior. Que estava com tesão por você, disse. Estava farta de me ouvir dizer que tinha me separado da minha mulher e que andava meio perdido. Todos estamos perdidos, não seja por isso, e todos nos separamos de alguma mulher.

O tempo passou como se nos conhecêssemos ou tivéssemos nos amado no passado e de repente tivéssemos nos reencontrado naquele apartamento desconhecido de Nova York. O nome dela era uma ação, a ida, a viagem sem volta, designa quem se vai. E também, em espanhol, a garota estranha (*"está ida"* ou *"es medio ida"*). Além disso, era o mesmo nome da minha mãe..., dá para acreditar? Era a primeira palavra que eu tinha aprendido a ler. "Ida, está vendo?", dizia minha mãe, e soletrava para mim as letras do seu nome gravadas junto ao portão da casa dos meus avós.

No domingo à noite pegamos o último trem e fizemos a viagem de volta em vagões diferentes, porque ela não queria problemas. Que tipo de problemas? Não quero dar o que falar no departamento. Eu não devia telefonar para ela em hipótese alguma nem lhe escrever e-mails pessoais. Era uma mulher sozinha, queria ser uma mulher sozinha. Nada de baboseiras domésticas nem falsas cumplicidades. Melhor assim, disse, vamos ser amantes clandestinos. Falava sempre em tom de brincadeira (assim como minha mãe) e mantinha os vícios secretos separados da sua vida profissional. Desci na Junction e, da plataforma, a vi seguir no trem para o vilarejo; iluminada na janela, arrumava o cabelo e os olhos segurando um espelhinho de mão.

2.

Eu a reencontrei no dia seguinte, na sala dos professores, e nos cumprimentamos com o tom habitual de dois colegas que se cruzam no departamento, sem nenhuma alusão às noites de clausura no seu esquecido apartamento no Village. Amável, irônica, indiferente, deixou claro que a melhor coisa a fazer era se adaptar ao código acadêmico de relações cordiais e distantes, esquecendo o que acontecia fora do campus (fora de campo, como dizem os fotógrafos).

Era uma tarde escura e chuvosa, e no *lounge* havia café e *scones* e jornais para ler. O especialista em cinema russo, um ex-cineasta experimental que tinha filmado uns dois ou três filmes super-8 em hospitais psiquiátricos soviéticos, estava lendo perto da janela um número atrasado de *Sight and Sound*. Ele nos fez um leve gesto de boas-vindas, e Ida se aproximou do jovem Kalamazov para comentar com ele que dois dos seus alunos estavam apaixonados por seu curso sobre a escuridão nos filmes de Tarkovski. Logo se somaram à conversa o invisível professor de literaturas eslavas e vários pós-graduandos do curso de Ida. Dali a pouco, o encontro casual se transformou numa espécie de reunião político-cultural. Tomávamos café e falávamos do fim da cortina de ferro e das tradições esotéricas da cultura polonesa enquanto esperávamos a tarde cair para voltar para casa. Fiquei até o final, cativado pelo tédio, mas também pelo clima áspero que a situação tinha para mim. Eu havia passado por confusões parecidas na vida, estar numa reunião com uma mulher que encontrava em segredo e falar com ela de banalidades enquanto o marido circulava por aí servindo ponche; claro que aqui não havia maridos, mas ela era casada com a Academia, como as freiras de clausura com Jesus Cristo; tratava-se, enfim, de preservar sua vida privada dos olhares alheios, como se alguém realmente a espionasse e ela precisasse fingir o tempo todo. E era verdade que ela estava sob observação. Era uma jovem solteira que cuidava do seu prestígio com férrea decisão e sabia que o assédio sexual e a incorreção política também podiam arruinar a carreira de uma mulher, ou então, mais simplesmente, gostava que as coisas acontecessem assim: sair na noite, fantasiada de *femme fatale*, para se encontrar com um semidesconhecido nos recantos noturnos de um parque arborizado. A vida dupla fazia parte da cultura deste país, de quando em quando um senador era flagrado vestido de mulher num *darkroom*; os heróis eram figuras comuns que à noite se transformavam em rainhas — ou escravas — do submundo ou num super-herói invencível (oh, Batman).

Não telefonei para ela, o acordo era que não nos escreveríamos, nem sequer abriríamos uma conta secreta de e-mail, não se tratava de palavras nem de coisas ditas: obedecíamos aos termos do acordo que ela fizera questão de impor, definindo as condições da sua relação comigo e as fronteiras da paixão. Havia um quê de teatro nessas representações, nos personagens inventados e nos jogos extremos, uma espécie de ficção vivida entre dois estranhos. Eram divagações numa tarde chuvosa, interpretações abstratas de situações reais. No *lounge* do departamento, enquanto eu trocava comentários e piadas com os colegas no salão de vidros embaçados e luzes claras, pensava que aquilo era uma tentativa de inventar uma vida mais intensa e real. O mundo acadêmico era fechado demais, abarcava muita coisa e deixava pouco espaço para outras experiências, era preciso construir pontos de fuga e vidas clandestinas para escapar das formalidades. Por isso havia tantos controles administrativos sobre as condutas incorretas, uma grade de regulamentos moralistas e puritanos. À medida que aumentavam suas conquistas profissionais, como ela me disse uma noite, Ida sentia crescer a necessidade de submissão e humilhação. Era brincar com fogo no salão para fumar dos castelos universitários.

Ida e eu nos encontrávamos nos corredores e falávamos sobre qualquer coisa, sem trocar olhares nem gestos cúmplices. Ela também parecia viver em círculos isolados, com amigos, colegas, amantes, alunos, conhecidos da profissão, e cada um desses espaços não era contaminado pelos demais. Era uma garota norte-americana: inteligente, entusiasta e muito disciplinada, que saía para correr ao amanhecer pelas ruas arborizadas do vilarejo, controlando o ritmo e os batimentos com o monitor cardíaco que levava preso ao pulso esquerdo. Tinha uma capacidade inata para impor distância, freios, e era impossível atravessar aquela redoma invisível que a mantinha isolada do mundo. Levava uma vida secreta e observava as normas de segurança; na sua outra vida, era uma professora entediada numa festa do departamento.

Lembro bem de uma dessas noites. Os sorrisos cansados e o rancor cruzavam como relâmpagos enquanto tomávamos vinho californiano e conversávamos em pequenos grupos em volta das travessas de frango ao curry e de tortinhas de atum. Ida, vestida com uma saia de linha que lhe marcava as curvas das cadeiras e uma espécie de blusa ou pijama branco de gola Mao, conversava amavelmente com um colega. Eu me aproximei, cumprimentei com uma inclinação. Tinha bebido umas doses a mais e estava naquele estado de espírito que conheço bem, em que começo a caminhar perigosamente à beira do abismo, mas ela me deixou falando com um triste desconhecido de gravata amarela e foi até D'Amato para lhe perguntar como estavam seus cetáceos de águas profundas no *basement* da sua casa. Eu a observava de um canto e a desejava — como não desejá-la, se não conseguia parar de pensar nas noites que tínhamos passado juntos?

Havia um clima de expectativa no ar, como se todos os sinais cegos estivessem anunciando negros presságios. Eu conhecia esse estado — ou essa convicção — sem certezas, que mais parece uma esperança que uma crença. É o pensamento mágico do amor, do apaixonado em estado hipnótico, ligado a uma mulher que deseja e procura com imprecisa e estúpida obstinação. Para fugir desses pensamentos equívocos, eu passava as tardes trabalhando na biblioteca, era a melhor maneira de mudar de assunto. ("Já que não podemos mudar de conversa, vamos mudar de realidade", como dizia em Buenos Aires meu amigo Junior.) Ainda assim, a imagem de Ida se interpunha, e eu no fim largava o que estava fazendo, juntava os livros e saía para a rua. Ida conhecia a arte da interrupção, com um simples movimento da mão provocava um deslocamento dos corpos, era como uma heroína de romance apanhada pela intriga. Claro que Ida não era a heroína de romance nenhum, por mais que eu quisesse, para então poder mudar seu destino.

Eu entrava no carro e começava a dirigir pelas estradas sem rumo certo. Por que ela se retirara a um canto com D'Amato? Tinha estado na casa dele, pois conhecia o estúpido aquário no porão. Naquele tempo eu era incapaz de pensar sobre a natureza das relações alheias porque só me preocupava a atitude que os outros tinham para comigo. Lembro que segui o leito do Delaware e cheguei a vagar pela costa de Nova Jersey, parando em pequenos bares junto ao mar. Uma tarde estacionei numa rua qualquer num bairro dos subúrbios de Atlantic City e fui ao cassino e ganhei bastante dinheiro na roleta. Voltei para o carro e saí zanzando pelas ruas devastadas que davam as costas para a faixa do balneário, da beira-mar e dos hotéis. O bairro parecia ter sofrido um bombardeio, havia edifícios incendiados, casas saqueadas, montes de lixo fumegante, vagabundos dormindo embaixo de uma ponte. Vários jovens, de jeans baixos e capuz, ouviam rap no volume máximo sentados na calçada em frente a uma *drugstore*, fumando haxixe e dormitando. Numa avenida lateral, no bairro latino da cidade, havia um ginásio, o Sandy Saddler Boxing Club.

O ruído das luvas contra o saco de areia, o cheiro do breu, os movimentos rítmicos dos boxeadores fazendo sombra me lembraram os tempos em que, duas vezes por semana, eu ia treinar na Federação de Boxe da rua Castro Barros, quando tinha acabado de me mudar para Buenos Aires e morava no Hotel Almagro. A categoria no boxe não é definida pela idade, mas pelo peso. Naquele tempo eu era peso leve (62,3 quilos) e depois fui meio-médio (66 quilos) e agora seria um peso médio (72 quilos).

Os que treinavam lá eram garotos de catorze ou quinze

anos que se preparavam para o Luvas de Ouro. Alguns deles, no entanto, iam fortalecer o braço para os lançamentos de bola rápida do beisebol. Praticavam o jab e o direto contra o saco de pancada e assim exercitavam o impulso do ombro e o giro do corpo para poder lançar a bola a oitenta milhas por hora sem se contundir. A rotina dos exercícios seguia o ritmo das lutas: três minutos de treinamento pesado e um de descanso. Quando me viram entrar, alguns deles pensaram que eu estava lá para colher material para uma crônica sobre os ginásios de boxe e começaram a me contar suas histórias e a dizer que eram amigos da escritora Joyce Carol Oates, que morava em Nova Jersey e tinha escrito um bom livro sobre o pugilismo e que todos chamavam de Olivia, por causa da sua semelhança com a mulher do marinheiro Popeye.

O treinador era um velho cubano exilado que dizia ter sido campeão dos pesos-pena em remotos torneios socialistas de boxe em Moscou. Mulato e muito calmo, era admirador de Kid Gavilán e de Sugar Ray Leonard. No pugilismo, ele me dizia, o estilo depende da vista e da velocidade, quer dizer, do que ele chama, "cientificamente", visão instantânea. Quem dera eu pudesse ter essa visão instantânea para ver Ida entre as sombras. O que ela fazia quando não estava comigo? No que pensava quando nos cruzávamos no corredor e ela falava comigo como se eu fosse um estranho que vinha de um país distante e confuso?

Eu dava minhas aulas, almoçava no restaurante da Prospect House, às vezes passava algumas horas lendo no Small World, sentado a alguma mesa perto da janela, pensando que talvez a visse passar pela rua que dava no portão do campus. E, de fato, uma tarde a vi pela vidraça do bar atravessar à minha frente e quase sem parar fazer um gesto para me dizer, articulando em silêncio as palavras por trás do vidro, que ia passar na minha sala. Veio pouco depois, e em voz baixa propôs que nos encontrássemos na sexta-feira às nove da noite no Hotel Hyatt — junto à rodovia que ia para Nova York. Podíamos nos reunir no lobby e depois passar a noite juntos.

Iríamos de carro, cada um com o seu, e nos encontraríamos no bar, onde um pianista negro tocava timidamente peças de Ellington. O hotel era enorme e estava deserto, talvez fosse usado para convenções ou para viajantes que tinham perdido o voo no vizinho aeroporto de Newark, ou quem sabe fosse mesmo um lugar destinado aos encontros clandestinos dos amantes furtivos da região.

Reservei um quarto em nome de Mr. e Mrs. Andrade, e na recepção só precisei deslizar uma nota de cem dólares junto com minha carteira de motorista para o recepcionista da noite me registrar no livro de hóspedes e me entregar dois cartões magnéticos para abrir a porta do quarto. Disse a ele que estava esperando minha mulher e voltei ao bar para tomar uma bebida. Logo em seguida ela entrou no lobby vestida com sua gabardine cinza, e subimos para o quarto. Era inóspito, de móveis brancos, feito para executivos ou suicidas, mas assim que a porta se fechou foi como se uma sequência de atos mínimos tivesse se suspendido no tempo, porque reencontramos instantaneamente a mesma intimidade e a mesma intensidade que tínhamos vivido no seu esconderijo nova-iorquino.

Ela gostava do segredo, gostava dos encontros clandestinos num hotel de beira de estrada. De madrugada, ela desceu antes de mim, e eu esperei até que a vi atravessar o estacionamento e entrar no seu carro. Depois de algum tempo, deixei o hotel e voltei para casa dirigindo pela estrada desolada enquanto amanhecia nos campos semeados e as primeiras luzes se acendiam nas altas casas coloniais da entrada do vilarejo.

Repetimos esse jogo mais duas ou três vezes, como se ela observasse fielmente os itens do acordo proposto, as noites apaixonadas e clandestinas, o muro de silêncio que nos isolava do mundo, a repetição desejada dos gestos, as palavras, as exigências precisas, a severa lista de obrigações e mandatos preparada com minúcia e aos quais ela se submetia com alegria e encanto. Talvez, quem sabe, pudéssemos trazer alguém, um estranho que eu iria procurar no bar do lobby ou na baia da *freeway* onde paravam os ônibus, alguém que entraria no hotel e passaria a noite conosco. Havia alguns clubes em Nova York aonde era possível ir, disse ela, para se misturar com estranhos. Fantasias na noite anônima, ela aspirava a se deixar levar, isolada, alucinada, alerta.

Depois, saindo de lá, tudo voltava a ser impassível e distante. Em cada encontro noturno, tudo era igual, mas mudavam a linguagem e os ritos privados. Não apenas comigo, entendi mais tarde, mas em qualquer fato da sua vida prevalecia o segredo, tudo tinha seu reverso, sua realidade paralela, como se cada experiência devesse ser subtraída de uma potência inimiga onipresente e ameaçadora.

Em certo sentido, apesar de tudo, o pacto me convinha: continuava sendo o homem sozinho que eu queria ser, sem compromissos e na expectativa daquelas noites luminosas. Encontros esporádicos com uma mulher num hotel de beira de estrada, repetindo sempre a intensidade da primeira vez. Não faziam falta outras coisas, não queria recair na estúpida atração dos sentimentos cotidianos. Ela tinha razão, aquela intimidade instantânea e intensa não podia durar se a submetêssemos à dura luz da realidade.

Então, quando nos cruzávamos numa reunião ou nos corredores, havia uma espécie de estranha felicidade, como se o pacto privado transparecesse na nossa aparente indiferença quando estávamos com outras pessoas ou em algumas palavras e frases soltas — encontro, dispositivo, ligações, ilha deserta — que surgiam no meio de uma reunião, ditas somente para mim.

A primeira metade do semestre estava quase no fim e se aproximava o *spring break*. Claro que naquele tempo eu sentia que tudo era uma espera daquelas noites com Ida num quarto iluminado e impessoal do alto Hyatt, na metade do caminho para Nova York. Nesses dias, como os loucos, eu pensava que tudo aquilo que era dito se referia à minha vida secreta.

Na aula da segunda-feira seguinte, John III apresentou seu trabalho sobre A *Crystal Age*. No romance de Hudson, a utopia consistia justamente, segundo ele, num mundo cristalino, neutro, dessexualizado, uma réplica da vida no paraíso terrenal, onde não tinham lugar nem a diferença sexual nem o desejo. John III ressaltou que as utopias não sabiam o que fazer com os corpos, apontavam para um mundo sem desejo porque a pulsão sexual operava independentemente das necessidades e dos interesses coletivos, sem levar em conta a igualdade e muitas vezes em detrimento dela. O prazer não pode ser socializado e não respeita a equivalência, disse John III. Foge à lógica econômica. Por isso as utopias tendem a negar de maneira frontal a sexualidade, porque não podem regulamentá-la democraticamente. Existem as utopias sexuais, claro, mas são sempre arrogantes e despóticas. Os sorteios manipulados para regulamentar a escolha de parceiros sexuais e melhorar a raça, na *República* de Platão; a filosófica escravidão desejada de Justine, no romance de Sade; os prostíbulos na vida de Bataille; os corpos como moeda viva nas trocas aristocráticas de Klossowski. Podem ser chamados de utopias esses regimes ordenados pelo sexo?, perguntou retoricamente John III ao encerrar sua brilhante exposição.

Rachel de imediato associou essa situação de ascetismo ao despojamento de bens e leu uma carta de Hudson datada de 1884: "Não compartilho seus sentimentos a respeito da posse contínua e de manter suas coisas consigo. Se me trazem uma xícara e um pires para substituir os que se quebraram, só posso lamentar. Quanto menos preso eu estiver a qualquer lugar e quanto menos coisas possuir, tanto mais livre e leve me sentirei. Penso essa leveza ligada ao meu estilo: procuro a mesma despossessão e a mesma clareza".

Despojar-se de toda propriedade, esquecer o corpo; os grandes profetas — bastava pensar em Tolstói — optavam por uma vida de pobreza, de ascetismo e de não violência. Invertiam o sistema de signos da sociedade, concluiu ela, remetendo implicitamente a suas leituras francesas.

A discussão se generalizou, e, enquanto os estudantes debatiam e argumentavam, eu pensava no próximo encontro com Ida, e via imagens soltas — as cortinas brancas do quarto idêntico a todos os outros quartos do hotel — com a mesma sensação de euforia com que dirigia pela estrada de noite e via ao fundo o letreiro de luzes iminentes da entrada do Hyatt e imaginava Ida se vestindo ritualmente em sua casa, e por fim se cobrindo com a gabardine cinza e saindo para a rua.

Naqueles dias não conseguia evitar que minhas ideias girassem em torno dos encontros com Ida, eram rajadas, visões, como se eu tivesse ligado um projetor que lançava contra a parede da mente imagens queimadas em que ela e eu éramos ao mesmo tempo protagonistas e observadores. Surgiam de súbito e sempre ocorriam no futuro, e desse material luminoso e frágil é feita agora minha memória desses dias.

Uma tarde eu estava na minha sala ouvindo os recados na

secretária eletrônica ou respondendo e-mails e, quando saí para pegar minha correspondência na secretaria do departamento, topei com Ida no corredor. Ela se deteve por um momento, como se já estivesse me esperando, e entrou na minha sala. Acho que quase não dissemos nada, eu a abracei e nos beijamos e logo em seguida, ansiosos, como dois fugitivos que se encontram na sala de espera de uma estação do subúrbio, marcamos um encontro para a sexta-feira. Era um pouco ridículo combinarmos tudo pessoalmente, cara a cara, sem recorrer a mensagens nem a outra forma de comunicação (nem mesmo bilhetes manuscritos). "Apague as pegadas", dizia o poema de Brecht. Naquela sexta-feira começava o *break*, e na semana seguinte não haveria aulas, podíamos ficar dois dias no hotel e passar o resto da semana em Nova York. Ida tinha deixado um livro e uns papéis sobre a mesa e estava procurando alguma coisa no bolso do casaco, e nesse instante alguém bateu na porta e imediatamente ela se separou e se afastou de mim. Era John III, que nos cumprimentou com ar tranquilo e logo pediu desculpas pela interrupção, mas ela disse que já estava de saída e saiu passando entre nós dois. A gente se vê amanhã na reunião do departamento, disse enquanto se afastava. Fiquei conversando com John sobre sua apresentação em classe, até me dar conta de que Ida tinha deixado seus papéis sobre minha mesa, portanto fiquei o tempo todo tentando distrair a atenção dele, como se os papéis de Ida fossem o rastro de uma coisa proibida. Não era nada de mais, só um livro de Conrad e uma pasta com a lista de conferências da segunda metade do semestre e a carta de um aluno justificando uma falta com um atestado médico.

No dia seguinte fui à reunião do departamento. Ida já estava lá, com seu jeito relaxado e ausente. Éramos seis professores e nos sentamos em torno de uma grande mesa de carvalho num salão com amplas vidraças. Dali a pouco chegou Don, e começamos a reunião. A discussão se centrou nas datas das provas e em algumas questões de orçamento, e tudo transcorria sem sobressaltos. Os colegas ao meu redor estavam habituados a disfarçar a irritação, mas não o tédio, portanto a pauta avançou normalmente. Depois de conseguir o que queria (um orçamento suplementar para os convites da sua cadeira), Ida pediu desculpas e se retirou antes do final da reunião. Um minuto depois, saí atrás dela. Queria lhe devolver os papéis, mas isso era apenas um pretexto para lhe dar o número do quarto que eu tinha reservado. Você esqueceu uns papéis em cima da minha mesa. Ficou surpresa. Foi ontem. Uns papéis? Bom, um livro e uns folhetos. Deixa, você me entrega outro dia, não quero levar agora. Tinha passado para pegar a correspondência e me mostrou as cartas e os pacotes, dando a entender que não podia carregar mais nada. Estava atrasada. Fiquei observando-a enquanto ela pegava o elevador e descia até o estacionamento para tirar o carro.

A reunião se estendeu por mais algum tempo, e quando acabou já passava das sete. Deixei minhas coisas na sala e desci pelas escadas para não ter que compartilhar o elevador com os colegas e ser obrigado a falar com eles. Estava cansado, não sabia muito bem o que ia fazer naquela noite. A nevasca aumentava. Atravessei o campus e saí pelo portão que dava no Palmer Square. Num canto, sentado num banco junto ao ponto de táxi, estava Órion coberto por um plástico e abrigado sob a cobertura para os carros. Tinha arranjado um rádio portátil, grande, dos antigos, com pilhas redondas e grandes alto-falantes. E o escutava com atenção, colando o ouvido ao aparelho. Percebi que ele só queria ouvir música, porque quando entrava uma voz ficava nervoso e mudava de estação logo em seguida. Às vezes se levantava ou mexia no rádio e o posicionava estrategicamente para que pegasse melhor. Parei diante dele, mas me olhou com indiferença; ele também tinha seus momentos e seus segmentos de vida.

Quatro

1.

Na manhã seguinte fui acordado por um telefonema do departamento. Podia por favor comparecer a uma reunião com o *chair*? Todo o corpo docente se encontrava na secretaria central. Havia um clima de nervosismo e inquietação. Com voz grave, Don D'Amato, que parecia acima do peso e abaixo da situação, resumiu a versão oficial dos fatos, quase como se estivesse lendo um laudo médico.

Ida tinha deixado o estacionamento da faculdade, o *traffic alert* da tempestade a desviara do seu percurso habitual, e ela decidira sair pela Bayard Lane para contornar o vilarejo pelo sul. Ninguém viu nada, mas foi aí que tudo aconteceu. Encontraram seu carro parado no final da Nassau Street, diante do lento semáforo que ordena o desvio para a Route 609. Ela continuava presa ao banco com o cinto de segurança, numa pose estranha, meio inclinada, o braço estendido e a mão queimada, como se tivesse ardido ao procurar alguma coisa no assoalho do carro. A colisão

— ou o que fosse — tinha causado sua morte. A queimadura na mão direita era o sinal mais estranho do caso. Ninguém tinha visto nada, ninguém tinha ouvido nada. Só o alarme do carro, que continuou tocando por longos minutos porque os peritos da polícia não quiseram alterar nenhum dos detalhes cristalizados no momento da sua morte. Mas é certo dizer "sua morte" quando alguém morre por acidente? ("Todo mundo morre por acidente", ela teria ironizado.)

A notícia me deixou atordoado. Só conseguia ver o tique no rosto de Don. Uma piscada nervosa que alterava seu ar impassível. Um leve tremor idiota na pálpebra do olho direito. A irrealidade é feita de detalhes e, enquanto eu tentava disfarçar minha comoção, ouvia como se fosse uma música o lento desfiar dos dados e das inúteis precisões que sempre acompanham o inaceitável. Ao lado do banco havia algumas cartas ainda fechadas. Havia mais alguém com ela? Alguém a atacara e em seguida fugira? Ou ela sofrera um desmaio e perdera o controle do carro? O acidente tinha acontecido às sete da noite da quinta-feira 14 de março, seu relógio estava parado a essa hora. A secretária do departamento a vira entrar na sala para pegar sua correspondência e depois descer de elevador.

Era preciso informar os estudantes. As aulas estavam suspensas, por sorte teríamos a pausa do *spring break*. À tarde os jornais e as tevês espalhariam a notícia, era inevitável certo escândalo. Don nos pedia discrição. Nenhuma declaração aos jornalistas, não queria que a universidade se visse tragada pelo vendaval do escândalo. Devíamos circunscrever os fatos ao Departamento de Modern Culture and Film Studies. A hipótese da administração, claro, era que se tratava de um acidente que estava sendo investigado. Fez uma pausa. Tenho o dever de avisar que hoje mesmo, à tarde, a polícia virá interrogá-los. Devíamos esperar os agentes na nossa sala (especialmente aqueles que, como eu, ocupavam o mesmo andar da professora Brown).

Pouco depois entrou o *dean of the faculty*, o dr. Humphry, do Departamento de Física. Era franco e simpático, tinha a mania — ou a precaução — de fotografar todas as pessoas que lhe pediam uma audiência. Para se lembrar delas, talvez, ou para fazer uma exposição de retratos quando se aposentasse. Olhava para os professores dos Departamentos de Literatura como se fossem lunáticos e excêntricos que viviam convidando luminares estrangeiros que ninguém entendia. Falou como falava nas reuniões da congregação quando devia cortar o orçamento dos programas de Humanidades. Sutilmente, levantou suspeitas sobre a vítima. O que andava fazendo essa professora, essa mulher, essa moça solteira? Sempre rodeada de alunos. Seu currículo acadêmico era extraordinário, mas o que se sabia da sua história pessoal? Pedia-nos colaboração para retomar as aulas logo depois do recesso e manter a calma. Era ele quem parecia nervoso.

2.

Quando os dois policiais bateram na minha sala eram onze da manhã; eu os recebi um tanto apreensivo, mas com amabilidade. Não aceitaram meu convite para se sentar. Foram gentis (gentis demais, eu diria, com essa gentileza exasperante que abriga a mais extrema violência). Os dois eram iguais, exceto pelo fato de um deles ter o cabelo muito curto e o outro usá-lo conforme a moda daquela época (orelhas cobertas); os dois estavam de terno preto, camisa branca e gravata vermelha com alfinete no colarinho, mas um deles parecia muito elegante, ao passo que o outro estava vestido como um vendedor de Bíblia. O mais elegante era — fiquei sabendo mais tarde — o agente especial Menéndez, do FBI, e o outro, o que falou, se apresentou como inspetor O'Connor, do Departamento Central de Polícia de

Nova Jersey, em Trenton. Meu inglês deficiente fazia com que eu me sentisse inseguro e pouco convincente. Segundo consta, dr. *Rinzai* — disse O'Connor anglicizando a pronúncia do meu sobrenome —, o senhor vem de Buenos Aires... Convidado, segundo consta, pela dra. Brown. Temos aqui algumas das mensagens que o senhor trocou com ela. Obviamente, eles tinham acesso a todos os nossos e-mails e também deviam ter gravado todos os telefonemas e escutado os recados que continuavam na secretária eletrônica. Isso nem se discutia. Confirmei. Obrigado por sua colaboração, disse O'Connor. Eu conhecia bem o gênero, primeiro faziam uma série de perguntas para "afrouxar o parafuso", como se diz no jargão da polícia. O interrogador mostrava conhecer muito bem a vida do interrogado, deixando pouca margem para que ele se manifestasse. Achavam muito natural ter o controle da minha correspondência privada, mas eu estava tranquilo, porque Ida e eu nunca tínhamos nos escrito sobre qualquer coisa estranha ao nosso trabalho.

— O senhor era amigo dela...

— Amigo, colega e admirador — respondi. Em inglês soa melhor: *friend, fellow and fan.*

Estavam colhendo informações sobre um acidente que preocupava as autoridades por não ter testemunhas diretas. Tratava-se de uma morte violenta, e não descartavam nenhuma hipótese. Me mostraram uma foto do carro. Logo percebi que o conceito de acidente era muito amplo e que os policiais tinham uma hipótese mais conspirativa sobre o caso. De forma implícita, estavam dizendo que podia ter sido suicídio ou assassinato. O'Connor sorriu antes de esclarecer que estava espantado por constatar que a dra. Brown parecia não despertar grandes simpatias entre seus colegas. Por acaso alguém tinha falado mal dela? Um dia depois da sua morte? Claro que não esclareceu nada, apenas introduziu um dado que demonstrava certa confiança na sua conversa comigo. Tudo o que eu pudesse lhe dizer era extremamente confidencial, disse (desconfiei do advérbio). O agente do FBI passeava por minha sala olhando os livros e observando com indiferença os avisos e papéis que eu tinha pregado com tachinhas num quadro de cortiça em frente à minha mesa. Perguntou se eu conhecia algum contato (estranhei o substantivo) da professora Brown que pudesse ajudá-los na investigação, obviamente sem esclarecer a que relações se referia, e obviamente respondi que não me intrometia nos seus assuntos pessoais. Parecia desorientado, e eu não me deixaria intimidar; vinha da Argentina e sabia o que é lidar com a polícia. Mas nessa hora o outro mudou a abordagem.

— Professor — disse, rebaixando minha titulação —, fui informado de que o senhor perambula pelo vilarejo de madrugada.

— Às vezes não consigo dormir. Mas isso é irrelevante e privado.

— Privado pode ser, mas não irrelevante — disse O'Connor. Consultou seu bloco de anotações. — Nada é irrelevante nessas circunstâncias.

Estavam apenas aumentando a pressão. Eu conhecia o estilo. A partir daí, parou de anotar o que eu dizia e passou a ler o que tinha anotado no bloco e a fazer perguntas esperando que eu confirmasse sua informação.

— E tem insônia com frequência... — Olhou para mim e sorriu. — Me disseram — disse — que o senhor sofre de alguns... episódios... Seu médico em Buenos Aires — olhou suas anotações —, o dr. Ahrest, confirmou esses dados.

Tinham telefonado para ele. Apertou mais os parafusos dizendo que provavelmente, segundo o que sabia, eu costumava perambular pelas proximidades da casa da professora Brown. Era uma afirmação, portanto não respondi nada. Me encarou com um sorriso e disse que eu tinha sido visto rondando a casa da dra. Brown. Expliquei-lhes que eu morava na Markham Road, como ele bem sabia, e a casa da dra. Brown ficava na Harrison Street, portanto, quando saía para caminhar, era lógico que às vezes passasse em frente à casa dela.

Não disse nada. Olhou suas anotações. Era um profissional, deixava claro que eles sabiam de tudo o que eu pudesse pretender ocultar e que eventualmente, disse, podiam pedir que eu fizesse alguns exames para confirmar o diagnóstico sobre esses tais incidentes ou supostos episódios deambulatórios. Parecia que isso era tudo, mas antes de sair se demoraram na porta.

— O senhor viaja com frequência a Nova York.

— Sempre que posso.

— E se hospeda na Leo House… — O'Connor sorriu e olhou seu bloco como se precisasse recordar. No fim de semana de 20 de fevereiro, disse, eu tinha feito uma reserva, mas não ocupara o quarto. Tinha algo a esclarecer a respeito? Olhei-o, sem responder. Instintivamente, ocultara a história dos meus encontros com Ida, mas sem dúvida eles sabiam que eu tinha passado aquele fim de semana com ela. Teriam também investigado no Hyatt?

— Melhor não sair do vilarejo nos próximos dias. Podemos precisar do senhor — disse.

Sentei-me diante do computador e abri o e-mail, uma mensagem anunciava o *memorial* na igreja do campus.

Dear friends: I write to share some very sad news. Ida Brown passed away earlier this week. There will be a memorial service this Thursday, 3.22, at 1:30 pm at the Presbyterian Church in Campus. Best, Don D'Amato.

Passed away: foi para longe, passou desta para melhor. Nesse momento perdi o controle e desabei. Oh, sim... Fiquei na minha sala. A luz na janela. Os livros. Era possível? Não podia imaginar seu corpo ferido. A mão queimada, a pele do pescoço, oh, sim, os cisnes da noite...

Fechei a sala, atravessei o corredor e saí pela escada que dava no Departamento de Línguas Clássicas. O dia estava radiante e ensolarado, uma dessas tardes de inverno depois de uma tempestade que parecem iluminar o ar. Atravessei o campus até o bosque. Tinha que passar ao lado de umas quadras de tênis com lindas moças vestidas de branco, de minissaia e meias de lã. Não sei se é possível conhecer (ou dizer que se conhece) uma mulher por ter passado algumas noites com ela, mas eu conhecia a intensidade de Ida, e isso era tudo. A vontade de ir para algum lugar sem pensar na volta nem nas consequências. Ela não poderia terminar nenhum dos seus projetos, tudo se cortara de repente. Além do mais, ela era tão jovem, isso era mais triste ainda. Devia haver um sinal que identificasse aqueles que morrem sem envelhecer. Sentei num banco embaixo de um carvalho. De repente recordei um movimento das suas mãos, um gesto mínimo, os dedos sobre a mesa, nem isso, a polpa dos dedos, um gesto frágil, mecânico, quando estava inquieta, e a lembrança doeu e fechei os olhos. Tinha as mãos muito magras, pensei, e senti as lágrimas congelarem no ar frio. Estava chorando? As moças que estavam jogando tênis pararam para me ver. Depois bateram com o punho no encordoamento da raquete, se animaram com uns gritos e voltaram para o match. A bola amarela cruzava o ar, elas se moviam com desembaraço. Quantos anos fazia que eu não chorava? Acima, um corvo pousou nos galhos como um sinal escuro, um ponto negro na transparente brancura da tarde. E então o corvo sacudiu as asas e os flocos de neve que caíram suaves sobre meu rosto me infundiram um novo ânimo, como se me resgatassem — ou me consolassem — num dia de dor. Não era o corvo de Poe, era o corvo de Frost. É impossível dar sentido ao sofrimento, mas as rimas e a escansão tranquila dos versos que comecei a recordar me permitiram voltar a respirar com calma. *The way a crow/ Shook down on me/ The dust of snow/ From a hemlock tree// Has given my heart/ A change of mood/ And saved some part/ Of a day I had rued.* Não podia pensar nela com palavras próprias. *A neve/ Infundiu no meu coração/ Um novo ânimo.*

Saí do campus contornando o gueto mexicano, que antes tinha sido um gueto negro, e antes italiano, e antes irlandês. São belas casas tradicionais com varandas abertas e amplas janelas. Ainda restam alguns velhos afro-americanos morando aqui, mas são poucos, quase todos se foram e agora moram imigrantes guatemaltecos, dominicanos e porto-riquenhos, até a igreja do bairro tem seus cartazes anunciando os serviços escritos em espanhol e os hinos e as orações são entoados com sotaque mexicano. Oh, Maria, minha Mãe. Entrei na capela e me ajoelhei para rezar. Ave, Maria, cheia de graça. Três mulheres morenas sentadas nos bancos de madeira, a um lado, rezavam o terço em voz baixa, como se fosse um canto fúnebre. O senhor é convosco, bendita sois vós entre as mulheres. O som musical das orações foi me acalmando. Uma das mulheres repetia um fragmento da ave-maria e as outras duas respondiam como num coro. Era esta a estrutura da tragédia: um recitante e um coro. Que relação havia entre os rituais da missa e da eucaristia e a tradição da tragédia helênica? Eu só conseguia pensar assim, como se fosse um ferido de guerra que não pudesse falar de si mesmo. O altar era humilde, um Cristo de madeira no alto e uns panos brancos e bordados sobre a mesa de ferro. Levantei e voltei para a luz do dia.

A poucos metros dali ficava Pelusa Travel, a agência mexicana de remessa de dinheiro para a América Central, que vendia cartões telefônicos para chamadas de longa distância e fotos de Maradona na Copa de 1986. Um jovem chicano estava conversando com uma moça, usava calças folgadas de cintura muito baixa, óculos escuros Clipper e um boné de beisebol dos NY Yankees, e ela — com o cabelo como uma crista vermelha, vestida com uma capa amarela presa com um laço e botinhas texanas — ria meio de lado e fazia comentários risonhos, e sua voz suave me lembrou a voz de Ida. A primeira coisa que se esquece e se perde quando alguém parte é o som da sua voz, e nessa tarde liguei várias vezes de um telefone público para escutar a voz dela na secretária eletrônica. "Sou Ida Brown. Estamos ausentes e não posso atendê-lo. Deixe um recado ou ligue mais tarde." Eu gostava do plural e em seguida da passagem para a primeira pessoa (*I can't answer you*). A voz continuava lá, quem dera pudesse programá-la com uma frase dirigida a mim, uma despedida, um cumprimento final na secretária eletrônica que responde eternamente ao chamado de quem a amou.

Uma tarde, lembro que ela estava indignada porque haviam criado um programa de estudos latinos voltado ao estudo da salsa, das rancheiras e dos grafites dos chicanos, mas ninguém se preocupava com os que viviam lá, como se aquilo que ensinávamos não tivesse nenhuma relação com a vida real. Meus colegas dissertam sobre Junot Diaz, disse Ida, ou sobre as performances do grupo La Raza, mas quando deixam a sala de aula, os *greasers*, ou os *spics*, ou os *beaners* são invisíveis. Os latinos são associados com os alimentos e a sujeira, disse naquele dia, com a gordura, com a graxa. ("*Mis grasitas*", pensei.) São eles que fazem tudo aqui, trabalham na cozinha dos restaurantes franceses e no porão dos bares irlandeses e na intempérie dos postos de gasolina, limpam os banheiros da biblioteca e tiram a neve das ruas no inverno. Foi o que ela disse daquela vez, eu me lembro. "Sou Ida

Brown. Estamos ausentes e não posso atendê-lo." Uma voz clara, cortante, quente, que eu já estava começando a esquecer.

Na calçada em frente à rua do gueto que desembocava na Witherspoon, via-se o cemitério, com os túmulos quase na calçada, as lápides do tempo da Guerra Civil, e também de antes, e de muito antes até. *Onde estão Elmer, Herman, Bert, Tom e Charley, o de vontade fraca, o de braços fortes, o clown, o bêbado, o brigão?* Isso diziam as lápides, com suas datas (x-2-1798) e suas fotografias ou suas gravuras ou seus daguerreótipos ou seus desenhos nos camafeus e nas pequenas urnas de vidro. Rostos jovens, caras surpresas, sorrisos quietos, em ovais brancos, com um cristal e uma borda dourada junto aos vasos de metal com flores novas. *Onde estão Ella, Kate, Mag, Lizzie e Edith, a de coração tenro, a de alma singela, a irrequieta, a altiva, a feliz?* Um homem alto, de aparência serena, de macacão e botas de borracha, varria a neve e limpava os túmulos com um ancinho de dentes redondos. Eu vagava como um espectro na luz lamacenta que descia das árvores. *Onde está o violinista Jones, que brincou com a vida aos seus noventa anos, desafiando a geada de peito nu?* (x-7-1912).

Eram quatro horas em ponto no relógio de números romanos da joalheria na esquina da Nassau com a Witherspoon. Os estudantes caminhavam pela rua, a sensação de normalidade me horrorizava, como se eu fosse o único perturbado em todo o vilarejo. Não podia fechar os olhos de medo do que poderia ver. Estava obcecado pelo quarto vazio do hotel onde íamos nos encontrar naquela noite. Ela estava morta, e no entanto... o desejo sexual é o que desordena a vida e irrompe em qualquer situação. Eu nunca tinha estado com alguém com tanta intensidade. Era isso? Eu a perdera. E o quarto do hotel naquela noite? O maciço iluminado do Hyatt no meio da estrada vazia.

* * *

Quando cheguei em casa, já era noite, a escuridão caía como um pano sombrio sobre as janelas. Liguei a televisão. Apareceu um leilão de joias, só se viam as mãos e as bugigangas. As pessoas davam o lance pelo telefone. Às seis e meia começou o noticiário local. A tela mostrava a Harrison Street e a casa de Ida. Um acidente de trânsito tinha causado a morte de uma renomada professora... e nesse momento ouvi alguém batendo na janela. Era Nina, minha vizinha russa. Ela não tinha televisão e queria saber sobre aquela garota que havia morrido. Ela não se relacionara com Ida, mas a conhecia. Assistimos um pouco do noticiário nacional. Aí a reconstrução era mais ampla e se falava das incógnitas do inquérito. A polícia estava interrogando os conhecidos da professora Brown. A conclusão provisória era que se tratava de um acidente, o carro tinha um vazamento de gás e uma faísca provocara uma explosão. Ainda assim, alguns observadores vinculavam essa morte a estranhos atentados que, em diversos pontos do país, tinham custado a vida a vários *scholars* e acadêmicos. A polícia não descartava nenhuma hipótese. Desliguei a televisão e me levantei para oferecer a Nina uma taça de vinho.

— A polícia veio perguntar por você. Fazem isso porque querem que eu saiba que estão pressionando. Você não matou a moça, não é, querido? — perguntou Nina, sorrindo para aliviar a tensão.

Comentei que eu tinha a sensação de estar em perigo.

— Perigo? Que espécie de perigo?

— Se eu conseguisse definir, deixaria de ser um perigo.

Ela começou a rir, e de repente, como que animado por sua calma e sua alegria, resolvi lhe contar a verdade.

— Tive com ela uma aventura em Nova York, mas mantivemos o caso em segredo. E acho que a polícia sabe disso.

— Alguém viu vocês juntos, talvez no trem, e contou para a polícia... Não vão te prender por ter ido para a cama com ela. Provavelmente grampeavam os telefones e não era difícil para eles localizar suas ligações. A polícia sabe tudo sobre todos, e eles querem que todo mundo saiba que sabem de tudo. — Ria com gosto. Estava acostumada às estranhas razões que a polícia podia usar para explicar o que ninguém entendia. Tinha nascido em Moscou em 1920 e deixara a Rússia no final de 1938, pouco antes de seu pai ser preso. Como era um grande admirador da arte oriental, foi mandado por Stálin a um campo de concentração, acusado de ser um espião japonês.

Nina achava que podia ter sido um atentado planejado para que parecesse um acidente. A KGB matava os exilados e os dissidentes que viviam no estrangeiro simulando acidentes. Mas quem teria interesse em matar Ida? No Institute of Experimental Studies, fazia já alguns meses que circulavam boatos sobre uma série de assassinatos nas universidades. Poucas semanas antes, uma carta-bomba tinha matado um biólogo em Yale. Havia um clima de preocupação, mas não se sabia nada de concreto. Pelo jeito o FBI preferia evitar que aquelas mortes virassem notícia, para não gerar pânico. A informação dos noticiários era vaga. Teria ocorrido, comenta-se, especula-se. Nada de concreto.

Fazia algum tempo que ela estava falando quando percebeu que eu não a escutava, e deduziu que eu precisava ficar sozinho. Venha em casa quando quiser conversar um pouco, disse, e sorriu com um gesto amigável. Ela se movia com ar grácil e passinhos curtos. Qualquer coisa que eu precisasse, já sabia; era viúva e passava muitas horas sozinha, portanto seria um prazer para ela conversar e tomar um chá, na sua casa, quando eu quisesse.

Viver em terceira pessoa tinha sido a ordem da minha juventude, mas agora me perdia na turbulência abjeta das recordações pessoais. O melhor que eu tinha a fazer era tomar um banho e sentar para trabalhar, disse, e me dei conta de que estava falando em voz alta, e não só estava falando sozinho como também, enquanto falava, olhava para meu reflexo no espelho do banheiro. Um clown nu, maldormido. O chuveiro tinha uma alavanca que se virava para a direita, para a água quente, ou para a esquerda, para a água fria, mas foi difícil acertar a temperatura, e por momentos eu cozinhava e por momentos sentia um jato gelado, por isso saí da banheira e me enxuguei com força, como se estivesse representando um homem vigoroso que se massageia com a toalha diante do espelho do banheiro. Estava um pouco alterado, sem dúvida. Troquei de roupa, porque a roupa limpa sempre me faz sentir melhor. Meias macias, cuecas passadas, camisas impecáveis. A mulher que vinha limpar a casa duas vezes por semana era uma "costas molhadas", como os chamam, tinha cruzado a fronteira pelo rio, ilegalmente, sem papéis. É mexicana, se chama Encarnación e diz que viver aqui "no Norte" é como estar numa gaiola de ouro. Seus pais continuavam em Oaxaca, e no Natal ela voltava ao seu povoado e depois tornava a cruzar clandestinamente. Às vezes vinha com algum *coiote*, e uma vez tinha entrado pela Califórnia. Estava sempre pensando nos policiais de Imigrações e falava da "Migra" como se fosse uma bruxa desgrenhada de olhar ardiloso que não a deixava em paz. Uma tarde veio chorando porque a patroa — "a gringa" — da casa onde trabalhava todos os dias a humilhara na frente das "outras pessoas". Enxugava as lágrimas com a palma da mão, era uma mulher de idade indefinida, podia ter vinte e quatro ou quarenta e dois anos, se sorrisse ou não sorrisse, e depois de enxugar as lágrimas pareceu refeita e me disse que ela também tinha seu orgulho, e com um sorriso abriu seu avental de trabalho e me mostrou a camiseta que usava por baixo, com o rosto do Che Guevara bordado, no velho estilo das imagens populares ou dos astros da luta livre mexicana. Lá ficou, por um instante, aquela mulher rechonchuda, de idade indefinida, com sua cara de estátua asteca e a imagem de Guevara embaixo do avental de trabalho. Disse que era uma *T-shirt* feita à mão pelas *maquiladoras* de Monterrey, vendida por um compadre que trabalhava num posto de gasolina em Lawrenceville.

Lembrei dessa história porque eu também precisava de coragem para suportar o que viria. Tinha que seguir em frente, chorar às escondidas, apagar a sucessão circular de imagens: o carro de Ida isolado com fitas amarelas de segurança na esquina da Bayard Lane, perto do muro da Palmer House, que eu vira na televisão. O jeito como ela entrava num quarto; o gesto leve de abrir a capa para me mostrar como estava vestida essa noite. Tinha que parar de pensar, pensei, e comecei a traduzir o poema de Robert Frost para ver se o ritmo dos versos me permitia respirar melhor. "Frost" era gelo, geada, o frio nos ossos, frio como uma pedra, frio como o mármore, frio como um morto. "Frost" era também frágil, quebradiço, rachado, delicado, uma camada de gelo trincada, invisível. *"Dust of snow"*, floco de neve ou cristal de neve, pó de gelo não soa bem, cristal de neve, diamante em pó, agulhas de neve, *"a snow crystal"*, pequenos cristais de neve, névoas geladas, "Pó de neve". *"The way a crow"*, o modo, a forma como o corvo, O modo como um corvo/ *Shook down on me*, fez cair em mim, deixou cair sobre mim, Sacudiu sobre mim/ *The dust of snow*, O pó de neve/ *From a hemlock tree*, dessa árvore, do abeto, De um abeto// *Has given my heart*, deu ao meu coração, infundiu no coração, Infundiu no meu coração/ *A change of mood*, uma mudança de ânimo, outro ânimo, Um novo ânimo/ *And saved some part*, e resgatou, salvou uma parte, Salvando uma parte/ *Of a day I had rued*, de um dia triste, um dia penoso, De um dia de pesar. Talvez em terceira pessoa ficasse melhor. Os flocos de neve que um corvo sacudiu, do alto da árvore, choveram sobre ele e infundiram um novo impulso no seu coração, embora sua vida estivesse em ruínas.

Desabei na cama. Recordei de repente o que eu tinha vivido quando meu pai morreu. O que eu tinha feito quando meu pai morreu. A cantora de ópera que havia perdido a voz. *A change of mood*. Esperava não passar a noite acordado. Tomara que o *dealer* volte a me ligar, pensei. *Dust/ sniff*. O quarto do hotel, as cortinas baixas. Os homens de terno escuro na recepção mostram suas credenciais, fazem perguntas. O quarto está reservado. Eu precisava de um álibi.

Quem não precisa? Era quase meia-noite nos números luminosos do relógio sobre o criado-mudo; estava gelado, como embaixo da água. No fundo do mar, dizem os jogadores quando perderam tudo. O hotel tinha um cassino? Ida na esquina, com seu casaco cinza, fumando, quando ela se mexeu eu vi suas coxas. Não podia esperar nem dormir. Desci até a garagem para tirar o carro, as ruas estavam desertas, um vilarejo morto, um policial patrulhava com o minúsculo carrinho com que controlavam as infrações de trânsito, passei por ele e depois de seguir por alguns desvios entrei na rodovia para Nova York. Uma paisagem desolada, as luzes distantes de um bar, um outdoor luminoso na beira da estrada, um Taquitos Restaurant, uma guarita de segurança vazia, nenhum carro no caminho. Exit Route One, devia virar dali a uma milha e pegar o viaduto para entrar no Holland Park e descer no estacionamento do hotel. Tinha o código de reserva do quarto e digitei o número 341 no painel de controle e a cancela se levantou. O estacionamento subia em círculos e no fim parei o carro no terceiro andar, num canto, entre duas listras brancas com o número do quarto pintado na parede.

Na recepção, um homem de preto verifica a reserva, olha meu documento sem interesse e me entrega a chave, não um cartão magnético dessa vez. Peço ao barman se pode subir uma garrafa de uísque. O quarto não é o mesmo da outra vez, parece mais antigo ou mais senhorial, com cortinas de veludo vermelho nas janelas. Paredes decoradas com cenas de caça, móveis impessoais, sepulcros com ar-condicionado. A televisão, um cofre com chave, um bar minúsculo com minúsculas garrafas, uma cama *king size*, a colcha vermelha. Tudo sempre no mesmo lugar. Pelo jeito os arquitetos seguem sempre a mesma disposição para que os clientes habituais consigam se localizar no escuro e saber onde fica o banheiro ou o interruptor de luz. O camareiro me traz o uísque com dois copos. Está sozinho? Companheiro, diz, e eu não gosto dessa confiança, temos um serviço de acompanhantes. Dei-lhe vinte dólares, e ele me deu um número de telefone. Atendeu uma mulher de voz cautelosa. Como o senhor quer?, pergunta. A que estiver disponível, respondo. Todas estão disponíveis. Uma loira, digo. Temos fotos na internet, pode escolher, dou-lhe a *password*. Não é necessário, digo, uma loira então. Justine, diz. Como? Justa, ela se chama Justa. Um nome qualquer, fico à espera dela. Há um barulho de água nas paredes do quarto, como se a calefação estivesse funcionando a pleno vapor, correndo pela tubulação. Dali a pouco toca a campainha. A garota é loira platinada e está vestida de preto, de salto alto. Um rosto meio asiático, uma chuva branca no cabelo. Sou, me diz, Justa, a Blonde. Obrigado por me escolher, diz, e me acaricia a boca com dois dedos como se me desenhasse os lábios. Fala com voz nasalada, infantil. Tem olhos escuros e bonitos, um dos seus olhos está *vivo*, o outro é estéril e sua mão direita parece feita de metal branco, e ela a cobre continuamente com a manga da blusa de seda com um botão faltando no punho. Teria chegado bem antes se não tivesse sido tão difícil achar a saída da *freeway*, diz. Usava o mais-que-perfeito do subjuntivo, e sua sintaxe era estranha, porque essa forma verbal existe em castelhano mas não em inglês. Existe em castelhano mas não em inglês? Pensei que só iria piorar se ficássemos conversando. Então ela foi ao banheiro, "para ficar mais fresquinha", como disse de um modo que me pareceu ridículo e sublime. Eu nunca tinha pagado por uma mulher. Eu poderia alegar que viera ao hotel procurar uma *sweetheart* e que nas duas vezes anteriores tinha ido lá pelo mesmo motivo. Seria um álibi como outro qualquer. Eu me sinto só, poderia dizer a eles, sou estrangeiro. Venho de Buenos Aires. Mas isso eles já sabem. O calor me adormecia. A porta do banheiro se abriu e a garota estava nua mas de salto alto, na porta, sob a luz crua. *Te gusto?*, perguntou em espanhol. Tinha uma cicatriz vermelha no ventre e o púbis raspado. Levantei e fui até ela. Havia um corvo *vivo* sobre a cômoda. Enfiava o bico embaixo de uma asa com um olho fixo em mim... Eram 5:03 da manhã no relógio luminoso. Pelo menos posso sonhar, pensei, e acordei, deitado de costas na cama, suado. Eu tinha conseguido sonhar com ela? Já não me lembrava do sonho, só fragmentos, o quarto 341, uma mulher loira. O que estava fazendo lá? O sonho se apagou, mas a sensação era de sujeira e de temor. Fui até a janela, estava amanhecendo. Nos fundos do quintal vizinho, vi Nina cuidando das suas plantas, a bruma da sua respiração era uma névoa no ar transparente. Senti que atrás, no quarto, no alto da mesa do fundo, o corvo erguia as asas.

II. A VIZINHA RUSSA

Cinco

1.

Agora, ao recordar aqueles meses, penso que, se consegui manter um mínimo de sanidade mental, foi graças a Nina Andropova, minha vizinha russa. Nossas conversas tinham um efeito tranquilizador, como se Nina vivesse em outra velocidade, à margem das urgências do momento. Eu sempre voltava ao assunto dos meus encontros com Ida e à tarde em que a vi pela última vez nos corredores do departamento e ela se afastou com as cartas na mão esquerda e uma bolsa de lona pendurada no ombro. Era mesmo na esquerda? Mas se ela era canhota, por que no carro, segundo o croqui da polícia, era a mão direita que se inclinava à procura de alguma coisa no assoalho? Oh, querido, dizia Nina, não é assim que você vai entender o que aconteceu.

As conversas com Nina pareciam destinadas a me fazer sair das trevas dostoievskianas em que eu tinha mergulhado. Era como se a história da sua vida, que ela me contava em rajadas, e sua conversa brilhante me recordassem os velhos tempos, as reuniões onde se falava de política em salas enfumaçadas, as garotas ardentes que militavam nos bairros operários e planejavam revoluções que iriam purificar o mundo; todo aquele esplendor parecia persistir na sua voz musical e tranquila.

Por esses dias, eu escutava frases soltas na rua e pensava que estavam falando de mim ("Ela estava de azul"). Vivia num mundo onde tudo tinha um sentido secreto e cada gesto ou cada detalhe ocupava um lugar que era válido só para mim. Nina me escutava pacientemente e mudava de assunto, como se só quisesse me ajudar a curar as minhas feridas e a sobreviver. Era generosa, e voltava repetidas vezes aos seus anos russos, como se dissesse nós sim que vivemos tempos gloriosos e grandes tragédias, discursos inflamados e repressões multitudinárias levadas a cabo por nossos heróis revolucionários; as questões privadas não podiam ser usadas para sofrer porque já não tinham lugar no coração. Sua mãe fora morar numa aldeia miserável na Sibéria para ficar perto do campo de trabalho onde seu pai iria morrer. Nós também, comentei, tínhamos sido arrastados pela história e pelo horror, e eu podia entender do que ela estava falando. Oh, sim, tudo pode ser compreendido, menos a violência revolucionária e a euforia da vitória, me disse enquanto encaixava com cuidado um cigarro na piteira branca, como se ainda houvesse algum sentido em proteger assim seus pulmões. Tinha quase oitenta anos, estava mais perto da morte do que eu na época era capaz de imaginar, e no entanto fazia tudo com entusiasmo, sem perder o ardor.

Nina havia sobrevivido na França durante a guerra e a ocupação alemã trabalhando como babá no círculo dos escritores da NRF (criou e educou os filhos de Jean Paulhan) enquanto escrevia sob a orientação de Nikolai Berdiaev sua tese sobre *Os anos de juventude de Tolstói*. Em 1950 deixou Paris e veio para os Estados Unidos. Saí de lá porque não suportava o clima da esquerda francesa depois da Libertação, com Sartre, Aragon e outros sátrapas que defendiam a repressão na Rússia com o argumento de que os velhos bolcheviques tinham estado objetivamente a serviço do inimigo apesar das suas intenções, contava Nina. Sartre escrevera no final de *Saint Genet* que Nikolai Bukharin, o brilhante intelectual cosmopolita e teórico do Partido Comunista, não tinha sido vítima de Stálin, e sim um traidor da revolução justamente castigado depois da sua confissão. Seriam fuzilados depois de confessar sob tortura os crimes mais absurdos. Era difícil ser de esquerda naqueles anos, e ainda é, disse Nina. Mas eu sou russa, querido, e para mim é impossível ser reformista, e ressaltava a palavra que pronunciava em russo. (*I'm a russian, dear, and it's impossible for me to be a* reformist.) Continuava pensando que o tsar e sua corte eram os responsáveis pelas catástrofes da Rússia e que a revolução havia sido um fogo que primeiro destruiu seus heróis e depois aterrorizou todo o povo. Naquela madrugada, quando ela pegou o trem para a Finlândia, soube que um mundo inteiro ficava para trás, junto à imagem dos seus pais na luz mortiça da plataforma deserta. Desde que deixara a Rússia vivera com o sabor de cinza do desterro na boca.

Chegou a Nova York com setenta e cinco dólares no bolso, um exemplar do primeiro volume da sua biografia de Tolstói e a decisão de começar de novo. Recordava a figura imponente da Alexandra Tolstói, a filha do conde, que dirigia uma fundação voltada a apoiar os exilados soviéticos que vinham à América, esperando impaciente atrás da grade, nas docas do porto de Nova York, enquanto os guardas de Imigrações retinham Nina com perguntas ultrajantes e o cais ia ficando vazio, até que afinal ela pôde atravessar arrastando a mala onde levava o pouco que tinha.

Nina fez todos os trabalhos imagináveis e teve que penar por dois anos antes de conseguir um emprego de professora de russo num *college* de Nova Jersey. Em 1960 publicou a segunda parte da sua monumental biografia (*O romancista Tolstói*) e obteve a cadeira de literatura no Departamento de Línguas Eslavas da universidade. Foi aqui que ela conheceu seu marido, o geógrafo russo Albert Ostrov, que pesquisava a cartografia dos vulcões da Lua no legendário Institute of Experimental Studies. Mas seu adorado Albert tinha morrido e ela agora estava sozinha, já aposentada da docência e enterrada no seu interminável livro sobre os últimos anos de Tolstói.

Estávamos na casa dela, na sua sala de trabalho, com altos janelões que davam para o jardim. Nina começou a caminhar pelo cômodo cheio de mesas com papéis e livros, de ícones e móveis antigos. O pior para ela era não ter com quem conversar em russo. Falava sozinha, e às vezes recitava Púchkin para os silenciosos peixes que agitavam sua longa cauda no aquário redondo. Fazia algum tempo, um matemático russo tinha vindo lecionar no instituto, contou. Mas ele se negava a falar em russo e se comunicava com todos num inglês precário. Nina deu um jeito de convidá-lo para almoçar no restaurante da universidade e foi pronta para conversar, mas o matemático era tão calado que Nina se sentiu uma idiota durante toda a refeição, fazendo comentários sem sentido. Até que no final do almoço o matemático se levantou e disparou em russo, com voz alterada: "A senhora acredita em espíritos?", e se retirou atravessando o salão a passos largos.

Segundo Nina, essa tendência a elevar todos os problemas do plano do compreensível por meio de alguma *expression mystique* era muito russa. Talvez seja dessa espiritualidade que eu mais sinto falta, disse Nina, e soltou uma risada. Longos pará-grafos pseudofilosóficos e incompreensíveis mas muito apaixo-nados, ou uma única palavra inesperada que inverte o sentido banal da conversa. Se você para de falar em russo por algum tempo e depois ouve os russos falarem, não entende nada. O mais preciso dos seus comentários concretos tem sempre derivações enigmáticas que acabam sendo incompreensíveis. O resultado desse tipo de mensagens, independente da precisão com que são formuladas, é elevar o significado tão acima do uso cotidiano que o sentido desaparece por completo. Isso explica a tendência dos escritores russos — de Gógol a Dostoiévski e Soljenítsin — a pregar e entrar em divagações religiosas. É a língua que os leva a essas profundezas, disse sorrindo.

A tendência do idioma russo à expressão mística era um tipo de imperfeição ontológica que não aparecia em outras línguas indo-europeias. Os verbos de ação e de percepção pessoal levados a um uso extraverbal eram rigorosamente coerentes na prática das línguas eslavas. O problema essencial era que, em russo, não existiam termos para a tipologia dos pensamentos e sentimentos ocidentais. Tudo é passional e extremo. Não se pode dizer boa tarde sem que pareça uma ameaça. Por isso é tão difícil traduzir do russo, e Nabokov se perdeu num atoleiro na sua catastrófi-ca tradução de Púchkin. Era arrogante e sentimental, e achou que traduzindo literalmente *Eugene Oneguin* podia transmitir a entonação emocional da poesia russa. Impossível! É preciso ler russo para ouvir essa misteriosa música mística.

Tolstói, disse depois, é o maior dos nossos escritores por-que lutou contra essa debilidade da língua, e nessa luta, disse Nina, descobriu a *ostranenie*. Essa palavrinha mágica não tem tradução, podemos dizer distanciamento, estranhamento, até *unheimlich*, como Freud, ou desfamiliarização. Uma distorção que altera o sentido trivial para expor a luz clara da língua russa.

Tolstói a usou e a tornou visível. Era um narrador excepcional e seu estilo é cheio de dificuldades, não tem nada de elegante, tanto que foi criticado e muitos o acusaram de escrever mal, e escrevia mal — não era Turguêniev —, porque procurava alterar a doença metafísica do idioma vernáculo. Ele transformou o modo de escrever em russo. Sem Tolstói não é possível conceber Mandelstam, nem Akhmátova, nem Chklóvski. Ele cristalizou esse procedimento, essa luz, esse olhar fino, o detalhe visual que diz sem dizer a carga espiritual.

Quando estava lutando contra a pena de morte, Tolstói escreveu uma crônica sobre a execução de um pobre camponês incendiário. O patíbulo, o carrasco, o rosto pálido de quem estava prestes a ser enforcado, o pateticismo da situação. Tolstói, à diferença do que teria feito qualquer outro cronista, se deteve na descrição do servente que carregava o balde com água e sabão para molhar a corda do enforcado e permitir que deslizasse mais facilmente no pescoço da vítima. Esse detalhe liquidava toda metafísica e transmitia o horror burocrático da execução melhor do que qualquer jaculatória emocional à la Dostoiévski sobre os humilhados e ofendidos.

Nina fumava e bebia chá, um cigarro atrás do outro, uma xícara esverdeada atrás da outra do samovar prateado. Estava em pé junto à janela e a luz brilhava no seu cabelo meio azulado. Tolstói lutou contra a indomável profundidade demoníaca da língua materna, descrevendo os mínimos detalhes que subsistiam sob a crosta metafísica, e assim evitou a armadilha da obscura profundidade religiosa da linguagem. Seu verdadeiro discípulo foi Wittgenstein! O que não pode ser dito não se diz.

Estava em pé junto à janela e ficou calada, como que representando com seu silêncio o que estava tentando me dizer. A luz de inverno entrava suave pela janela. Os esquilos corriam de um lado para o outro pela terra gelada do jardim procurando alguma coisa para comer.

— Aqui os esquilos são praga porque não há cachorros soltos — disse Nina. — Seria o caso de importar vira-latas.

2.

Eu não conseguia parar de pensar no quarto vazio do hotel, na disposição neutra dos móveis e dos objetos, no lenço de seda de Ida cobrindo o abajur com uma sombra vermelha. Uma obsessão hoteleira! Ela saía nua do banheiro, o púbis núbil, as coxas suaves. Uma tarde, obcecado por essas imagens que voltavam com a nitidez dos sonhos, tirei o carro da garagem, dei umas voltas pelo vilarejo, atravessei o bosque e peguei a Route One para voltar ao Hotel Hyatt. No bar o pianista continuava tocando peças de Ellington ("Sweet Georgia Brown") e eu subi até o quinto andar e passei a noite num quarto igual aos demais. Não havia outro lugar onde pudesse me sentir a salvo e quem sabe, como tantas vezes na minha juventude, se me instalasse nesse quarto anônimo conseguisse começar a história que custava a escrever. Foi aí que passei a trabalhar nestas anotações, tentando preencher os vazios e registrar detalhes e lembranças para que minha vida daqueles dias ganhasse alguma forma. (A forma anônima e impessoal de um quarto de hotel.) Também me tranquilizava pensando que aquilo podia funcionar como um álibi; se a polícia descobrisse minhas reservas no Hyatt, diria que de vez em quando ia ao hotel e me trancava para escrever.

E foi o que eu fiz. Coloquei a mesa contra a janela que dava para a estrada, via passar os automóveis, embaixo, como vaga-lumes. Tudo estava tão ligado a Ida, à lembrança das minhas noites com ela e às nossas conversas, que às vezes tinha a impressão de escutar sua voz e ver seu corpo nu na frente do espelho; essas eram as imagens que me seguiam fazia semanas. Comecei escrevendo sobre seu primeiro telefonema, em dezembro, quando me localizou em Buenos Aires, depois de alguns dias sem ter notícias minhas.

Ao amanhecer voltei sigilosamente para o vilarejo dirigindo pela rodovia até a saída da rotatória da Washington Road com a mesma sensação de estranhamento que tinha ao voltar dos meus encontros com Ida Brown. Cada um pode tecer ao seu redor uma teia de aranha a fim de justificar seus atos, e essa teia pode acabar por sufocá-lo.

Em meados de março retomamos as aulas depois da semana do *midterm*. Tudo permanecia numa estranha irrealidade, como se a ausência de Ida tivesse nos obrigado a fingir que nada estava acontecendo. Um grupo de pós-graduandos liderado por John III tinha assinado uma carta dirigida às autoridades da universidade pedindo esclarecimentos sobre o caso da professora Brown, mas haviam respondido que tudo estava nas mãos da justiça e que a polícia já dera o caso por encerrado sob a rubrica "morte suspeita em acidente". Isso significava que o inquérito poderia ser reaberto se algum dado novo chegasse ao conhecimento da polícia, mas também insinuava que podia se tratar de suicídio. A declaração tinha indignado os estudantes e também os colegas. Era impossível imaginar que Ida fosse capaz de se suicidar, e eu sabia muito bem que essa insinuação não tinha nada a ver com a verdade dos fatos. Nos corredores circulavam múltiplas versões, mas hoje, ao reler minhas anotações daquele tempo, constato que foi Nina quem primeiro deduziu o que realmente tinha acontecido. Só algumas notas isoladas nos jornais permitiam imaginar que havia uma sucessão de incidentes estranhos entre os quais também se podia incluir a morte de Ida.

Segundo o que Nina me contou, poucas semanas antes havia morrido em condições duvidosas um catedrático de Yale conhecido por suas pesquisas em biologia molecular. (Que relação podia haver entre essa morte e o acidente de uma professora de literatura inglesa especialista em Conrad?)

Quem sabe se os professores não estavam se matando entre si?, ironizava Nina. Nos seus anos na Rússia tinha aprendido as virtudes do sarcasmo. Nina conhecia bem o mundo acadêmico e o considerava uma selva mais perigosa que os pântanos do Vietnã. Gente muito inteligente e muito educada que de noite sonha com vinganças terríveis. Ela havia percorrido toda a escala da assim chamada carreira acadêmica e sabia dos rancores e dos ódios que atravessavam os departamentos universitários onde os professores convivem por décadas a fio. O que teria acontecido? Devíamos esperar, a única pista segura eram as cartas que a professora Brown tinha retirado da sua *mail box*. Seria possível conseguir a lista da correspondência recebida pelo Post Office da universidade naquele dia? Com essa informação, disse Nina, poderíamos saber quem escreveu para ela, quais os remetentes daquelas cartas. Ela carregava uma caixa nas mãos, algum pacote? Eu não me lembrava? Quem sabe um envelope da UPS ou da FedEx? Nina se animava e elaborava suposições e hipóteses centradas nos minutos que se seguiram à saída de Ida da reunião, sua entrada no escritório do departamento, sua conversa com a secretária de pós-graduação e seu encontro comigo. A que horas foi? Então, se o acidente tinha sido às sete, tudo aquilo tinha ocorrido em vinte minutos. Muitas vezes, disse, as bombas-relógio são acionadas ao rasgar o papel que envolve a caixa ou o livro oco onde foram instaladas.

Às vezes ela desanimava. O que pode descobrir um particular, perguntava Nina, por mais sagaz que seja? A trama múltipla da informação deliberadamente distorcida, as versões e contraversões são o lugar denso onde imaginamos o que não conseguimos entender. Já não são os deuses que decidem o destino, são outras as forças que constroem maquinações que definem a fortuna da vida, meu querido. Mas não pense que há um segredo escondido, está tudo bem à vista.

3.

Eu tinha cortado meu contato com a Argentina como se lá não restasse mais nada. De vez em quando ia à biblioteca e lia algum jornal atrasado para reencontrar o tom perdido dos meus dias em Buenos Aires. Dava uma olhada nos filmes em cartaz, nas exposições, no estado do clima, nas mudanças da situação política, mas com extrema indiferença, como se tudo aquilo estivesse acontecendo num passado remoto e eu vivesse num tempo paralelo e distante. Poucos meses antes do golpe militar, eu havia pedido demissão do jornal *El Mundo* e ficado uns dois anos trancado num apartamento da rua Sarmiento, escrevendo um romance que teve modesto sucesso (o modesto sucesso que é normal em Buenos Aires), mas depois minha vida estagnou. Uma vez resolvi andar de carro por uma enorme praia deserta no sul da província de Buenos Aires, e o carro atolou na areia molhada. Era impossível tirá-lo porque, ao cavar, a água brotava em volta das rodas enquanto o mar ia subindo e ameaçava levar o carro. Acabei sendo resgatado por um campeiro com uma parelha de cavalos de tiro, como se eu estivesse num navio encalhado no meio do oceano.

Às vezes eu até me punha a imaginar o que teria sido da minha vida se tivesse ficado em Buenos Aires. Quem sabe teria me reconciliado com minha ex-mulher, quem sabe teria enfim conquistado os favores de Margarita, a vizinha de cima, certamente continuaria girando em falso, escrevendo nos suplementos literários, batendo papo com meus amigos no bar La Paz.

Era possível encontrar ligações, vínculos, tramas e paralelismos entre uma vida e outra, e esse duplo vínculo me protegia das verdadeiras lembranças. Às vezes era devolvido à realidade pelas mensagens que recebia dos amigos, apesar de eu nunca responder; eles me escreviam e-mails ou deixavam a voz gravada na secretária eletrônica do meu ramal na faculdade, que deviam ter achado no site da universidade. Ei, Emilio, e aí? Me liga, aqui quem fala é o Junior. Era estranho, por que ele queria falar comigo? Fiquei intrigado, mas não respondi. Até recebi algumas cartas de amigos — da Anita, do Gerardo, do Germán — que recorriam ao velho método de mandar a correspondência por correio para ver se assim conseguiam que eu respondesse. Mas eu nem abria aqueles envelopes. Também recebi algumas cartas da Clara, minha ex-mulher, que eu respondia sem abrir, imaginando o que ela com toda certeza me diria e sabendo o que esperava que eu lhe dissesse, embora àquela altura eu fosse um estranho para ela e ela para mim (apesar dos anos que tínhamos vivido juntos).

Liguei algumas vezes para minha mãe, que mora no Canadá com meu irmão e a família dele. Prometi que lhe faria uma visita, embora ela e eu soubéssemos que isso não iria acontecer, mas seguíamos um ritual que consistia em exprimir sentimentos que já tínhamos esquecido. Da segunda vez que lhe telefonei, contei que tinha conhecido uma garota com o mesmo nome dela. Minha mãe deu risada e acho que respondeu a mesma coisa que Ida: que ridículo, com tantas mulheres por aí. Ninguém gosta de se chamar como outra pessoa, eu mesmo fico irritado quando encontro algum Renzi entre meus conhecidos. Não é possível, disse, não gosto disso, e mudou de assunto. Seu irmão vai muito bem, comprou uma casa na praia, as crianças estão aprendendo flauta e violino e começaram a jogar futebol no colégio e sempre perguntam por você.

4.

Quando eu ia dar aula e escutava no corredor o suave rumor de risadas e vozes que sempre se ouve quando se está prestes a entrar na classe, pensava que os alunos sabiam tudo o que eu estava pensando e que sua rede de informantes e de versões era impecável. Aquelas risadas eram dirigidas a mim? Eu estabelecia conexões entre fatos isolados, como se a impressão de que tudo estava ligado fosse um sinal de sagacidade. É assim que os loucos raciocinam, pensava enquanto o sol da tarde iluminava os corredores da biblioteca em que todos os livros do mundo coincidiam num edifício interminável, como nos contos de Borges, um autor para o qual também tudo parece ter a ver com tudo, e o mundo respondia à lógica demoníaca de uma divindade que delira.

Estava nisso quando, para confirmar minhas intuições, um dia apareceu o inspetor O'Connor acompanhado por aquele mesmo investigador de rosto amarelado, óculos Clipper e cabelo liso que tinha vindo com ele da outra vez. Os dois estavam esperando por mim na porta da classe, como se quisessem deixar bem claro que eu continuava sendo um suspeito. Não me agradava nem um pouco que fossem vistos pelos alunos que saíam da aula, mas era essa a sua intenção. O caso da professora Brown foi encerrado, disse O'Connor, eu podia me movimentar livremente, mas havia duas questões que queriam conversar comigo. A seguir me apresentou o homem de óculos escuros como John Menéndez, agente especial do FBI. O'Connor consultou seu bloco e me disse que, de fato, estavam investigando uma série de atentados em diversas universidades. A morte de Ida parecia um acidente, e eles não viam evidências de que pudesse pertencer a essa série, mas havia algumas questões que queriam esclarecer. Tinham a informação de que Ida costumava frequentar o Hotel Hyatt. Sei o que significam essas insinuações, portanto não disse nada e esperei. Ida tinha ido a esse hotel várias vezes no final do ano passado e também em janeiro. O senhor não tinha conhecimento disso? Eu estava na Argentina nessa época. Certo, sabiam disso, mas ela não tinha feito nenhum comentário sobre essas reuniões ou esses encontros? Não, pelo menos não para mim. Permaneci em suspense, sabiam que tínhamos nos encontrado e não o diziam abertamente para observar minhas reações? Acreditamos, disse O'Connor, que ela se hospedava no hotel quando tinha que tomar um avião de manhã cedo no aeroporto de Newark. Isso era tudo? Não. Na noite do acidente, o senhor não entregou nada para a professora Brown quando se encontraram no corredor? A secretária nos tinha visto conversar, da sua sala. Nada, respondi, estávamos numa reunião, e quando saí ela de fato estava no corredor, mas já carregava a correspondência que tinha acabado de pegar no departamento. Eles não tinham a lista das cartas que lhe entregaram? Nós fazemos as perguntas aqui, disse Menéndez, num tom baixo, quase um sussurro. Perfeito, respondi, agora me desculpem, mas tenho que continuar trabalhando. Sim, claro, disse O'Connor, e antes de se despedir recomendou que eu procurasse um médico para investigar minhas perturbações, um exame de rotina sempre ajuda, disse. Depois de me cumprimentar, se afastaram pelo corredor como dois coveiros. Era muito estranho, tive a sensação de que queriam me avisar que sabiam das visitas ao hotel. Seria isso? E por que Ida iria ao Hyatt antes de eu aparecer aqui? Entendi então os métodos da polícia para semear duvidas e obsessoes nos suspeitos de um inquérito. Seria mesmo verdade que ela ia ao Hyatt antes, de noite e sozinha? Ou só queriam deixar claro que sabiam dos meus encontros com ela? Estava de novo inquieto, e antes de voltar para casa dei algumas voltas de carro para me acalmar, dirigir me acalma, e saí em direção à Filadélfia, mas sem pegar a rodovia. Segui por umas estradas secundárias, por entre bosques e casas de campo. Liguei o rádio e escutei o noticiário e o boletim do clima. Depois tocaram músicas de Bob Dylan. Em Lawrenceville, um povoado no caminho, desci para comer alguma coisa e depois saí e fiz o retorno para voltar ao vilarejo pela Nassau Street. Ao virar na Markham Road vi que as luzes da minha casa estavam acesas. Estacionei em frente à garagem e entrei pela porta lateral. Estava trancada, assim como a entrada principal. Será que eu mesmo tinha deixado a luz acesa e esquecido? Alguém teria entrado? Tudo estava em ordem, só pareciam ter mexido em algumas folhas das minhas anotações de aula. Meus cadernos estavam abertos sobre a mesa.

Não havia nada de comprometedor, os nomes eram letras e os lugares estavam trocados. Escrevo esses cadernos há anos e sempre procurei que só eu fosse capaz de decifrá-los, mas como um policial leria essas páginas? Era ridículo pensar que o FBI se dedicava a ler nas entrelinhas dos meus escritos. Teriam mesmo entrado na casa? Examinei os quartos, estava tudo em ordem. Claro que essa poderia ser a prova de que tinham entrado sub-repticiamente. Teriam levado alguma coisa? Na biblioteca de Hubert, sobre uma mesa baixa, havia um número da revista *Partisan Review* de 1988, aberta no ensaio de Martin Jay, "The Fictional Terrorist". Eu mesmo a teria esquecido lá? Comecei a me preocupar. Precisava saber o que estava acontecendo comigo.

Decidi telefonar para Ralph Parker, o detetive conhecido de Elizabeth. Quem me atendeu foi a secretária da Ace Agency. Meu nome é Emilio Renzi, anunciei, sou amigo de Miss Wustrin. Queria marcar um horário com Mr. Parker. Ele cobra, informou a moça, trezentos dólares a consulta, continue ou não com o caso. Se o trabalho continuasse, os trezentos dólares seriam descontados dos honorários. O custo diário dependia do tipo de investigação. Marcou uma entrevista com Parker para a semana seguinte.

Seis

1.

Parker me recebeu no seu escritório como se não me conhecesse ou tivesse se esquecido de mim; para dar mais profissionalismo ao encontro, uma secretária loira tomava nota da conversa. A moça se chamava Ginger e usava aparelho nos dentes da frente, o que lhe dava a aparência de uma *teenager* recém-saída da High School. Me serviram uma xícara de chá verde e uns biscoitos de gengibre com gosto de xixi de gato. No computador de Ginger se escutava a cítara do grande Ravi Shankar; estávamos na Índia, ainda que pelas janelas se ouvissem as sirenes da polícia e o rumor altivo de Nova York. Fiz uma síntese da situação; estava preocupado; uma colega do departamento, a professora Brown, tinha morrido num acidente estranho, e eu estava convencido de que o FBI me vigiava.

— Acho que entraram na minha casa quando eu não estava.

— Natural, não iriam entrar quando você estivesse lá — disse Parker, e a secretária festejou a tirada do chefe com uma tossidela seca.

O FBI realizava habitualmente revistas noturnas sem ordem judicial. Eu não devia me preocupar, podia ser uma busca de rotina na casa de todos os que tiveram alguma relação com Ida Brown.

Até onde se sabia, o FBI estava de fato acompanhando uma série de atentados em universidades do país. Tinham começado fazia já algum tempo, mas só agora começavam a estabelecer conexões entre diversos incidentes isolados. Que relação havia entre esses fatos? Não se sabia. A morte de Ida podia pertencer a essa série, e o FBI provavelmente havia deixado esse caminho aberto, caso algum passarinho caísse na arapuca. Talvez acreditem que foi um atentado ou que ela morreu manipulando uma bomba. Nenhuma hipótese estava descartada. Pediu mais detalhes, tudo podia ser útil na investigação, até os dados mais insignificantes. Quando comecei a falar, Parker pediu à moça que nos deixasse a sós e passou a tomar nota do que eu dizia num bloco. Fiz um resumo da situação desde que eu tinha chegado aqui, em janeiro, e lhe contei que tinha recebido, assim como todos os professores do departamento, uma visita de rotina da polícia, que foi colher detalhes do caso. Só que depois, ontem, o inspetor O'Connor, da polícia de Trenton, e uma espécie de agente latino do FBI esperaram por mim na saída de uma aula, e quando cheguei em casa encontrei indícios de que tinham revistado meus papéis. Parker só pareceu se interessar pela referência ao agente latino. Pediu mais dados, contei-lhe que ele quase não tinha falado, que só tinha estado lá escutando minha conversa com O'Connor. E que no fim tinha esclarecido que eram eles que faziam as perguntas. Parker anotou algumas frases no seu bloco e fez um resumo da situação.

A polícia estava desorientada, não sabia se os atentados estavam interligados ou se se tratava de uma simples coincidência. De maneira geral, os ataques vitimavam *scholars* de grande prestígio, cientistas especializados em biologia ou em lógica matemática. Ida parecia estar fora desse *target*. Mas nunca se sabe, concluiu. Podia ser um louco ou podia ser puro acaso.

Parker pediria acesso aos arquivos do FBI. Eu tinha que assinar uma autorização. Fez questão de esclarecer que, sem a colaboração das forças de segurança, seu trabalho seria impossível. Existem dois Estados Unidos, disse Parker. Um, visível, o país no qual sou um cidadão que vota, a república democrática dos pais fundadores. E outro subterrâneo, com um poder central sem controle, que liquida qualquer coisa que possa ameaçar a segurança nacional. Ele tinha que colaborar e negociar com esse poder oculto, para que não o esmagassem como a uma mosca. Sabiam que ele estava trabalhando no caso dos soldados negros assassinados no Iraque, mas não se incomodavam: o Exército era outro mundo, eles eram os rapazes do trabalho interno. Eu venho da Argentina, expliquei, sei como são essas coisas. Metade da população trabalha para os serviços de informação, e a outra metade é vigiada.

Parker conseguiria autorização para ler a transcrição das conversas telefônicas, acessar informações reservadas e consultar os arquivos do caso, mas eu tinha que lhe explicar por que estava tão interessado no assunto e por que o contratara.

Para mim, era evidente que não podia explicar meus reais motivos. Estava obcecado por essa mulher e era por causa dessa obsessão que tinha procurado um detetive particular. Sem entrar em detalhes, disse que Ida era minha amiga, uma intelectual renomada, que seu prestígio estava em jogo e a administração da universidade tinha lavado as mãos, mas para mim não era a mesma coisa se sua morte tivesse sido causada por um estúpido acidente de trânsito ou por outra circunstância.

— Não é a mesma coisa para quê? Para o currículo da professora? — Olhou-me com ironia. Tinha que haver mais alguma coisa.

— Eu tive um caso com ela, mas ocultei da polícia.

Ah, bom, disse, e anotou alguma coisa no seu bloquinho. E eles sabem disso, não tenha dúvida. Era casada? Não, não era casada. Algum colega sabia desse envolvimento? Acho que não. E por que eu tinha ocultado o caso? Ela não queria que ninguém soubesse, e eu respeitei sua decisão.

— U-lá-lá — exclamou, divertido.

De repente percebi que Parker era um típico ex-policial norte-americano, desumano, cínico e patriótico. Havia outras coisas que ele teria que saber?, perguntou, e então avancei com cautela, sem me exceder nos dados nem nas hipóteses.

— Eles falaram com meu médico em Buenos Aires — comentei, e ele ficou surpreso.

Ele ia apurar, consultar seus contatos. Mas queria deixar claro que só lhe permitiriam investigar nos arquivos mortos, quer dizer, não haveria informação sobre testemunhas em curso (ou seja, pessoas vivas). Não querem que a informação se transforme num instrumento de chantagem.

Estavam levando o caso a sério, segundo Parker. O latino, John Menéndez, era o chefe de Investigações Especiais, diretor da Unidade de Análise do Comportamento do FBI. Era um ás, o melhor de todos, e era estranho que estivesse acompanhando as buscas pessoalmente. Deve pensar que existe algum fio solto entre Ida e a série de atentados. Enfim, ia cuidar do caso e me manteria informado. Não precisava deixar um adiantamento, preferia que eu lhe pagasse por semana de trabalho.

2.

Deixei o escritório de Parker depois do meio-dia. Tinha marcado com Elizabeth no Central Park, e não na sua casa, como se pensasse que estava sendo seguido e precisasse adotar medidas de segurança. Houve um tempo, na Argentina, em que todos, até os mais distraídos, fazíamos isso; o terror obriga a imitar os perseguidores e atuar com sigilo. Marcar encontros em locais abertos, onde é mais fácil fugir, nunca esperar ninguém por mais de três minutos, dar uma volta no quarteirão e observar se alguém nos segue, não anotar números de telefone, andar de metrô sempre que possível. De nada adiantou. A maior ação da guerrilha urbana na Argentina — o ataque a um arsenal do Exército em Monte Chingolo — foi comandada por um infiltrado dos serviços de inteligência, que os amigos chamavam "O Urso"...

Não me hospedava mais na Leo House, como se mudando de lugar pudesse despistar os agentes. Eu os via por toda parte, qualquer pessoa que parasse numa esquina me despertava a suspeita de que estava atrás de mim. Também tinham procurado Elizabeth perguntando por mim. Questão de rotina. Ela reagiu com altivez quando o funcionário do FBI lhe perguntou se eu tinha viajado a Cuba. Claro, disse ela, seu primeiro livro foi publicado em Havana, mas faz séculos... Os dois agentes amáveis e formais não disseram nada, mas anotaram os dados. Escrevem em pé, disse Elizabeth, devem usar métodos taquigráficos ou escrevem qualquer bobagem, só para a gente pensar que levam o trabalho a sério.

Era uma mulher que não se deixava intimidar. Tinha um modo de falar e de vestir que denotava sua classe social e morava num dos bairros mais caros da cidade. Sua família de adoção a criara no Brooklyn, mas tinha entrado em Columbia com uma bolsa e isso facilitara sua incorporação à elite intelectual de Nova York. Não há viagem mais longa que o trajeto dos bairros baixos do Brooklyn até os cenáculos da alta Manhattan, ela me disse um dia.

Sentei num banco do parque para comer um hot dog e comecei a jogar pedacinhos de pão para os pássaros. Estávamos em março, a primavera era sentida no ar. Um menino de uns cinco anos parou perto de mim e começou a me olhar. Depois me perguntou se o ketchup não fazia mal aos pássaros. Acho que não, respondi. Estão acostumados com tudo. No inverno comem o lixo que fica preso no ralo do metrô. Ele riu. Melecas?, perguntou, chicletes? Não, chicletes não, podem ficar grudados. Risadinha. Perguntei se ele queria um pouco de salsicha. Agradeceu muito formalmente e disse que não podia aceitar comida de estranhos. Seu pai ia levá-lo para a casa da avó e ela lhe dava um monte de coisas para comer. Eu também às vezes dou de comer para os passarinhos, completou. Parecia muito tímido. Houve uma pausa e depois me olhou com expressão distante. Eu conheço você, disse, é amigo da minha mãe.

Era Jimmy Archer, o filho de Elizabeth, mas era a primeira vez que o via. Eu sou o Emilio, informei. Eu sei, respondeu. Não se importaria de dar um pouco de pão pros passarinhos, mas sem ketchup. Dei a ele um pedaço de pão, que começou a jogar aos pedacinhos com muito método, em círculos cada vez mais amplos. Imediatamente vários pássaros começaram a revoar e a brigar pelas migalhas.

Eles estão se matando?, perguntou com sua vozinha tensa. Não, imagina, estão só brincando. E por que às vezes apareciam filhotes mortos no chão? É porque eles pegam no sono e caem do ninho. Observou a briga, pensativo. Segundo ele, os corvos eram pássaros assassinos. Os corvos? Fez que sim com a cabeça. Ele tinha muito medo de que um corvo pudesse entrar no seu quarto de noite. São invisíveis no escuro. Depois tirou como num passe de mágica uma bola de beisebol do blusão e me convidou para jogar. Eu podia continuar sentado: esse era meu *garden* de *catcher*. Afastou-se e me lançou uma bola rápida e com muito efeito. Devolvi a bola, e ele voltou a ficar em posição de lançamento, com uma perna erguida e as duas mãos juntas, segurando a bola contra o rosto antes de arremessá-la.

Nesse instante, um homem robusto, de rosto alongado, apareceu por uma das trilhas do parque. Parecia uma réplica de Jimmy em tamanho gigante e tinha a mesma expressão de ansiedade no olhar. Fumava uma cigarrilha cor de café e tinha o cabelo branco preso com um elástico, num rabo de cavalo. Como se todos tivessem combinado, nesse instante chegou Elizabeth. O homem pareceu não vê-la e falou com o menino.

— Me atrasei por causa do trânsito, Jimmy, desculpe — disse, e a frase soou como uma ameaça.

— Tudo bem (*It's... O.k.*) — disse o menino com uma pausa breve e temerosa no estalo da resposta.

O homem de rabo de cavalo olhou para Elizabeth.

— Tem medo de mim, mas fala com um estranho no parque.

— Não é um estranho — esclareceu ela, e os dois se afastaram em direção ao arvoredo falando com voz alterada.

Levantei e virei as costas para eles, deixando que se entendessem. O menino olhava para o chão com ar desolado, e depois o vi caminhar em direção ao pai. De vez em quando virava o rosto e olhava para mim.

Elizabeth se sentou ao meu lado no banco. Era seu ex-marido, o pai do menino. Tinha morado vários anos com ele, era um escritor imperfeito, de muito sucesso. Quando o conheci usava bigode à mexicana, disse. Devia ter desconfiado, bancava o homem rude, sempre estava atuando. Voltamos caminhando pelo parque e lhe contei meu encontro com Parker. Ela achava que não havia motivo para preocupação. Todos os habitantes de Nova York (exceto os negros) recebem esse tipo de visita do FBI. Os negros eles não visitam, diretamente os matam ou os prendem, disse... Se os investigassem, se sentiriam mais tranquilos.

Fomos à casa dela, e fiquei lá por dois ou três dias. Vivendo com o escritor imperfeito, Elizabeth se tornara uma especialista em imperfeições. Tinha o projeto de publicar uma antologia de contos clássicos de grandes autores, revistos e corrigidos. Fizera uma lista de defeitos das obras-primas: "Os assassinos", de Hemingway (o final com o sueco é explícito demais); "Um dia ideal para os peixes-banana", de Salinger (há uma mudança de ponto de vista que não se justifica); "Sinais e símbolos", de Vladimir Nabokov (o segundo telefonema é redundante); "A forma da espada", de Borges (o final com a explicação de Moon é desnecessário). Quanto ao livro que eu tinha publicado, se fosse por ela, teria suprimido todos os contos exceto "O ourives" (e teria continuado a história da menina com o pai fugindo da polícia pelas estradas do país).

À tarde, quando Elizabeth ia à editora, eu me instalava na Public Library da rua 42 para trabalhar. Pedia livros do século XIX e revistas remotas, abria meus cadernos e tentava esquecer minhas preocupações enquanto o silêncio e as luminárias de tulipa verde da sala de leitura me consolavam e dissolviam — como tantas outras vezes na minha vida — as ansiedades do presente.

No pampa, Hudson conheceu um homem de aparência arredia que vivia sozinho numa tapera no meio da planície; era inglês de nascimento, mas tinha ido muito novo para a América do Sul "e se adaptado à vida semisselvagem dos *gauchos* e assimilado todas as suas noções peculiares; a principal delas, a de que a vida humana não era grande coisa. 'E daí?', costumam dizer os campeiros, dando de ombros, quando alguém lhes conta que um amigo morreu. 'Morre tanto cavalo bom!'".

3.

Dois dias depois — na sexta-feira dessa semana, segundo minhas anotações —, tive outro encontro com Parker. O dado comum aos atentados era uma carta-bomba endereçada a *scholars* e pesquisadores do mundo científico e acadêmico. A julgar pelas características dos ataques e pelos locais onde haviam acontecido, era difícil que tivessem sido realizados por um mesmo indivíduo. O FBI pressupõe a existência de um grupo anarquista, provavelmente uma célula de ecoterroristas. Não acreditavam que o caso de Ida pertencesse a essa série, embora sua morte fosse muito duvidosa. A não ser, acrescentou, que ela mesma fizesse parte do grupo e tivesse morrido ao ativar involuntariamente uma bomba que pensava utilizar (ou transportar). Todas as bombas tinham uma plaqueta de metal com as iniciais FC. Haviam procurado, sem sucesso, nomes ou siglas semelhantes em oficinas, fábricas e lojas de ferragens. Eram bombas caseiras feitas com material reciclado, muito difícil de rastrear, e por isso começaram a chamar o suposto atacante de "Mr. Recycler". Em nenhum dos atentados puderam descobrir impressões digitais ou qualquer outra pista que permitisse avançar na detecção de marcas de identidade. Todos os pacotes estavam amarrados com barbante de sisal e fechados com um lacre de níquel, mas não conseguiram localizar sua origem; pensou-se que talvez o próprio Recycler os confeccionasse. Todos tinham um selo de um dólar, com a efígie de Eugene O'Neill. Isso podia ter algum significado? Bom, O'Neill era meio anarquista, tinha passado uma longa temporada na Argentina no início do século, morando em Berisso, um bairro operário próximo a La Plata. Tudo parecia muito estranho. É muito estranho, disse Parker. Os atentados eram iguais, uma carta-bomba dirigida a uma eminência do mundo científico; todas eram artefatos caseiros feitos com sucata e restos de elementos industriais e todas tinham o selo de Eugene O'Neill. Só os objetivos, a repetição dos selos e a hermética plaqueta com a sigla FC davam a entender que se tratava de uma série. Menéndez estava tentando decifrar as provas físicas recolhidas entre os restos das explosões. Não havia sinais, não havia rastros nítidos, e de início ele deduzira que o suspeito era um mecânico de aviões que trabalhava numa oficina doméstica nos fundos da própria casa. A sofisticação no uso de certas ligas metálicas semelhantes às utilizadas na aviação o levara a ordenar uma revista em hangares, fábricas de aviões, cemitérios de material aeronáutico, sem nenhum resultado.

Imaginam que pode ser uma célula de cinco ou seis membros; não fizeram nenhuma declaração pública, e a frequência dos atentados é muito errática. Todos acreditavam que se tratava de um grupo, exceto Menéndez, que sustentava tratar-se de um único indivíduo. Por isso tinha começado a entrevistar assassinos em série reclusos nas prisões do país, tentando captar alguma lógica comum nas ações que investigava. Não foi muita coisa o que conseguiu tirar dessas conversas: basicamente, que agiam movidos por um impulso incontrolável que os levava a perseguir suas vítimas em parques, colégios, banheiros públicos. Normalmente os *serial* (como os chamavam) costumavam acelerar o ritmo de suas caçadas e exigir compensações desproporcionais ou ridículas para deixar de cometer seus crimes, e em geral eram pegos porque sempre voltavam ao local do crime, quer dizer, porque o repetiam tão fielmente que era possível adivinhar o lugar onde iriam realizar sua próxima ação.

Ele não acreditava que se tratasse de um agrupamento ou de uma célula, porque, no seu entender, todo grupo cedo ou tarde se desintegra e cria seus delatores; além disso, as facções clandestinas eram espionadas pela polícia. O próprio Menéndez tinha atuado como agente infiltrado numa organização mexicana de traficantes, em Tijuana, quando era estudante avançado de

Ciências Políticas no Instituto Hoover de guerras e revoluções, em Stanford, Califórnia. Era chicano e vivia em dois mundos, mexicano como seu pai e norte-americano como sua mãe, e sabia como passar de uma realidade a outra.

Desci com Parker para beber alguma coisa num bar em frente ao Washington Square, o local era um anexo do seu escritório e ele costumava receber seus clientes ali. Todos o cumprimentaram ao vê-lo entrar, e ele logo se pegou numa discussão com o barman sobre o resultado dos *play-offs* do basquete. Os dois eram torcedores dos Knicks, mas na hora das apostas deixavam suas preferências de lado. O campeonato desse ano estava sendo liderado pelos Bulls de Michael Jordan, portanto apostar neles era como saber o número ganhador da loteria antes do sorteio. Ainda assim, Parker cravou quinhentos dólares contra o Chicago (pagava trinta contra um) e a favor dos Philadelphia 76ers.

Sentamos a uma mesa perto da janela que dava para o Washington Square. Na praça central, uma mulher com um megafone falava para um pequeno grupo de mendigos sobre a necessidade de abandonar as drogas e o álcool e ao mesmo tempo promovia um tônico contra o vício chamado Soul Coke.

O esporte é a principal indústria deste país, disse Parker. Jordan, que acabava de voltar à NBA depois de vários meses afastado, era mais poderoso que a General Motors. Mas para Parker os verdadeiros ídolos esportivos eram os pilotos de corrida. Ganham rios de dinheiro porque vivem em risco permanente e o público vai a Indianapolis ou Daytona para ver os acidentes. Fez uma pausa pensativa, como se imaginasse que essa devia ter sido sua vida. Quando você se mete numa dessas máquinas, não sabe se dali a duas horas vai sair vivo ou feito picadinho.

Trouxeram um suco de laranja para Parker e um uísque para mim, e também serviram porções de amendoim e batata frita. Então, como se fizesse um relatório para um marido que mandara seguir a esposa infiel, Parker começou a passar a limpo a informação dos arquivos do FBI sobre Ida. Ela não tinha hábitos regulares, e se alguém resolvesse matá-la teria enfrentado problemas por causa dessa irregularidade. Com certa frequência, ia de casa ao campus a pé, pela Prospect Avenue. Às vezes fazia o trajeto de carro e às vezes esperava o *shuttle* da universidade na esquina da Nassau com a Harrison Street. Sempre levava o saco de lixo até o contêiner no estacionamento de sua casa no bairro dos professores; às vezes pegava o carro e levava o lixo para deixá-lo nas lixeiras junto ao estádio de futebol. Obviamente, eles sabiam que o lixo é um ponto de partida em qualquer investigação, sempre há pistas ali: agendas, receitas de remédios, anotações manuscritas. Caso me interessasse, ele tinha uma lista das drogas que ela usava, lícitas e ilícitas. Uma lista dos seus telefonemas. Uma seleção dos seus e-mails mais pessoais, dos lugares que ela visitava com mais frequência. Quando ela ia a pé, seguia pela avenida até a entrada do campus na Washington Road e então ia direto para a biblioteca (sempre, todas as manhãs), onde dedicava várias horas à pesquisa ou a preparar aulas. De tarde ficava na sua sala. Tinha usado seus fundos de pensão para comprar um apartamento no Village. Foi a um congresso na China e teve uma reunião reservada com professores e estudantes de filosofia da Universidade de Beijing. O FBI possuía um resumo da conversa. Tinha costumes sexuais pouco recomendáveis, frequentava *darkrooms*, clubes de *swingers* e locais de S/M. Quer dizer que tinham o plano completo da vida de Ida, como se fosse uma radiografia. Eles tinham esses dados de todos os cidadãos? Não eram dados, os raios X só mostram os ossos. Não pôde viajar a Cuba porque o Departamento de Estado lhe negou a permissão. Às vezes almoçava no bar da universidade, um sanduíche de frango. Tinham a lista dos filmes que alugara nos últimos dois anos na videolocadora, a lista de livros que emprestara na biblioteca, a lista de compras no supermercado, os extratos da sua conta-corrente. Tinham registrado seus telefonemas para o exterior e todos os faxes que enviara. Havia participado de manifestações pela paz, pela descriminalização do aborto, pela igualdade racial, pelo acesso dos latinos à documentação legal, pelo fim do embargo a Cuba. Havia participado dos grupos que se manifestaram contra a guerra no Iraque. Nos últimos meses de 1994, encontrou-se com Don D'Amato uma vez por semana no Hotel Hyatt da Route One. Ele mesmo o revelara à polícia.

Terminei meu uísque e pedi mais um. Que tipo de ciúme era o ciúme retrospectivo de uma mulher morta? E D'Amato, com sua perna de pau, com seus gostos extravagantes... Deixaria a perna encostada na parede e se deitaria na cama com o coto à mostra... por que todos esses dados? Rotina, disse Parker. Chamam isso de *profile*, mas é difícil deduzir daí os atos e as decisões, é apenas a moldura, o mapa de uma vida. Ida tinha sido uma clássica estudante rebelde nos seus anos em Berkeley, flertava com os Black Panthers, visitou os Macheteros porto-riquenhos na prisão, mas não havia evidências de atividades clandestinas. Isso para o FBI podia ser uma prova de que realmente fazia parte de algum grupo anarquista que realizava ações ilegais, disse Parker. Claro, a ausência de evidências já pode ser uma evidência, comentei. Os terroristas, disse Parker, levam uma vida muito mais normal que a de todos os cidadãos normais que pensam neles como notórios monstros sanguinários. Resumindo, acrescentou, Ida Brown pode ser culpada ou pode ser vítima, e o FBI prefere fazer de conta que não aconteceu nada para surpreender o agressor ou o cúmplice. Podia ser que pertencesse à periferia de apoio da suposta organização terrorista e tivesse morrido ao manipular a bomba que pensava enviar (até sem saber que era uma bomba). Também podia ter sido um acidente, havia evidências de que costumava levar no carro uma lata de gasolina, porque temia ficar sem combustível no meio da estrada, e uma faísca do sistema elétrico podia ter causado uma explosão. Estranho, não é?, mas havia restos de vidro no assoalho do carro, e o FBI trabalhava basicamente com a hipótese de um acidente. A investigação sobre Ida estava em stand-by, à espera de dados que pudessem surgir à medida que ia se fechando o cerco em torno de Recycler. Se é que estava mesmo se fechando. O FBI já gastara dois milhões de dólares e interrogara mais de cinco mil pessoas. Os cinquenta ou sessenta suspeitos detidos meio ao acaso tinham sido liberados depois de "severos" interrogatórios. As denúncias anônimas se revelavam, quando da verificação dos dados, calúnias ou simples trotes. A enxurrada de telefonemas que recebiam no dia seguinte a cada atentado com o suposto intuito de reivindicá-lo provinha de desequilibrados, de provocadores ou de engraçadinhos. E os dois ou três jovens pálidos — viciados espectadores de séries de tevê sobre cientistas misteriosamente desaparecidos (*The Big Secret*) ou assassinos que aterrorizam pequenos vilarejos no campo (*Twin Peaks*) — que se constituíram espontaneamente em detentos não conseguiram obter castigo por seus crimes imaginários, chegando apenas à seção psiquiátrica do presídio federal.

A investigação se encontrava num ponto morto. Estavam aguardando um movimento dos terroristas. Consideravam impossível que um grupo — ou um indivíduo isolado — tivesse sustentado suas ações durante todos esses anos sem apoio nem contatos na superfície. Talvez tivessem tentado fazer isso com Ida. Talvez a tivessem cooptado para que trabalhasse em tarefas secundárias, podia ser até que ela ignorasse as consequências dessa relação. Pediam para Ida levar um pacote até o correio, e lá ia ela. Menéndez mantinha a ordem de controlar a informação ao máximo. O FBI quer que esse caso tenha sua publicidade controlada: há contrainformação e vazamentos programados, porque não querem dar aos autores a notoriedade que procuram. (*The FBI had maintained a low profile. It kept secret the fact that it was investigating a serial bomber, reasoning that the less the public knew, the easier its job.*)

Normalmente esse tipo de ação é realizado não por causa do seu objetivo direto, e sim por seu impacto no noticiário. O terrorismo era propaganda armada, um meio de difusão como outro qualquer, disse com ar cansado, dando a entrevista por encerrada. Despedimo-nos e paguei — "cash à vista" — dois mil dólares para que Parker continuasse a investigação.

4.

Na Penn Station peguei o trem de volta, com uma sensação de vazio no peito, como se fosse o protagonista de uma ficção sentimental. Tinha comprado uma garrafinha de bolso e a enfiei num saco de papel e de quando em quando tomava um gole de uísque. O vagão estava meio vazio, eram quase quatro horas da tarde, quando só pareciam viajar velhos moribundos e adolescentes que fugiam da escola e viajavam até Trenton para matar o tempo. Lembro que tentei registrar alguns dados da conversa com Parker, mas meu estado de espírito e o sacolejo do vagão tornaram as anotações praticamente ilegíveis, e agora é impossível decifrar o que escrevi naquela tarde em meio ao sacolejo do trem e à lenta acumulação de álcool que foram embaralhando minha letra e minhas ideias. "A inteligência não é um caráter sexual secundário, como dizem os ginastas e os farsantes; muito pelo contrário, o sexo é subordinado à pureza da mente." Pureza da mente? São essas as idiotices que escrevo quando estou desesperado, e essa frase é a única que consegui reconstruir em duas páginas e meia de garranchos escritos com letra epilética. Numa das margens, no entanto, havia uma lista perfeitamente alinhada. "Comprar laranjas, água mineral, lâmpadas, ir ao Gramercy Park. O perna de pau, o cabelo tingido com cor de rato, usa suspensórios!" Acho que peguei no sono. Quando acordei, no vagão só restavam dois rapazinhos de capuz na cabeça que viajavam escutando seus walkmans e falando pelo celular, desolados e pedantes. E por que, afinal, ela se interessara por D'Amato? Só tinha aventuras com colegas? Ela os usava como um curral de galos de briga. Eu me mordia de ódio pensando nela postada no meio do quarto, com as luzes baixas, olhando o corpo nu de D'Amato, deitado na cama com seu coto e suas cicatrizes. Não conseguia tirar essa imagem da cabeça. Eu a via na cama, numa das suas poses mais provocantes, e D'Amato brincando de ser um ex-soldado enlouquecido pela guerra — um aleijado! — que irrompe no quarto de hotel. O que mais me incomodava era o apóstrofo no seu sobrenome, uma aspa inútil que acentuava sua personalidade exagerada, como se ele se julgasse um D'Artagnan, quando fisicamente era Portos. Corpulento, imperativo, entusiasta. Havia recebido a medalha de honra na Coreia. Tinha trabalhado para a candidatura de Wallace, o candidato da esquerda norte-americana na década de 50 e, quando as coisas ficaram difíceis por causa do macarthismo, buscou refúgio na academia. Começou no campus marxista de Minnesota e lá escreveu seu extraordinário trabalho sobre Melville. Era filho de italianos. "Recebeu a medalha de honra na Coreia." E daí?

Como seria uma célula terrorista nos Estados Unidos? Talvez Ida tivesse se deixado levar por seu anticapitalismo teórico e entrado em contato com um grupo anarquista. Eu conhecia muitos casos parecidos na Argentina. Um contato, reuniões, tarefas de apoio triviais. A periferia da organização, os que militavam na superfície. Emprestar a casa, entrar como fiador num aluguel ou dar o endereço para receber correspondência. Pequenas ações, retirar armas de uma casa vigiada pela polícia, Jullia, minha primeira mulher, fazia isso quando a polícia assassinou Emilio Jáuregui numa manifestação em Buenos Aires. Entrar na casa como se fosse uma amiga da família e sair com uma granada na bolsinha de couro. Pediram que ela levasse um pacote até o correio, é possível. Ou quem sabe havia outra pessoa com ela no carro.

Uma noite em La Plata, em 1963 ou 1964, quando eu estava na universidade, voltei para a pensão onde morava e, ao entrar no meu quarto, me deparei inesperadamente com Nacho Uribe sentado no escuro. Era um colega da faculdade. Estudava filosofia. Participávamos do centro acadêmico, tínhamos formado o ARI (Agrupamento Reformista Independente), que reunia todos que não éramos do Partido Comunista (por isso nos chamávamos independentes), e éramos reformistas por causa da Reforma Universitária. Fiquei surpreso. Nacho estava esperando por mim, disse, ia passando e teve vontade de me ver. No escuro? Era estranho, não éramos tão íntimos assim, tínhamos estado juntos em alguma assembleia, tínhamos estudado juntos Filosofia Antiga, tínhamos trocado anotações de aula, tínhamos nos conhecido no curso de Rodolfo Agoglia sobre a *Fenomenologia do espírito* de Hegel. Vez por outra tomávamos um café, nos cumprimentávamos na fila do refeitório. Nada além disso, mas agora ele estava lá.

Era inverno, tinha a cabeça enterrada na gola do casaco.

Havia entrado porque a polícia estava atrás dele, estavam fazendo um protesto em Berisso, na frente do frigorífico, quando a polícia os cercou. Tinha conseguido escapar e se viu perto da minha casa. Podia ficar só essa noite? Não queria voltar para casa nem correr o risco de ser visto, e pensou que ninguém cogitaria procurar por ele aqui. Havia entrado sem ser visto, a porta da rua estava sempre aberta, meu quarto ficava no alto de uma escada. Tinha se sentado às escuras, de jeans e camiseta, como se fosse outra pessoa, diferente do rapaz elegante que assistia às aulas de terno e gravata. Passamos a noite inteira tomando mate e conversando. Ele havia matado um policial. Por que me disse isso? Colocou uma pistola Ballester Molina sobre a mesa, embrulhada numa flanela amarela. Ele tinha visto policiais à paisana na estação de trem, uns tipos dos serviços secretos. Depois tinha rondado o estádio do Gimnasia para se misturar na multidão, nessa sexta-feira o Gimnasia ia jogar com o River, e ele pensou em entrar no meio da torcida, mas também no estádio havia muita vigilância. Precisava que eu ligasse para um telefone e dissesse que Santiaguito estava bem e tinha saído do hospital. Melhor de um telefone público. Desci e fui até o posto de gasolina da rua 2 e telefonei para o número que ele me deu, mas ninguém atendeu. Comprei pão e frios e voltei para a pensão. As mãos dele tremiam quando acendia os cigarros. Era um moreno do Chaco, o policial, ou de Corrientes, vai saber. Um soldado raso, tinha se desgarrado do batalhão e Nacho topou com ele numa viela. Estava desarmado, era da tropa de choque, erguia o escudo de lata. Mas que é que eu podia fazer, dizia Nacho, era ele ou eu. De manhã foi embora, estava pensando em ir a pé até Los Hornos e escapar por lá. Pediu que lhe guardasse "isso", o revólver embrulhado na flanela amarela. Imaginava que à luz do dia já não poderia lhe acontecer nada. Algum tempo depois, uma moça evidentemente disfarçada, de peruca loira e óculos escuros, disse que precisava pegar o livro de Nacho e levou a arma. Isso era estar na periferia. Ser parte do apoio logístico. Tinham criado as FAL, um dos primeiros grupos armados, e algum tempo depois tomariam o destacamento de Campo de Mayo. Não voltei a vê-lo, mas fiquei sabendo que os militares o sequestraram e assassinaram quinze anos mais tarde.

Sete

Era legendário o confronto de Ida com Paul de Man, quando ela fazia sua pós-graduação em Berkeley. Interpelara o professor numa conferência para lhe mostrar, com a precisão de um *serial killer*, que sua leitura de Conrad era esquemática e suas citações, mal escolhidas. O salão do Wheeler Hall estava lotado quando a altiva jovem se levantou e falou com o guru europeu com alegria pedante e lúcido desdém. Houve um silêncio eufórico. Não há nada mais violento e brutal que o choque entre figuras nascentes e professores estabelecidos: são confrontos sem regras fixas, mas sempre são de morte. De Man nunca mais se recuperou, e foi a debilidade da sua posição que permitiu, algum tempo depois, que um obscuro historiador da Segunda Guerra desencavasse os artigos de um jornal belga dos anos 40 provando que ele tinha sido antissemita.

— Dr. De Man — ela lhe dissera, e sua dicção fazia o nome soar como Doktor Del Mal —, sua hipótese sobre a ironia no romance é despolitizadora e anacrônica.

Tudo com um sorriso e, segundo alguns, com um sári indiano que deixava ver que não usava nada por baixo. A escuridão do púbis, suave, aveludada e incrivelmente densa, provocava a imediata associação com o título do romance de Conrad que suscitara a discussão.

Ela o humilhou, e o grupo de esnobes e jovens *scholars* que adoravam De Man e Derrida passaram a detestá-la mais que tudo na vida, nunca a perdoaram. De fato, seu primeiro emprego depois de se doutorar foi no gueto radical da Universidade da Califórnia em San Diego, onde estava Marcuse e lecionavam Joe Sommers e Fredric Jameson.

Talvez Ida tivesse morrido ao manipular uma bomba. Possivelmente ao transportá-la. Segundo Parker, tinham rastreado as viagens de Ida nos últimos três anos. Estivera em Iowa, no Colorado. Estivera em Idaho, estivera em Chicago. Menéndez trabalhava com a certeza de que um único terrorista tinha realizado a delirante série de atentados, mas não descartava a possibilidade de que ele tivesse contado com a ajuda de alguém. Haviam descartado a possibilidade de que fosse uma mulher? Parker olhou para mim e tomou um gole do seu suco de laranja. O detetive abstêmio. Não existe nenhum caso na história criminal de uma mulher que tenha sido *serial killer*, respondeu. Ou era eu que estava pensando nela segundo os esquemas do meu próprio país e as lembranças da luta armada? Garotas que entravam e saíam da clandestinidade, que viajavam secretamente pela cidade com armas e depois voltavam para casa e retomavam a rotina. No fim das contas, ela era uma estranha, mas por que a sentia tão próxima? Talvez eu é que a tivesse inventado, como tinha feito tantas outras vezes, para depois me desapontar. Essas eram as perguntas que me martelavam a cabeça enquanto caminhava sem rumo pelas ruas do vilarejo. Havia chegado a uma área arborizada, no limite do bosque, e numa praça vi uma mulher falando com um gato que a observava do alto de uma árvore, lambendo as patas, indiferente. A mulher tentava fazê-lo descer. "Não quero que ele viva uma vida nojenta de rua", disse. Era uma senhora de idade, com a aparência levemente desequilibrada que sempre têm as mulheres que se dedicam a cuidar de gatos abandonados. Contou-me que uma gata tinha dado cria no oco daquela forquilha que se via no alto do tronco e que levara com ela todos os outros filhotes, deixando só aquele lá, não se sabia por quê.

Quando passei de volta, a mulher já não estava, e o gato continuava ali. Cinza, malhado, olhos amarelos. No supermercado orgânico consegui um pouco de carne moída e de leite. O gato desceu ao ver a comida e o levei para casa. Imediatamente se instalou no quintal, ao sol, e se dedicou a observar os pássaros que sobrevoavam a trepadeira. Fitava o ar, abstraído, como se captasse o que ninguém pode enxergar. (*Investigações de um gato.*) Logo se adaptou, tinha seu território na sala envidraçada dos fundos, passeava pelos cômodos, subia no telhado; quando eu estava lendo, vinha ficar comigo e ronronava. Gostava de ver tevê, e continuava contemplando o aparelho mesmo depois de desligado, como se esperasse ver reaparecer aquelas imagens longínquas. Dormia numa caixa de sapatos, não gostava da luz elétrica. O veterinário me disse que o gato estava saudável, que eu tinha companhia garantida por uns bons anos. Era carinhoso, me seguia por toda parte, fitava o teto com particular emoção.

Quando eu ia para Nova York, pedia a Nina que cuidasse do gato. Tinha me afeiçoado a ele. Parecia me reconhecer quando me via entrar em casa. Imediatamente se acomodava na poltrona, como esperando que eu me sentasse para ler. Uma amiga inglesa tinha dito que os gatos ajudam a gente a se concentrar, o bicho sobe na sua mesa de trabalho e se deita tranquilo, e se estica e fecha os olhos. Sem perceber, você adquire a qualidade serena do animal. Não era esse o meu caso; mais parecia que eu transmitia ao gato meus estados de espírito, pois às vezes o via sair correndo como se tivesse visto um fantasma e dali a pouco o achava encolhido embaixo da bancada da cozinha.

Quando evoco aqueles dias, eu os vejo nitidamente divididos numa ampla zona de luz e uma estreita faixa escura: a luz corresponde à calma da biblioteca onde eu passava dias inteiros entre livros, esquecido de tudo, mas a sombra de Ida, a obsessão por ela e por seu passado revoavam no ar, assim como, para Nina, o rastro da Rússia perdida com seus momentos heroicos e seus pesares.

Ao cair da tarde, saía para dar umas voltas de carro. Ia pela Prospect até a Washington Avenue e depois pegava a estrada e passava em frente ao Hyatt, mas não parava e seguia rumo a Trenton, até os subúrbios desolados da cidade, com seus *homeless* perambulando pelas ruas, entre fogueiras e prédios vazios. Os bairros marginais ficavam perto do centro administrativo da cidade e eram seu pesadelo, a zona onde a realidade se mostrava como ela é. Bairros pobres, prédios meio abandonados, fábricas fechadas, avenidas patrulhadas pelas viaturas da polícia que avançavam lentas pelas ruas cheias de lixo, com homens velhos e mulheres muito jovens, sentados nos degraus da entrada das casas.

Às vezes estacionava num beco, procurava um bar iluminado e me sentava junto ao balcão. Nos fundos, dois ou três jovens vestidos de preto e com uma crista de cabelo amarela jogavam bilhar. O jukebox tocava uma cúmbia. Todos falavam em castelhano ali, com cadências mexicanas e porto-riquenhas. Uma moça de blusa vermelha saiu para dançar com um rapaz alto, com o pescoço e parte do rosto tatuados. Quanto pior eu estava, mais isolado me sentia, como se tivesse conseguido me desligar de tudo que não as recordações dela que me cruzavam a mente. Será que Ida estava envolvida? A tensão de uma vida segmentada, de atos que se repetiam em séries descontínuas. O que ela escondia? O que havia por trás daquilo tudo? Menéndez sabia da sua vida clandestina, dos seus disfarces e encontros noturnos, mas sabia de mais alguma coisa? Se não, como explicar que ele tivesse vindo me interrogar pessoalmente? Postou-se a um lado, no corredor, e ficou olhando suas anotações e falando com O'Connor. A professora Brown tinha feito algum comentário sobre os anos em que cursava a pós-graduação em Berkeley? Estranhei a pergunta. Não, não tinha feito nenhum comentário. Talvez fosse um blefe dele, uma jogada para me fazer titubear e soltar o que eu sabia. Parker achava que os anos de Ida em Berkeley tinham sido os típicos anos de um estudante radical daquela época. Passeatas pacifistas, discursos inflamados, longas horas de discussão em reuniões intermináveis. O FBI estava seguindo os contatos de Ida daquele tempo. Tinham uma lista de gente com quem ela se relacionava na época. Era uma esquerdista como tantos outros, ligada aos grupos da contracultura mas também aos Black Panthers. Nada que não tivesse sido feito por muitos outros estudantes da época.

Quando releio minhas anotações, as folhas do caderno já um tanto amareladas lembram os velhos papéis com os apontamentos em castelhano sobre a vida na Argentina que, muitos anos depois, Hudson encontrou numa caixa em Londres, e nela constata que misturados àquelas folhas ainda perduravam os vestígios da grande tempestade de areia de 1851. No deserto, a poeira escurece o céu com um zumbido que nada parece deter, os campeiros andam de cabeça baixa, o chapéu preso com um lenço amarrado embaixo do queixo, os cavalos de olhos vendados para não se espantarem. Eu fazia meus apontamentos em toda parte, às vezes parava o carro para tomar nota de alguma coisa à beira da estrada. Como se quisesse reter uma experiência frágil que o esquecimento logo apagaria: quando viajamos, somos como passageiros de um trem noturno que veem passar os vilarejos iluminados na planície. Mesmo naqueles meses em que o acidente me envolvera de um modo tão estranho, sentia-me separado dos fatos por um vidro transparente. Anotava tudo o que podia, para garantir que tinha vivido aquilo e assim poder recordá-lo. Voltava do ginásio de boxe por estradas paralelas, evitando a rodovia, escutando o noticiário no rádio, sempre na esperança de que tudo se esclarecesse.

O semestre estava bem adiantado, e os estudantes já expunham os temas do trabalho final. Com uma intuição que depois aprendi a valorizar e a considerar quase mágica, Rachel desenvolveu uma hipótese sobre os vagabundos em Hudson. Havia muitos, o mais notório era o Ermitão, um sujeito meio louco que andava sempre a cavalo pelo campo, falando sozinho e mendigando.

Hudson admirava essa vida livre, que era uma demonstração de desprezo pela utilidade e pelo dinheiro. Em seus livros, os *gauchos* e os índios pertencem a essa categoria, mas os andarilhos — *linyeras* ou *crotos*, como eram chamados no campo — expressavam esses valores com mais nitidez ainda. Havia um pouco disso em Tolstói, disse Rachel, e nos *stártsi* russos que vagavam pela estepe como mendigos. Os mendigos sempre existiram, disse depois. Estão na Bíblia. Os Salmos são, em sua maioria, cânticos de mendigos desfiando suas ladainhas. E na *Odisseia*, Ulisses — disfarçado de vagabundo para não ser reconhecido — é obrigado a combater com Iro, um mendigo que ronda as portas do palácio, em Ítaca.

Os vagabundos e os mendigos viram passar diante deles, sentados à beira do caminho, séculos de história: os impérios caem, sucedem-se as guerras, mudam as formas políticas e os sistemas econômicos, mas sempre há alguém que mendiga e vaga pelas ruas vestido com trapos. Rachel, filha de um empresário de Cincinnati, que tinha frequentado os melhores colégios, citava Simone Weil e valorizava um modo de vida ligado à pobreza e à solidariedade.

No fim da aula, desci com os alunos e me despedi deles no portão do campus. A um lado, como sempre a essa hora, estava Órion descansando embaixo das árvores num dos bancos que ladeavam a rua. Parecia a representação do que tínhamos acabado de discutir em classe, mas ninguém o via. Como o próprio Órion gostava de dizer, quem vai querer ver o que eu sou? Um ponto negro na areia. As pessoas até se aproximavam, dizia, para saber do que se tratava, mas ao ver que o objeto estava vivo, isolado e maltrapilho, viravam-lhe as costas. Era o sobrevivente de um naufrágio devolvido à praia pela tempestade. Falava o tempo todo por meio de metáforas, como se viver na rua afetasse sua linguagem e o impelisse para a alegoria. Recostado no banco, com o rosto numa mão e o corpo apoiado num cotovelo, escutava o rádio. Não dava crédito aos seus ouvidos. Tinha ouvido direito? *The New York Times* tinha recebido uma carta de um grupo anarquista que assinava como Freedom Club. O nome correspondia às iniciais FC que apareciam nas plaquinhas de metal que estavam nas bombas. Quem não quer explodir o mundo?, disse Órion, enquanto manipulava o rádio.

De fato, era a primeira vez que Recycler fazia contato. A carta fora enviada da mesma localidade em Illinois, na mesma hora e no mesmo dia em que tinham sido postadas as cartas-bomba que mataram um técnico em computação no Silicon Valley e feriram a secretária de um biólogo no MIT. A carta, além disso, continha uma frase quase ilegível que parecia uma mensagem deixada involuntariamente, ao escrever a lápis sobre o papel da carta. Analisado sob luz ultravioleta, lia-se *Call Nathan R.Wed 7 pm*. O FBI procurou alguém com esse nome e essa inicial e se deparou, mais uma vez, com uma peça do brincalhão Recycler (não havia ninguém com esse nome cujo sobrenome começasse com a letra "R"). Incluía um número em código para identificar futuros comunicados. O número correspondia ao Social Security Number de um recluso do presídio de Sonora, na Califórnia. Menéndez e quatro dos seus agentes chegaram à prisão e irromperam numa das celas. O preso era um negro, acusado de assassinato, tinha sido guarda-florestal em Montana e matara vários turistas que acampavam nas matas e acendiam fogueiras que punham em risco a floresta. Ele os matava e os enterrava nas baixadas entre as colinas do norte. Não sabia de nada, não entendia do que estavam falando. Levaram o sujeito a uma sala especial para interrogá-lo, acenderam fortes luzes, mandaram que tirasse a roupa e então, estupefatos, os agentes descobriram que, no peito, o homem tinha uma tatuagem que dizia *Pure Wood*. Quem quer que tivesse mandado a carta estava rindo à custa deles.

A partir daí, segundo Parker, Menéndez se fechou no seu bunker em Washington, DC, com um grupo especial do FBI, como se estivesse jogando uma demoníaca partida de xadrez com um gênio e recorresse aos melhores analistas disponíveis para estudar a partida e antecipar a próxima jogada do Recycler. Com o zumbido do ar-condicionado, sob a luz branca dos tubos fluorescentes, bebendo café e fumando sem parar, o grupo começou a trabalhar com mapas, diagramas e séries numéricas.

Agora Menéndez o conhecia melhor: seu rival era um brincalhão, um garoto malcriado que se dedicava a matar ao acaso, mas o acaso não existe; tinha que entrar em contato com a mente do assassino, pensar como ele, conhecer as precauções que o terrorista tomava antes de agir.

Todas as postagens incluíam a palavra "wood" (bosque): ou no endereço (Wood Street), ou no remetente (dr. Harold Wood), ou no destinatário (John Wood). Mas a leitura de indícios sem um código definido podia levar ao delírio. Por exemplo, em saxão antigo, "wood" significa "lunático" e também queria dizer "intelecto superior". A palavra "wood" significava, em Chaucer, "teso", "em ereção".

Menéndez estava procurando um *pattern*, uma ordem, um indício que lhe permitisse seguir uma pista. Como se lesse seu pensamento ou tivesse sido alertado por um informante, Recycler começou a complicar suas alusões, no que parecia ser um desafio. Numa ocasião, os peritos tinham detectado uma referência ao *Finnegans Wake* de Joyce. A bomba que matou um pesquisador em transplante de órgãos em Nova Jersey tinha como remetente H. C. Ear Wicker. Em saxão antigo, "wicker" significa "wood". Mas H. C. Earwicker era o protagonista do romance de Joyce, um personagem que às vezes adquiria a identidade de Norse god Woden, que remetia aos duendes da floresta na mitologia escandinava. Menéndez estava furioso. Era impossível adivinhar o que aquela estupidez erudita queria dizer, a não ser que interpretassem todos os signos como uma mensagem. Então Flem Argand, o frágil e tímido agente especialista em literatura, recordou que os físicos e os matemáticos eram grandes leitores do *Finnegans* e que quark, a partícula invisível que está na origem do cosmos, recebera esse nome em homenagem ao romance de Joyce, porque os cientistas o tomaram dali. Os matemáticos são sofisticados e vivem entediados porque normalmente perdem sua criatividade antes dos vinte e cinco anos e ficam fora do jogo, superados pelos jovens gênios adolescentes que inventam fórmulas e resolvem enigmas, enquanto os veteranos continuam lá como dinossauros ou ex-combatentes e às vezes voltam para dar um curso, mas dedicam a maior parte do tempo a ler Joyce.

Menéndez estava desorientado. Tinha um mapa dos Estados Unidos que mostrava com luzes vermelhas os lugares onde ocorreram os atentados: Iowa, Colorado, Califórnia, Nova Jersey, Texas, Carolina do Norte. Impossível um homem sozinho cobrir todas essas áreas. Difícil, sim, respondera Menéndez, segundo Parker, mas não impossível. Estava convencido de que lutava contra uma espécie de professor Moriarty, o grande rival de Sherlock Holmes que tinha acabado com sua vida. Decidiu descartar o perfil do terrorista e passou a descrevê-lo como um homem com inteligência acima da média e formação acadêmica. E pela primeira vez incluiu também uma definição política, ao classificar o homem perseguido como ecologista e neoluddita. Assim como os ludditas que destruíam as máquinas durante a Revolução Industrial, Recycler — a julgar por seus objetivos e suas vítimas — parecia se opor aos avanços tecnológicos e, assim como os ecologistas radicais, fazia constantes referências às florestas e à sua preservação. Menéndez mandou infiltrar agentes nos grupos de ativistas que boicotavam as tentativas de transformar os grandes parques em subúrbios e as árvores em papel-jornal.

Nina imediatamente encampou a hipótese do terrorista solitário. Devia-se imaginar um homem procurado pela mais eficaz máquina de investigação do mundo, um lobo furtivo, isolado, sem contatos, sem relações. Na Rússia, antes dos bolcheviques, os revolucionários agiam sozinhos, não queriam comprometer ninguém, muitas vezes abandonavam os amigos e os filhos. Por exemplo, Vera Zasulitch, que disparou contra o tsar e pôs uma bomba no escritório da Okhrana (a polícia secreta tsarista), se movimentava sozinha pela cidade e era valente e decidida. Marx, em 1881, escreveu para essa mulher extraordinária dizendo que o terrorismo era um método especificamente russo e historicamente inevitável, a propósito do qual não havia razão alguma para moralizar, nem a favor nem contra. O populista russo Serguei Netchaiev publicara o *Catecismo do revolucionário*, que no seu famoso primeiro parágrafo dizia: "O revolucionário é um homem perdido. Não tem interesses pessoais, nem causas próprias, nem sentimentos, nem hábitos, nem propriedades; não tem nem sequer um nome. Tudo nele está absorvido por um único e exclusivo interesse, por um só pensamento, por uma só paixão: a revolução".

A crença corrosiva de que a história é regida por suas próprias leis tinha legalizado os crimes políticos. Quando Nina deixou Paris, a discussão entre Sartre e Camus se centrou nessa questão. Camus se negava a aceitar o sofisma de que a história — essa abstração — justificava qualquer ação. Sartre, ao contrário, sustentava que a violência capitalista se justifica por si mesma, enquanto aqueles que a enfrentam têm que procurar razões para defender seus atos.

— O negador, o destruidor, se propõe a reduzir o mundo a cinzas para que delas surja uma fênix nobre e pura. Mas onde diabos está essa fênix? — disse Nina.

— Não faz falta uma Ave Fênix: o terrorista não mata por interesse pessoal nem por vingança, mata por uma razão, como um filósofo platônico.

— Você está cada vez mais pálido, querido, e mais confuso. Melhor ir se deitar — disse Nina.

Parecia preocupada comigo, pegou-me pelo braço e me acompanhou. Nos despedimos no jardim da sua casa sentindo a brisa da primavera que se anunciava.

Saí pelos fundos e fui até a adega do paquistanês na Nassau Street e comprei um par de garrafas de Verdejo e voltei dando uma volta pela Prospect Avenue. Nina pensava que a posição de Tolstói sobre a não violência e a não resistência ao mal era uma resposta direta à forma como o terrorismo tinha começado a impor seus métodos na luta contra o tsarismo.

Andei trabalhando essas ideias, mas quando entrei em casa estranhei que o gato não aparecesse ao me ouvir chegar. Então comecei a chamar: pss, pss, pss. Normalmente ele se aproximava, se esfregava contra minha perna com o rabo lindamente erguido, e eu lhe acariciava a cabeça para ouvi-lo ronronar. Mas o gato não estava lá. Saí e fui procurá-lo no parque, feito um idiota, chamando-o de todos os jeitos possíveis, até que o encontrei na árvore da Prospect Avenue de onde o resgatara. Olhava para mim com certa ironia. Prefere ser um gato de rua e não andar o dia inteiro entre livros. Fiquei indignado e o peguei pelo corpo para fazê-lo descer à força; ele me arranhou e tentou me morder, então o levantei e o enfiei no contêiner de lixo do parque. E fechei a tampa. Iam jogá-lo com a pá mecânica no caminhão compactador. Já o via reduzido a um gato esmagado, chato como um papel, a não ser que ele fosse capaz de escapar, e então mereceria viver. Era divertido pensar que o gato sabia o que estava acontecendo. Enquanto me afastava, ouvia seus miados e os golpes que dava contra as paredes de lata. Na metade do caminho, voltei e o resgatei, e o larguei no meio da rua. Quando se viu livre saiu disparado como um raio. Eu me sentia confuso, machucado, o gato me fizera sangrar, tinha os braços arranhados, sentei na rua com os punhos fechados contra os olhos, e então percebi que estava chorando de novo.

Passei a noite internado no Medical Center da universidade.

Um médico jovem que falava muito sem dizer nada me enfaixou a mão esquerda, examinou com uma lanterna a íris dos dois olhos e depois o canal do ouvido direito. Sou canhoto, e ele tinha certeza de que o modo que eu tenho de andar meio inclinado era efeito de um déficit neurológico. Ia fazer uns exames, queria ver minhas reações. Grudou uns fios na minha testa e distribuiu os eletrodos em outras partes da cabeça. Pediu para eu falar, e a agulha começou a traçar linhas num papel quadriculado. Ele me fazia perguntas e me dava ordens. Onde fica a direita, feche os olhos, por favor, toque a ponta do nariz com a mão esquerda. Agora, sem abrir os olhos, levante-se e fique reto. Imagino que esperava que eu desabasse ou ficasse paralisado. Estive a ponto de satisfazer suas expectativas, mas acho que a certa altura do exame peguei no sono.

Na manhã seguinte, enquanto aguardava o resultado, sentado na sala de espera, vi trazerem um homem que mal conseguia caminhar. Era um ex-alcoólatra que tivera uma recaída; tinha passado dois dias perambulando pelos bares de Trenton. Antes de encaminhá-lo à clínica de reabilitação, precisavam desintoxicá-lo. Logo depois chegou seu filho, foi até o balcão para preencher uns formulários. O homem de início não o reconheceu, mas por fim se levantou, apoiou a mão no seu ombro e lhe falou em voz baixa, de muito perto. O rapaz o escutava como se estivesse ofendido. Na dispersão das linguagens típica desses lugares, um enfermeiro porto-riquenho explicou a um padioleiro negro que o homem tinha perdido os óculos e não estava enxergando. *"The old man has lost his espejuelos"*, disse, *"and he can't see anything."* Aquela perdida palavra espanhola brilhou como uma luz na noite.

Afinal me chamaram, o médico explicou que meus lapsos

de desorientação e minhas noites em claro estavam ligados ao excesso de trabalho. Precisava diminuir o ritmo e descansar, me receitou uns calmantes e me aconselhou a voltar para meu país. Claro que não lhe disse nada sobre a morte de Ida, porque não vinha ao caso. Hermann Broch tinha morrido nesse hospital, e quando lhe perguntei em que sala o escritor estivera internado, me olhou como se eu estivesse delirando.

Quando deixei o hospital, caminhei para a rua onde tinha estacionado o carro, e ali, a um lado, encontrei o ex-alcoólatra em pé junto a um poste de luz. Estava com um boné de couro, tipo Lênin, e quando me viu se aproximou e me pediu se por favor podia levá-lo até a estação de trem. Fomos juntos e acabamos no Tavern, um bar na Alexander Road. Ia beber alguma coisa para se animar, porque depois disso nunca mais voltaria a beber uma gota pelo resto da vida. Estava pensando em ir até a casa da irmã, em Boston, para em seguida se internar numa clínica. Tinha lecionado economia na universidade e agora era gerente de um escritório de assessoria em Wall Street. A bolsa se transformara num grande negócio nesses dias porque agora as pessoas podiam especular, comprar e vender ações, sem sair de casa, pela internet. Muitos estavam abandonando o emprego para se dedicar à especulação financeira, e ele os assessorava em troca de uma comissão. Assumia riscos com eles, mas não com seu próprio dinheiro. Fazia já um bom tempo que vinha ganhando perto de um milhão por ano, mas era um trabalho em tempo integral que exigia nervos de aço; quando as bolsas de Tóquio e de Seul começavam a funcionar, fechava a de Nova York, enquanto as notícias de Frankfurt e de Paris já estavam a pleno vapor. Estava farto dessa vida, levantava às seis da manhã, pegava o Amtrak na Junction, já com seu notebook ligado, pegando pedidos e fazendo negócios. Na Penn Station o esperava uma limo que o levava ao seu escritório em Wall Street e lá ficava até as cinco da tarde, quando iniciava a viagem de regresso. Chegava de volta em casa às sete, assistia a algum noticiário na tevê e ia dormir. Às vezes acordava às duas da manhã e voltava para o computador. Muito dinheiro, muito suspense, e tinha começado a beber. Às vezes perdia a cabeça, às vezes perdia o controle e muitas vezes esquecia o que tinha acontecido quando estava bêbado. Um dia chegou em casa na hora de sempre e se deparou com uma festa surpresa preparada para salvá-lo. Seus amigos do passado e seus parentes estavam preocupados e queriam lhe dizer que o álcool lhes roubara um amigo querido e um homem íntegro. Cada um leu em voz alta uma carta que havia escrito para ele, todas falando da amizade e da vida e relembrando histórias do passado. Era tudo tão sentimental, tão cheio de boas intenções e de falsas esperanças que parecia uma farsa. Sua mulher já tinha pronta sua mala, porque nessa mesma noite iriam interná-lo. Mas ele logo fugira da clínica e agora não sabia muito bem aonde ir. Tinham bloqueado sua conta no banco. Fomos até um caixa eletrônico no final da plataforma e lhe dei duzentos dólares. Ficou surpreso e se afastou tranquilo pela passarela até o outro lado para pegar um trem em direção à Filadélfia. Então o imaginei num cibercafé lidando com os brokers japoneses, usando os duzentos dólares para ganhar um pouco de dinheiro na bolsa de Tóquio e alugar um carro e fugir para o Sul.

A decisão de Menéndez de reprimir os grupos ecologistas e prender seus líderes provocou uma onda de protestos nos círculos intelectuais de Nova York e Los Angeles. Houve denúncias de abusos e arbitrariedades. No final de maio, o Freedom Club enviou uma segunda carta ao *New York Times*. Um envelope branco, com um nome (Francis Ben Imnifred) cujas iniciais formavam a sigla FBI, e um endereço, 549 Wood Street, Woodlake, CA 93286.

Dentro, um breve recado manuscrito pedia, primeiro, o fim da repressão aos grupos alternativos e, segundo, anunciava que enviaria um escrito sobre "A sociedade industrial e seu futuro"; se o texto fosse publicado nos jornais, os atentados cessariam.

Depois de algumas discussões e deliberações, a Agência Federal autorizou a publicação do Manifesto. Segundo Parker, Menéndez distribuiu o comunicado entre os assessores de sua unidade, a fim de ver se era possível detectar algum traço de estilo que permitisse identificar seu autor. O Manifesto foi publicado na semana seguinte no *New York Times* e no *Washington Post*.

Oito

1.

Diferentemente dos panfletos políticos habituais, o *Manifesto sobre o capitalismo tecnológico* era um ensaio sistemático, com uma estrutura de parágrafos numerados em sequências temáticas, à maneira da filosofia analítica. Nele não havia retórica nem demandas beligerantes, seu autor escrevia mais como um acadêmico do que como um político. "Mais como um professor do que como um profeta", disse Nina, parafraseando seu admirado Bertrand Russell. ("Aristóteles", dissera Russell, "foi o primeiro a falar como um professor, e não como um profeta.")

Havia nele uma clara concepção sobre como fazer circular uma mensagem nos tempos atuais (tão abarrotados de palavras e de ruídos). O salto ao mal, a decisão de matar estava ligada à vontade de ser escutado. Transcrevo o parágrafo 96 ("Liberdade de imprensa") do *Manifesto*.

Qualquer pessoa com um pouco de dinheiro pode publicar um

escrito ou distribuí-lo via internet, mas o que ela disser se confundirá com a enorme quantidade de material produzido pelos *mass media*, e não terá nenhum efeito prático. Chamar a atenção da sociedade com a palavra é, portanto, quase impossível para a maioria dos indivíduos e dos grupos. Por exemplo, nós (FC), se não tivéssemos cometido alguns atos de violência e enviado este escrito a um editor, provavelmente não teríamos conseguido que o publicassem. Se fosse aceito e publicado, provavelmente não teria muitos leitores, porque a diversão oferecida pela mídia é mais interessante do que a leitura de um ensaio sério. E ainda assim, mesmo que este escrito tivesse muitos leitores, a maior parte deles logo o esqueceria, dada a massa de material com que os meios de comunicação inundam nossa mente. Para difundir nossa mensagem com alguma probabilidade de obter um efeito duradouro, tivemos que matar algumas pessoas.

É a primeira vez que escuto uma coisa dessas, disse Nina. Matar "algumas pessoas" para conseguir leitores. É um parágrafo aterrador. O terrorista como escritor moderno, a ação direta como pacto com o Diabo. Faço o mal em estado puro para melhorar meu pensamento e expressar ideias que põem em questão a sociedade inteira. A garantia de verdade está dada porque seu autor foi capaz de furar as redes de controle e repressão do sistema, realizando dezenas de atentados com bombas caseiras sem ser localizado durante quase vinte anos.

No centro da dissertação estava a crítica ao capitalismo, considerado um sistema complexo, com grande capacidade de expansão e renovação técnica. Sem entrar na descrição sentimental das desigualdades sociais, o *Manifesto* definia o capitalismo como um organismo vivo que se reproduzia sem cessar, um *mutante darwiniano*, "não mais um fantasma", argumentava com ironia, "antes, um *alien*" que na sua transformação tecnológica anunciava o advento de formas culturais que nem sequer respeitavam as normas da sociedade que as produzira.

A produção capitalista é acima de tudo expansão de novas relações sociais capitalistas. Portanto, é impossível que este sistema melhore ou se reforme, já que busca apenas reproduzir a relação capitalista renovada e em escala ampliada. Os mercados financeiros entram em colapso, as economias explodem como bolhas de sabão, e esse é o modo como o capital cresce. Analisava o fracasso da União Soviética e seus satélites e a dominação do capital na China e nos velhos territórios coloniais do Oriente como uma nova etapa do avanço do capitalismo em busca de espaços vazios. Essa expansão territorial (que a mídia chama de "queda do muro") liberou novas energias e propiciou uma surpreendente mutação científica e tecnológica: imensas regiões se abriram, um exército de consumidores e de mão de obra de reserva foi posto à disposição do mercado.

O capitalismo, em sua expansão tecnológica, não se detém diante de nenhum limite: nem biológico, nem ético, nem econômico, nem social. O desenvolvimento tem sido de tal magnitude que afetou radicalmente as certezas emocionais, e hoje a sociedade enfrenta sua última fronteira: sua borda — sua *no man's land* —, o que Recycler chamava de "a fronteira psíquica".

O sistema capitalista se apropriara da divisa do *homem novo* de Ernesto Guevara e de Mao Tsé-tung. As pesquisas genéticas, as experiências em biologia molecular e neurociências, a possibilidade de clonagem e de inseminação artificial, tudo avança no sentido de ultrapassar esse novo limite. Os cientistas eram "os engenheiros da alma" de que falava Stálin: o novo homem, o cidadão ideal, é o viciado sem convicções nem princípios que só aspira a obter sua dose da mercadoria desejada. A sociedade tecnológica satisfaz os sujeitos: ela os diverte e afoga num oceano de informação rápida e múltipla.

Não havia opções para contrapor à corporação capitalista. O *Manifesto* não postulava uma alternativa, mas chamava a atenção para um mundo sem saída. "O capital", concluía, "conseguiu — como Deus — impor a crença na sua onipotência e na sua eternidade; somos capazes de aceitar o fim do mundo, mas ninguém parece capaz de conceber o fim do capitalismo. Acabamos confundindo o sistema capitalista com o sistema solar. Nós, assim como Prometeu, estamos dispostos a aceitar o desafio e tomar o sol de assalto."

Com essa metáfora grega se encerrava o *Manifesto*, do qual mostrei apenas uma breve síntese. Não era o primeiro a falar desse modo. Nina, que tinha estudado a influência de Tolstói em Wittgenstein, lembrou a postura do autor do *Tractatus*: "Não é absurdo acreditar, por exemplo, que a era da ciência e da tecnologia é o princípio do fim da humanidade", escrevera. "Meu modo de pensar não é desejável nesta época, devo me esforçar e nadar contra a corrente. Talvez dentro de cem anos as pessoas aceitem essas ideias." Acho esse "por exemplo" delicioso, disse Nina.

Embora criticasse a tecnologia, como tantos filósofos e pensadores (entre eles Lewis Mumford, a quem citava), sua proposta de solução não recorria à utopia de um mundo melhor, segundo o modelo socialista, e sim à tradição anarquista da "boa vida". Assim como Tolstói, e como os *narodniki* russos, segundo Nina, o *Manifesto* propunha o regresso à pequena comunidade rural pré-capitalista, com a propriedade coletiva da terra, em que cada um vive do trabalho manual. A alternativa se apoiava nas experiências das sociedades sem Estado — como as tribos nômades do oeste norte-americano e do chaco paraguaio —, nas formações sociais primitivas e nos modos de produção anteriores à Revolução Industrial. Havia nele algo da experiência de Thoreau, da *beat generation* e dos hippies californianos, mas levado ao limite e à guerra. Seu horizonte era norte-americano, mas sem esperanças, e só aspirava à realização individual: devia-se viver a vida pessoal segundo o modelo da sociedade à qual se aspirava.

Com certa resignação, postulava a defesa da natureza e das formas de vida natural, mas sem levar muito a sério a prática à la Walt Disney das ecovilas. Como bem dizia Marx, é difícil sair do robinsonismo, mas a ilusão do homem só que reconstrói uma sociedade ideal numa ilha deserta parecia a única saída possível depois da catástrofe do socialismo e das lutas anticolonialistas. O *Manifesto* praticava a crítica da crítica crítica e não parecia disposto a imaginar uma alternativa social. Nisso era tolstoiano. Mas a diferença estava no uso da ação direta. Justificava a vontade de rebelião no espírito do direito à desobediência civil de Thoreau (a quem citava). Mas o salto ao mal, a decisão de matar (ou o direito de matar?), estava ligado à vontade pessoal de se fazer ouvir. No limite, o terror garantia o acesso à palavra pública.

2.

Como era de imaginar, o *Manifesto* teve grande impacto. Foi imediatamente publicado por uma editora alternativa da Califórnia e em questão de horas se espalhou pela internet. A discussão se generalizou, e em todo o país houve declarações e manifestações de apoio ao conteúdo daquela declaração que parecia exprimir o que muitos pensavam. Nos estádios de basquete onde estavam sendo jogados os *play-offs* da NBA, grupos de ativistas distribuíram cópias do *Manifesto* entre as torcidas e os jogadores. Circulou amplamente uma foto de Larry Bird lendo com irônica atenção o ensaio contra a tecnologia capitalista no banco de reservas dos Celtics.

Quando eu chegava aos encontros do seminário, os alunos sempre estavam discutindo o assunto; as posições eram variadas, mas de maneira geral todos concordavam com os postulados do *Manifesto* (exceto John III, que os considerava irreais), mas ninguém defendia os métodos violentos, e criticavam o terrorismo, exceto John III, que se mostrou cético quanto à aplicação de juízos morais no terreno político. Com ar cansado, fazia perguntas capciosas. ("Quantas pessoas tachadas de terroristas já ganharam o prêmio Nobel da paz?", perguntou retoricamente, e ele mesmo enumerou os nomes, depois de uma pausa teatral: "Mandela, Begin, Arafat...".) Não matar, concluiu John III, é o mandamento dos que têm o poder, cabe às vítimas obedecer a esse ditame, os poderosos não acreditam em generalizações. Mike respondeu que matar gente ao acaso em nome de boas causas não tornava os crimes razoáveis. Bom, replicou John III, mas não parece que ele mate ao acaso. Seja como for, escolher quem será morto não justifica o ato de matar, por mais que a série de crimes seja coerente, opinou Rachel. Devemos primeiro saber quem é o autor, disse a corcana. O significado da mensagem não é o mesmo quando não sabemos quem a enviou, sustentou. Quem escreveu o *Manifesto* era a mesma pessoa que tinha mandado as bombas? Mas se ele mesmo tinha se confessado autor dos atentados. Realmente confessava ser o autor? Observando bem, apenas os considerava uma condição para o que havia escrito. No *Manifesto* se invertia o raciocínio. Eram os cientistas que, em nome do avanço tecnológico, legitimavam a violência do sistema, os experimentos biológicos e bélicos. Eram esses "técnicos do saber prático" que violentavam a ética em nome do progresso e da ciência.

Nina, que estava trabalhando no terceiro volume de sua biografia, procurava justamente mostrar como os bolcheviques tinham ocultado as posições políticas pacifistas de Tolstói para reduzi-lo — "com perdão", disse — à sua imagem de grande romancista, pai do realismo. Mas Tolstói tinha tentado construir uma alternativa à violência revolucionária e à devastação capitalista. Não opor resistência ao mal.

As grandes ficções sociais são a do Aventureiro (que espera tudo da ação) e a do Dândi (que vive a vida como uma forma de arte); no século XXI, o herói será o Terrorista, disse Nina. É um dândi e um aventureiro, e no fundo se considera um indivíduo excepcional.

Segundo ela, Tolstói tinha sido o primeiro a ter consciência dessas ficções triunfantes e tentava contrapor a elas a imagem epifânica do *stárets*, o homem santo, o vagabundo místico: a realização prática de sua pregação foi Mahatma Gandhi, discípulo direto de Tolstói. Mas a Índia também não acabou muito bem, respondi. Nada acaba bem nos bons romances, Emilio, disse Nina. Estávamos na sala de sua casa, entre seus livros e papéis. Aceita um chá? Uns biscoitinhos? São russos.

3.

O FBI logo distribuíra o *Manifesto* entre professores de literatura a fim de ver se era possível detectar algum traço de estilo que permitisse identificar seu autor. Esperam que alguém reconheça na escritura o responsável pelos atentados, ou pelo menos proporcione alguma pista para sua identificação. Mary Goldman, a especialista em psicocrítica discípula de Charles Mauron, tentava decifrar a psicologia do autor do escrito a partir das suas metáforas, formas adverbiais, repetições e família de palavras. Outros procuravam vestígios de gírias urbanas e de peculiaridades linguísticas de zonas rurais dos Estados Unidos, tentando delimitar o campo das buscas.

Não se trata de descobri-lo, mas de imaginá-lo, disse Nina. É possível saber como uma pessoa é com base no que ela escreve? Qualquer profissional habituado a ler com precisão — um tradutor, um revisor — logo reconheceria o autor como um homem culto, habituado às construções lógicas, com uma linguagem de grande amplitude léxica e de notável riqueza sintática. Seu uso do inglês escrito era por demais deliberado, sem vestígios de oralidade, embora por momentos surgissem leves incorreções que permitiam supor uma tendência à hipercorreção típica dos *middlebrow*; de resto, os inesperados desvios gramaticais levavam a suspeitar que sua língua materna talvez não fosse o inglês, ou que em todo caso o autor tivesse passado a infância num meio onde os pais não era falantes nativos.

Discuti algumas dessas hipóteses com Nina, mas depois de reler o *Manifesto* nos demos conta — como costuma acontecer na crítica literária — de que tudo aquilo que havíamos analisado com minúcia podia ser percebido imediatamente por qualquer leitor. O autor era um acadêmico, possivelmente um matemático ou um especialista em lógica muito inteligente, um homem solitário, acostumado a falar sozinho e a se referir a si mesmo no plural ("Iremos agora" ou "Afirmamos que...", "Digamos"). Típica forma de autorrepresentação dos indivíduos (em geral homens) que passaram muitos anos no Exército ou num grupo revolucionário ou numa comunidade acadêmica fechada.

No final de maio acabaram as aulas: os estudantes do seminário entregaram suas monografias, todas brilhantes e previsíveis, exceto — claro — a de Yho-Lyn, que foi surpreendente e sem nenhum brilho. Não gosto de julgar nem avaliar, mas dei três A, um B+ e dois B, segundo o anacrônico e afetado uso do alfabeto grego (alfa, beta etc.) nas notas das universidades norte-americanas. A maioria tinha escrito sobre as "autobiografias ao ar livre" de Hudson, sobre sua maneira de descrever e de narrar "em movimento" (a cavalo) e sobre seu intrincado zoológico pessoal, exceto Yho-Lyn, que tinha feito um trabalho surpreendente sobre a correspondência de Constance Garnett e Tolstói a propósito da comuna rural e os *farmers* — os colonos — ingleses da Nova Inglaterra, comparados com a experiência nas idílicas fazendas argentinas de *Far Away and Long Ago*. John III, por seu turno, se mostrou sofisticado e muito *gender studies* analisando a ligação entre vida pampiana e homossexualidade na obra de Hudson ("Ah, esses *gauchitos* das pradarias").

Nessa segunda-feira, quando as aulas acabaram, convidei o grupo todo para beber umas cervejas no pub em frente à praça do correio. John, Mike e Rachel tinham apresentado seus currículos e suas candidaturas às vagas oferecidas para o *Fall* e esperavam terminar a tese antes da reunião de fim de ano da MLA. Já haviam deixado — ou estavam deixando — de ser estudantes e viam o primeiro trabalho como uma realidade ao mesmo tempo desejada e destrutiva. O estudo era um estacionamento de jovens, e eles agora tinham que mudar de lugar e aprender as duras regras de trânsito. Vagas em locais remotos, lecionar para alunos desinteressados, enfrentar as lutas entre colegas por espaço e sobreviver até conseguir o *tenure*. ("O verdadeiro artista maldito desta época é o *assistant professor*, vigiado pelos colegas com poder de decisão", dizia John III.)

Ao cair da noite nos despedimos, certos de que provavelmente não voltaríamos a nos ver. Hoje, que conheço seu destino, sei que muitos venceram e outros naufragaram, mas nenhum deles esqueceu seus anos na pós-graduação, quando a vida parece transcorrer como um longo parêntese antes de encarar o duro inverno da experiência real.

Eu também me encontrava numa encruzilhada parecida. Não queria voltar para a Argentina e andava considerando a possibilidade de continuar lecionando aqui por mais algum tempo. Na Califórnia ofereciam uma vaga no programa do Creative Writing de Berkeley. ("Faulkner e Fitzgerald se afogaram em álcool, eu vou me afogar na universidade", como dizia meu amigo poeta de Santa Fé que lecionava na França.) Nesses dias decidi retomar o contato com meus amigos de Buenos Aires, especialmente com Junior, que eu conhecia desde a época em que trabalhávamos juntos no jornal *El Mundo*; ele continuava lá, cada vez mais cínico e mais envenenado; tinha se exilado no México na época dos militares, mas depois voltou para Buenos Aires como se nunca tivesse ido embora, e me contaram que tinha entrado no jornal com seu sorrisinho pedante e se sentado à sua mesa como se só tivesse estado de licença por alguns dias. Achei que ele estava meio estranho ao telefone, mais formal que de costume, e aí, Renzi?, liguei para te dar as novidades por aqui, mas aqui nunca tem novidade, só calúnias, meu velho, e você sabe que o tempo passa voando nos países em desenvolvimento, feliz você, que está no coração do capitalismo. Fizemos algumas piadas, e a conversa me deixou uma sensação estranha.

Por esses dias também falei com minha ex-mulher, expressão que obviamente a enfurecia. Ela estava bem, morando no apartamento no bairro do Congresso onde ainda estavam meus livros. Tínhamos enfrentado alguns problemas, os de sempre, os que todo mundo enfrenta depois de viver muitos anos juntos, mas agora nós dois éramos mais compreensivos e talvez por isso lhe contei que estava avaliando uma proposta de Berkeley para passar um tempo na Califórnia. Houve um silêncio do outro lado. Você não quer vir para cá e ficar comigo?, brinquei. Ouvi uma risada, a risada que ela dava quando estava furiosa. Escuta, Emilio, que é que há? Onde você está com a cabeça, que não sabe que estou morando com o Junior? Como assim? Não sabia de nada, com esse idiota, com esse débil mental. Eu fui o último a saber, claro.

Quer dizer que tudo continuava igual em Buenos Aires, eu conhecia bem essa quadrilha; a endogamia era a única autonomia de que a literatura argentina desfrutava. Clara primeiro foi casada com Pepe Sanz, que tinha feito comigo toda a faculdade em La Plata e com quem eu tinha publicado várias revistas nos anos 60; quando se separou da Clara, Pepe se casou com a ex-mulher do Junior, e agora Junior estava com ela. Recebi a novidade da Clara como uma traição. Será que o Junior tinha ido morar na minha casa? Estaria dormindo na minha cama? Lendo minha edição de *A morte de Virgílio*?

Saí da minha sala e desci para a rua. Órion continuava sentado no banco embaixo das árvores, e me aproximei dele. Estava fazendo círculos e quadrados cada vez menores num papel. Enquanto ele fazia seus desenhos, comecei a lhe falar das minhas coisas. Não achava muita graça no envolvimento de Junior com ela, mas o que não me agradava nem um pouco era que ele andasse mexendo nos meus livros e papéis. Monsieur, disse Órion, é melhor não ter nada.

Em meados de junho, no fim do ano acadêmico, o departamento realizou a tradicional reunião antes das férias de verão. Foi na Palmer House, a grande mansão à la Henry James, rodeada de jardins, com entrada na esquina em que Ida tinha encontrado a morte. Segui pelas alamedas e logo o muro de pedra ocultou o semáforo e a curva que levava da Nassau Street à Bayard Lane. Foi lá que encontraram seu carro abandonado; pensei que ela devia ter olhado esse muro antes de morrer; um ataque do coração, foi o diagnóstico; uma tentativa de roubo ou alguma outra coisa que ela viu na rua tinha provocado a emoção violenta que causou a síncope. E a mão queimada? Talvez uma faísca do sistema elétrico ou o superaquecimento do motor. Não havia sinais de bomba, disseram, embora sua correspondência estivesse no assoalho do carro. Não era possível saber se havia mais alguma carta que tivesse sido destruída pela explosão. Não restavam vestígios, nenhuma placa de metal com as iniciais FC. A versão da polícia era outro modo de trabalhar com a reconstrução imaginária de uma situação possível. As testemunhas, os sinais, as pistas permitem pressupor um acidente. Quanto à possibilidade de uma bomba, não há evidências suficientes para descrever o caso como um atentado.

Ao entrar na Palmer House, ouvia-se o zum-zum das vozes e risadas que vinham da reunião. O salão do primeiro andar estava muito iluminado e se abria para um terraço envidraçado com vista para o arvoredo do jardim. Numa mesa central havia travessas de comida, e num canto o bar onde serviam as bebidas. Todos falavam ao mesmo tempo enquanto equilibravam os pratos e as taças e tentavam comer como podiam, de pé encostados nas paredes ou sentados nas baixas poltronas de veludo vermelho que rodeavam o salão. Eu me servi uma taça de vinho branco e um prato de salmão defumado e arroz. Lá estavam meus colegas e também os alunos da pós. Vi Rachel e Mike, mas não John III. Saí para o terraço, e D'Amato se aproximou para conversar, como se estivesse esperando por mim. Segundo ele, a pessoa que escrevera o *Manifesto* não era a mesma que tinha mandado as bombas. São duas personalidades incompatíveis, disse. Mandar uma bomba pressupõe uma mentalidade robótica que se identifica com os mecanismos de relojoaria. Ele conhecia bem o tipo porque na Coreia selecionavam os grupos incumbidos de armar e desarmar as minas e bombas-armadilha depois de vários exames psicológicos e testes emocionais. Os que trabalhavam com explosivos temporizados eram sempre sujeitos calados, meio esquizos, com mentalidade de jogadores compulsivos e dedos de pianista. Conheci um sargento, contou, que armava e desarmava uma granada de fragmentação de olhos fechados. Aceitava apostas nas noites de trégua entre um combate e outro. Vendavam seus olhos, e ele se esgueirava para além do posto de guarda até a borda da selva e ganhava as apostas quando sobrevivia. Se explodisse, ria, não machucaria ninguém. Costumava voltar como se nada tivesse acontecido, mas muito inflamado e com vontade de brigar e de repetir a aposta. Para escrever um texto como esse, ao contrário, é necessária uma inteligência pacífica e obsessiva, parecida com a nossa. Eu, de tanto pensar nos ritmos elisabetanos da prosa de Melville, disse depois, pisei na bomba que me arrancou a perna. Eram dois modos de concentração psíquica, duas espécies humanas. Não é possível escrever e colocar bombas, assim como não é possível ser ao mesmo tempo um bom lutador de boxe e um mestre enxadrista. Olhamos a noite no jardim como dois velhos companheiros de farra que compartilharam uma mulher. Duvido que consigam descobrir alguma coisa, disse. Coitadinha. Você a conheceu como eu a conheci, era sincera e íntegra. Sempre morrem os melhores. Quer dizer, então, que ela tinha lhe contado que nos encontrávamos para ir para a cama? Ela fazia confidências a esse boçal com perna de pau? Minhas perguntas me distraíram, e demorei a escutar as perguntas que o canalha estava murmurando com sua habitual euforia.

Quais eram meus planos? Ia ficar com eles ("conosco") por mais um ano? Tinha uma proposta de Berkeley, respondi, e talvez fosse passar um tempo na Califórnia. Bom, você devia ter nos consultado. No departamento achavam que eu fosse ficar enquanto começavam os lentos preparativos do *search* pelo cargo de Ida. Ida. Quando ele pronunciou o nome dela, senti que nos atravessava uma espécie de corrente secreta de rivalidade e de confiança. Nós dois sabíamos como era estar com ela num impessoal quarto de hotel. Logo cortei essa cumplicidade. Não tinha certeza do que iria fazer, respondi. Mas os manteria a par dos meus planos.

Aproximei-me do canto onde Rachel e Mike conversavam com dois jovens colegas do Film Studies. Estavam discutindo sobre *Taxi Driver*, de Scorsese. Lá estava, na opinião deles, a figura do rebelde extremo, do niilista apaixonado por uma prostituta capaz de agir sem observar os preconceitos sociais. A puta de Dostoiévski se transformara na *bad girl* de Jodie Foster. Afastei-me quando eles passavam a falar de O *franco-atirador* e da capacidade de Robert De Niro para compor personagens psicopatas. E Nicholson? Eu imagino Recycler com a cara do Jack Nicholson, disse Mike.

Dei algumas voltas pelo salão conversando ao acaso com alguns conhecidos, e pouco depois D'Amato pediu silêncio. Ia dizer umas palavras de despedida pelo ano acadêmico que terminava. Falou da triste perda que tínhamos sofrido. O departamento acabara de criar o prêmio Ida Brown para o melhor projeto de tese de cada ano. Houve aplausos. Estamos vivendo tempos difíceis no nosso país, disse. Sabemos o que é o terrorismo, e não deixa de ser um paradoxo que, agora que o correio eletrônico está sepultando as velhas formas de correspondência, sejam as cartas-bomba o que assola nossas universidades. As formas epistolares definem nossa cultura, estão na Bíblia, na tradição filosófica e na história política e cultural. As cartas persas, as cartas abertas, as epístolas romanas, a carta ao pai, as cartas anônimas, as cartas de amor. Nossas formas de expressão vão desaparecer arrasadas pela violência? Fez uma pausa. Estes últimos e trágicos acontecimentos me fizeram pensar, disse Don, nas cartas sem destino dos mortos que levaram Bartleby à demência e ao desespero. Nós, com nossos saberes arcaicos, somos também leitores das letras e das cartas dos mortos. Depois, como se fosse um réquiem (e todos pensamos numa pessoa diferente para a qual podia ser dedicado), recordou o final da novela de Melville: Bartleby, disse, tinha trabalhado como auxiliar no Escritório de Cartas dos Mortos de Washington. E então, para concluir, leu um parágrafo da novela.

"Cartas mortas! Não se parece com homens mortos? Pois elas são queimadas todos os anos, aos montes. Por vezes, entre os papéis dobrados, o funcionário lívido encontrava um anel — o dedo ao qual estava destinado talvez estivesse apodrecendo na sepultura —; algum dinheiro, enviado por caridade — aquele que teria sido ajudado talvez já não estivesse sentindo fome." E com voz embargada, o intenso D'Amato encerrou seu discurso com a ladainha do narrador de Bartleby: "Perdão para os que morreram em desespero; esperança para os que morreram sem nada esperar; notícias boas para os que morreram sufocados por calamidades insuportáveis". D'Amato estava um pouco louco, em qualquer situação recitava fragmentos de Melville (nisso era como qualquer um dos que lá estávamos reunidos, um triste grupo de leitores que continuávamos pensando no caráter encantatório dos textos literários).

Nessa noite, quando afinal me retirei da *party* e atravessei o jardim da Palmer House em direção à rua, vi, no lugar onde tinha ocorrido o acidente de Ida Brown, encostado no portão, John III, lá postado como se estivesse me esperando, muito elegante, quase fantasiado de ex-aluno da Ivy League, de terno de linho branco e gravata-borboleta, com a excessiva autoconfiança que demonstrara durante todo o curso. Cumprimentou-me com um gesto amistoso, deixando claro que nossa relação já não era a de professor-aluno, mas de colegas, e antes que eu pudesse dizer qualquer coisa, me deu a notícia que todo mundo estava esperando.

— Acabou de ser preso. É um ex-aluno de Harvard.

III. EM NOME DE CONRAD

Nove

1.

Seu nome era Thomas Munk, tinha cinquenta anos e era um matemático formado em Harvard, filho de uma próspera família de imigrantes poloneses. Não tinha antecedentes criminais, não se conheciam suas ligações políticas. Havia sido preso numa remota região de florestas nas serras de Montana. Vivia isolado, numa rudimentar cabana de seis metros quadrados que ele mesmo construíra, sem luz, sem água corrente e sem telefone, a trinta milhas do povoado mais próximo, à beira da Route 223.

Parker tinha passado vários dias esmiuçando a história e os escritos de Munk. Com o escritório inativo por causa do escaldante verão de Nova York, com a eficiente secretária nova que o mantinha informado pela internet e pelo celular (o interfone, como Parker o chamava), tinha aproveitado o tempo livre para me preparar um relatório sobre Munk e completar a investigação.

— Nós, detetives, já não resolvemos os casos, mas podemos contá-los — disse depois.

Os dois filhos do casal Munk tinham nascido em anos seguidos, em 1942 (Thomas) e 1943 (Peter), quando seus pais enfim se estabeleceram em Chicago. A foto dos irmãos no álbum da High School mostrava dois meninos com cara de pássaro, cabelo cortado à americana e sorriso cansado. Esforçados e voluntariosos, de coração simples, sem rastros da sua origem europeia, os dois irmãos se formaram nos anos 50, quando a cultura deste país era, segundo Parker, ao mesmo tempo maravilhosa e atroz. São filhos da Guerra Fria, da expansão do automóvel, da televisão e do rock 'n' roll. Tom era o gênio da família e seu irmão iria viver à sua sombra, apesar de ser um escritor bastante conhecido, com vários contos publicados nas *little reviews* que circulavam no Village na esteira do sucesso de Kerouac e da *beat generation*.

Thomas Munk talvez tenha optado por Harvard porque seu pai achava que era a única universidade norte-americana que seus amigos em Varsóvia conheciam. Em 1958 — aos dezesseis anos — se transferiu para Cambridge, em Massachusetts, e começou sua carreira acadêmica. De fato foi o estudante *sophmore* que recebeu a maior bolsa na história de Harvard.

Era "mortalmente sério", um solitário e pedante jovem tímido que nunca se adaptou às rígidas normas da Ivy League. Enquanto seus condiscípulos iam às aulas muito elegantes de terno Brooks Brothers e gravata com as cores dos exclusivos clubes *alpha beta phi* da universidade, Tom Munk foi um dos primeiros estudantes a assistir aos cursos *undergraduates* de Harvard de jeans, camiseta preta e tênis de basquete, como se fosse um filho da classe operária norte-americana da Pensilvânia. No inverno acrescentava uma jaqueta azul, de marinheiro, e um gorro de lã que naquela época só era usado pelos negros dos bairros marginais de Boston.

Ia às festas e aos bailes, mas se sentava sozinho num canto para tomar cerveja e olhar as borboletas de Barnard que revoavam com seus cachinhos dourados e suas minissaias e se atracavam pelos cantos com os rudes meninos de classe alta de Princeton e de Yale. Houve uma geração inteira de garotas norte-americanas de belas pernas e seios em flor que perdeu rápida e deliberadamente a virgindade no período entre o fim da Guerra da Coreia e o início da Guerra do Vietnã. Pareciam um pelotão de vanguarda do novo exército de libertação feminina, e os rapazes chamavam as garotas de "as vietcongues", disse Parker, que certamente estava pensando na sua amada Betty, a ruiva que tinha sido, ela também, decerto, uma veterana guerreira do Vassar College.

Amanda, uma linda "cocotinha" daqueles anos, recordou em depoimento à imprensa que viajara com Munk ao Canadá nas férias de verão de 1963. O que ele mais gostava em mim, declarou, era como eu lia em voz alta romances e contos "que diziam alguma coisa sobre a condição humana". Uma noite, deitados no piso de lajotas no quarto do hotel, para aplacar o calor, ela estava lendo um conto sobre um pastor que usava um véu preto no rosto quando Tom pegou no sono. Amanda continuou lendo, mas foi esquecendo o relato e começou a pensar em voz alta sobre a pensão onde morava, com a geladeira comum trancada com cadeado e cada caixinha de leite com o nome da dona escrito (Grete, Maria), e quando por fim se mexeu para apagar a luz, Tom abriu os olhos e ficou olhando para ela.

— Você nunca pisca — ela lhe disse.

— Não, se eu puder evitar — ele respondeu.

Nunca mentia; ao longo de toda a vida se manteve fiel aos critérios de verdade que regiam a lógica à qual dedicava seus esforços. Segundo sua intuição matemática, os conceitos verdadeiros eram objetos reais, e não formas do pensamento. Ele fez essa afirmação durante uma aula no seu segundo ano em Harvard, e o professor John Maxell, uma das principais referências no mundo da filosofia analítica nos Estados Unidos, convidou-o a considerar a proposição: "Neste momento não há um gato nesta sala". Quando Munk se recusou a aceitar a descrição do problema, o velho catedrático se inclinou trabalhosamente para olhar embaixo de cada uma das carteiras dos quinze estudantes que participavam do seminário; seus ossos rangiam, mas o esforço valia para ilustrar o trabalho que custava encontrar uma evidência. Enquanto Maxell verificava se havia ou não um bicho no recinto, Munk permanecia impassível, em pé junto à lousa diante da classe. "Não encontrei nenhum gato", disse Maxell do fundo da sala, respirando pesadamente, e Tom lhe respondeu que, conforme aprendera nas aulas que ele mesmo dera sobre Leibniz, isso só demonstrava que a presença de um gato não era verificável pela experiência em um dos mundos possíveis (mas não em todos).

Ao escutá-lo, seus colegas assobiaram e bateram os pés em repúdio, enquanto Tom sorria e traçava na lousa círculos cada vez mais amplos para mostrar as alternativas da verdade em diferentes condições. Como a experiência não era suficiente, era preciso construir ficções teóricas, *exemplum fictum*.

— Por exemplo, a possibilidade de que exista um gato invisível nesta sala depende da realidade que estivermos pressupondo.

Vista agora, essa foi a primeira aproximação à decisão que o levaria a se transformar no criminoso mais procurado da história dos Estados Unidos.

A saúde de Thomas Munk parecia "precária", dava sempre a impressão de "estar em perigo". Não escutava ninguém, exceto o irmão, que ia visitá-lo frequentemente e com quem passava vários dias conversando no seu quarto ou nos bares ou passeando às margens do rio Charles.

As pessoas que o conheceram naquele tempo o defendiam, e esses depoimentos, mais as histórias do seu tempo de estudante, reforçavam a sensação de incredulidade geral diante das suas ações. Como era possível que esse jovem tivesse virado um terrorista? Não era um perdedor radical, como Enzensberger os caracterizaria anos mais tarde, não era um ressentido social nem um marginalizado, era um jovem norte-americano bem-sucedido; não era um fanático religioso nem um marxista.

Nos seus anos em Harvard, Tom começou a se interessar pelo esporte e pela música. Ia com o irmão às partidas de beisebol dos Boston Red Sox e no seu quarto escutava o dia inteiro "Take This Hammer" e outras *country songs* dos músicos proletários da costa, principalmente Woody Guthrie, que tocavam nos bares de beira de estrada e nos salões para famílias dos vilarejos da Pensilvânia. Frequentavam também o bar The Bear, um reduto boêmio de Boston, e tudo parecia fazer parte do seu aprendizado, como se fosse um estrangeiro que não sabe nada da cultura de um país e tem que aprender tudo imitando o modo de vida dos nativos com quem se relaciona. No caso do seu irmão, Peter, era natural que seguisse a trilha da experiência proletária e da vida autêntica aberta por sua geração, mas Tom parecia um infiltrado porque estava sempre com sua cara séria e seu sorriso sério, por mais que batesse o pé no chão ao ritmo da música de Hank Williams ou de Johnny Cash.

Um dia conheceu uma garota num desses locais dançantes do porto de Boston. Era uma moça loira e magra, de uma família de profissionais liberais de Nova York, que estudava no Vassar College e usava uma saia xadrez presa com um grande alfinete e meias pretas. Iam ao cine drive-in, jogavam *scrabble*, entravam nos motéis para fazer amor no meio da tarde. A garota estava muito satisfeita com sua vida e gostava dele, embora o achasse um pouco estranho e bastante distraído.

Foram passar um verão numa casa de campo, e ela fez uma rápida viagem para visitar os pais, mas quando voltou percebeu que Tom não tinha notado sua ausência. Ah, você tinha saído, comentou quando a viu chegar no meio da noite carregando uma sacola e uma camiseta de presente.

Nesse momento a garota decidiu que Tom não era para ela, conforme declarou à imprensa; sempre achou que era um ótimo rapaz, que merecia a melhor sorte, embora vivesse fechado demais na sua vida mental. Os dois se separaram pacificamente, e ela, cujo nome não foi divulgado, declarou que costumava receber esporádicos cartões-postais de Tom com saudações e perguntas muito específicas. Mostrou um deles ao jornalista do *New Sun*: "Quando fomos ao Aquário em Massachusetts, você estava usando uma capa de emborrachado amarelo? Por favor, me responda, é um detalhe *muito importante*", tinha escrito. Ao que parece, estava investigando a precisão das lembranças, trabalhando sobre o que ele denominava memória incerta e imagem inesquecível de acontecimentos que nunca vivemos.

Estava concentrado numa série de experimentos com vistas a definir uma teoria das decisões. Quais eram as condições necessárias para inferir a verdade? Propôs como exemplo a questão de quantos filhos tivera Lady Macbeth, problema que a obra de Shakespeare não resolvia. Considerava o assunto um caso hipotético, igual a qualquer outro fato incerto da vida real. Depois de algumas semanas de trabalho sobre a lógica dos conjuntos imprecisos, resolveu especulativamente ("eram três filhos") a partir do que ele denominava decisão insegura. Com esse trabalho (*Os filhos de Lady Macbeth ou o teorema das séries indecisas*) foi o primeiro estudante *undergraduate* — depois de Noam Chomsky — a conseguir que sua Junior Thesis fosse considerada uma contribuição à disciplina e fosse publicada numa revista especializada de alta qualificação acadêmica. Transformou-se numa referência nacional na promissora ciência da computação. Tinha dezoito anos e a publicação do *paper* foi considerada um antecedente suficiente para sua entrada direta no doutorado. De fato, tornou-se *graduate student* de Harvard sem pleitear a vaga na pós-graduação e mal notou a mudança de status, até que foi convidado para morar na residência do Graduate College no campus do Harvard Square, em Cambridge, Massachusetts.

A concentração na teoria impõe um distanciamento completo dos assuntos mundanos, com a consequente exclusão de qualquer distração ou convívio social. Thomas Munk estendeu esse ascetismo teórico a todos os aspectos da sua vida acadêmica: publicava pouco e concisamente, não aceitava convites para conferências nem congressos.

Malcolm Anderson, seu orientador, insistia que não devia esperar ter resolvidos todos os problemas para só então escrever sua tese, porque esse momento ideal nunca chegaria. Esse conselho provocou em Tom uma violenta explosão de fúria, porque ele pretendia produzir uma obra perfeita, ou nada. Explicaram-lhe que ele nunca conseguiria se doutorar nem se dedicar à docência se não aceitasse escrever coisas imperfeitas. Isso só fez enfurecê-lo mais e mais, até que fugiu da faculdade, mas voltou dali a duas horas, compungido, e pediu a Anderson que, por favor, não rompesse relações com ele, por mais que o tivesse decepcionado.

Nessa noite, contou um dos seus colegas daquela época, estava tão desanimado que resolveu telefonar para o irmão e pedir que fosse buscá-lo. Peter o levou com ele para Nova York e no caminho tiveram uma áspera discussão, tão violenta que foram parados pela polícia rodoviária por dirigir com as luzes internas do carro acesas. Pareciam dois manequins numa vitrine iluminada e tiveram que explicar detalhadamente à polícia sobre o que estavam discutindo (sobre a Guerra do Vietnã) para que os deixassem prosseguir. "Não discutam enquanto dirigem", recomendou-lhes o guarda. De fato, ali, no posto de polícia de um vilarejo obscuro na estrada de Boston a Nova York, começou a elaborar sua teoria das séries pronominais. "Eu penso: mas o outro não acredita em mim" era uma das suas premissas. Cada sequência pronominal (eu/tu/nós/eles) pressupunha uma realidade diferente e outro sistema de crenças.

Quando publicou sua tese, recebeu a medalha Fields, a mais

alta distinção a que pode aspirar um matemático. Tinha vinte e cinco anos.

"É apaixonado, profundo, intenso e dominante. Possui um tipo de pureza nunca igualada por ninguém que eu tenha conhecido. Thomas Munk talvez seja o exemplo mais acabado de um gênio tal como o concebemos", declarou seu orientador.

Muitos pensam que Anderson, número um na sua profissão, foi superado de tal maneira por aquele obscuro estudante de origem polonesa que nesse mesmo ano se aposentou e se fechou na sua casa à beira-mar, na baía de Boston, murada e com cerca eletrificada, de onde só saiu para receber o prêmio Nobel de física e, mais tarde, para se apresentar como principal testemunha de defesa no processo que então se preparava contra Munk.

— Quando estava mal — disse Anderson —, havia nele alguma coisa que o fazia parecer um tolo (*a fool*), um desorientado e amável jovem que falava confusamente, gaguejando como se estivesse perdido nas suas próprias divagações ou descontrolado, mas quando estava em forma era deslumbrante, luminoso, inflexível; era a lebre do pensamento que nenhum alado Aquiles consegue alcançar.

Essa declaração do seu *adviser* foi um dos argumentos da família de Thomas Munk para alegar insanidade e tentar alterar a classificação do processo, evitando assim a pena de morte.

Em 1967, Munk assumiu uma vaga de professor no Departamento de Matemática da Universidade da Califórnia em Berkeley, que era então o mais prestigiado do país.

Alguns analistas apontam que foi na Califórnia que Tom descobriu a filosofia antitecnológica e começou a sonhar em fugir para a *wilderness*. Talvez tenha decidido lecionar em Berkeley para conhecer de perto os movimentos anticapitalistas que estavam no auge e observar as ações dos grupos anarquistas da baía de San Francisco.

— Era extraordinário como professor — disse Mike Uberman, destacado pesquisador do MIT —, embora se ausentasse com frequência, atacado por suas enxaquecas ou seus indefectíveis passeios noturnos, nos quais se perdia até bem entrada a manhã, por isso não vinha à aula. Também nós sofríamos de enxaqueca, como se a intensidade de pensamento fosse acompanhada de uma experiência com as paredes do crânio.

Nessa época seu irmão, Peter, foi convocado e passou dezoito meses no Vietnã, e quando voltou da guerra estava viciado em ópio. Tom havia sido dispensado do serviço por motivos de saúde, e seu irmão foi à guerra convencido de que era a maior experiência a que um escritor podia aspirar, até que desembarcou no campo de batalha. Então mudou de ideia, mas já era tarde.

Quando Peter regressou, Tom esperava por ele no aeroporto e o viu chegar vestido com a farda marrom-clara, carregando uma sacola azul em que trazia seus pertences; um rapagão pesado com uma cicatriz que lhe dava uma expressão arisca e severa. Foi aí, segundo Peter, que seu irmão começou a falar da decisão de mudar de vida. Não suportava o mundo acadêmico, sentia-se sufocado. Lentamente a experiência de Peter na guerra passou a um segundo plano e a conversa se centrou nos propósitos de Tom e na sua decisão de viver retirado, dedicando-se às suas pesquisas. Ficaria retirado do mundo por alguns anos, para aprofundar seus trabalhos em filosofia da matemática e também para que sua forma de vida interviesse diretamente no seu pensamento. "Percebi", disse Tom, segundo seu irmão, "que o idealismo e o materialismo concordam que só é possível dominar o mundo virando-lhe as costas." A verdade coincide tão pouco com a realidade empírica, disse depois, que o único modo de conservar a prudência é afastando-se de tudo. Queria se isolar para comprovar se ele era capaz de realizar um trabalho verdadeiramente útil.

Tinham ido a um bar junto à rodovia para almoçar e beber uma cerveja. Nas paredes de troncos do local havia cabeças de grandes peças de caça decorando o salão. Tom não era contra a morte dos animais, não era vegetariano nem pacifista, ao contrário de Peter, que tinha voltado do Vietnã com uma forte tendência à inação e à mística oriental, como se comer só verdura lhe permitisse esquecer os corpos despedaçados dos companheiros mortos na guerra.

Algum tempo depois, Thomas Munk abandonou a carreira acadêmica, como se as decisões intempestivas fizessem parte do seu programa pessoal. Escreveu para o *chair* comunicando sua demissão, uma carta que todos lemos nos jornais. Peter pensou que seu irmão estava tentando unir a cultura e a vida, o pensamento e a experiência. Toda uma geração estava tentando fazer a mesma coisa, abandonando os modos de vida convencionais como uma maneira de alcançar a verdade.

Depois de se desligar da universidade, Tom se dedicou a viajar de carro pelos Estados Unidos e de quando em quando mandava um cartão-postal para o irmão. Vinham de diversos pontos da estrada, geralmente do serviço postal das *drugstores*. (Foto: "Um motel no deserto", e atrás, escrito com sua letra de míope: "Quando chego ao motel tenho que passar trinta ou trinta e cinco minutos tirando os insetos mortos do para-brisa e da grade do radiador.") Foi subindo pela Route 22 e parando um pouco ao acaso em povoados fora da área da rodovia. (Foto: "Um casario". "Neste lugar todos vivem da criação de abelhas. Só se veem as caixas brancas das colmeias e pessoas de máscara e traje amarelo, como de astronauta.") Até chegou ao México e andou perguntando se podia comprar uma fazendola ou uma chácara. (Foto: "Casa do cônsul em Cuernavaca". "Todos aqui falam do massacre de estudantes em Tlatelolco que aconteceu há três anos.") Depois atravessou a fronteira com o Canadá pelo norte e contornou a Highway 68 até os grandes lagos, e em toda parte perguntava pelos trabalhos disponíveis e onde podia conseguir um terreno afastado. (Foto: "Uma iguana no meio da estrada". "Roubaram minha mala num posto de gasolina. Tenho alguns sabonetinhos do motel, uma toalha suja de graxa, dois cadernos Clairefontaine vermelhos, um barbeador elétrico de corrente alternada, uma escova de dentes.") Comunicou ao irmão suas razões mais pessoais numa carta (da qual se conserva uma cópia em carbono, do seu arquivo) que escreveu em Oklahoma, num hotel, onde se nota certo tom levemente alterado. "Na noite de 3 para 4 de novembro, a caminho do Colorado, num hotel que tem uma máquina de escrever, me receberam gentilmente. Encontrei um terreno muito favorável para meus propósitos perto da grande reserva num estado vizinho." A foto mostrava uma floresta que cobria a vertente de uma montanha e se estendia pelo vale até as margens de um grande rio.

2.

As florestas de Montana se estendem por centenas de quilômetros entre vales, colinas e altas montanhas. Uma zona despovoada, com invernos rigorosos e longos verões. Foi tradicionalmente um território de traficantes de peles e de garimpeiros que no passado costumavam penetrar na floresta e vagar como selvagens por meses a fio.

Thomas Munk chegou lá numa data incerta, em meados dos anos 70. Um dia apareceu no vilarejo de Jefferson, disse que era agrimensor e que queria fazer algumas pesquisas de longo prazo no terreno. Parecia um homem pacífico, que queria viver retirado, como tantos outros neste país.

"Há centenas de desesperados que se afastam do mundo e voltam para a vida natural", segundo Parker; "uma praga nacional, ir até a fronteira, procurar planícies desertas e paz. Meus compatriotas se dividem entre os que incham furiosamente as cidades, fabricam automóveis e asfaltam milhares de milhas, e os que se internam nas pradarias e vivem em contato com a natureza. Será entre esses dois grupos a batalha final que começou como uma guerra entre os peles-vermelhas das chapadas e os caras-pálidas que vinham das cidades." Depois foram as comunidades hippies e mais tarde os ecologistas que romperam com a civilização para viver isolados. Esses enfurecidos filhos da natureza consideravam sua vida mutilada e desfigurada e sua experiência social aterradora, e estavam convencidos de que uma nova cultura podia nascer no isolamento e no repúdio das multidões urbanas.

163

* * *

Primeiro construiu uma cabana de madeira de seis pés, seguindo o modelo daquela que Thoreau construíra em *Walden*, e logo se adaptou à vida em solidão. Desmatou uma clareira no bosque e arou um terreno de cinquenta por cinquenta. Fez um forno de barro e um banheiro atrás da casa e cavou um fosso para poder puxar água com uma bomba de mão. Construiu uma lenheira e no outono começou a juntar madeira para atravessar o inverno.

Durante o dia saía para caçar e pescar, cuidava da sua horta e dos seus animais e de manter arejada e seca a gruta onde armazenava os alimentos. Ao entardecer voltava para sua cabana e quando caía a tarde se dedicava ao estudo e à leitura sob a quieta luz de um lampião. A única maneira de viver em extremo isolamento era observar certos hábitos fixos. Dividiu sua vida em sequências autônomas, que obedeciam à placidez e à quietude dos ciclos naturais. A questão não era como pensar o que se vive, e sim como viver para poder pensar.

Nesses dias começou a escrever seu *Diário*. Nunca abandonou seus trabalhos e especulações em matemática e em lógica, mas suas leituras e seus escritos se ampliaram para registros cada vez mais extensos. Observando sua biblioteca, é impossível inferir a direção das suas pesquisas (entre seus livros se incluía, por exemplo, *Argentina, sociedad de masas*, de Torcuato di Tella) e a relação entre sua obra e suas ações armadas.

O terreno e a caminhonete Ford estavam registrados em nome do irmão, portanto ele não pagava impostos, não usava eletricidade nem gás e não tinha telefone; não quis cercar seu território, e às vezes encontrava mochileiros e grupos de veranistas que acampavam nas serras. Preparava armadilhas como os velhos caçadores e fazia escambo no vilarejo com as peles de raposas e coelhos. Dedicava algumas horas a observar as presas que queria caçar e anotava no seu *Diário* os movimentos e as mudanças de hábito dos animais, e assim podia apanhá-los sem dificuldade. Quando saía para caçar na floresta, nunca se afastava mais de três horas de caminhada da sua cabana. Movimentava-se dentro de um círculo de vinte quilômetros que conhecia muito bem. Instalava-se num refúgio coberto de galhos perto da lagoa central para tocaiar os animais que lá iam beber. Coelhos silvestres, lebres, patos, eventualmente um lobo ou um gato selvagem.

Uma tarde viu um urso-pardo entrar na água, aproximar-se de uma colmeia que pendia de um tronco e usar um graveto para extrair o mel. Mergulhava na lagoa para tirar as abelhas do corpo ou as matava com a outra pata, mas enquanto comia mantinha os olhos fechados para que as ferroadas não o cegassem. Partiu de repente como que galopando sobre a água e abrindo uma brecha no mato.

"Apagar as pegadas é uma coisa que os animais não sabem fazer." Essa era a maior diferença entre os homens e os bichos. "Nós", escreveu no seu *Diário*, "sabemos limpar os rastros, criar pistas falsas, mudar, ser outros. Nisso consiste a civilização; a possibilidade de fingir e enganar nos permitiu construir a cultura."

Quando ventava do norte, saía para pescar logo de manhã cedo. Na água claríssima do rio, arrepiada pelo vento que descia dos montes, viam-se as trutas que se mantinham firmes contra a correnteza; pescava com mosca, agitava a vara sobre a superfície com breves chicotadas e via os peixes saltarem para abocanhar o anzol no ar.

De quando em quando ia até o vilarejo, e os habitantes o ajudavam, e ele às vezes lhes pedia ferramentas ou sementes em troca de pequenos trabalhos; considerava que essas operações econômicas pertenciam à ordem do escambo — e não do crédito nem da venda —, uma forma de solidariedade entre vizinhos que sobrevivera às trocas forçadas da sociedade industrial.

Às vezes o velho policial do vilarejo ia até sua cabana para visitá-lo e conversar com ele. Era o homem mais afável que já conheci, declarou o xerife. Costumava me convidar para comer coelho assado com batatas e uma sobremesa de groselhas e mel de primeira qualidade. Bebíamos umas cervejas que eu levava no carro, e sempre recordo essas refeições como as melhores que tive, e olhe que eu já compareci a almoços e jantares com as autoridades do município e do estado.

Pareciam dois caubóis comendo ao ar livre, esquentando o café na fogueira e escutando os coiotes à distância. Havia uma coisa muito masculina nessa vida ao ar livre, muito norte-americana, poderíamos dizer, o homem que abandona suas obrigações e vive sozinho na pradaria e na floresta.

Uma tarde foi surpreendido por um aguaceiro longe da casa e passou uma semana com febre, sem fazer nada além de permanecer estirado na cama, tomando chá com mel. Às vezes ia até o hospital do vilarejo para que examinassem as picadas dos insetos e o estado das suas mãos, de que cuidava com o zelo de um pianista.

"Fazíamos longas caminhadas", contava o policial, "margeávamos o rio e subíamos até o topo do monte White para ver o vale do outro lado, com as rodovias que atravessavam o estado vizinho em direção às intrincadas cidades do norte." Nunca soube que era um matemático famoso, mas tinha a impressão de que seus conhecimentos abstratos eram maiores que os de qualquer outra pessoa que ele tivesse conhecido. "Era acima de tudo um homem tranquilo", disse o xerife. "Deve ter mesmo feito essas besteiras que dizem que ele fez, mas seria bom perguntar seus motivos, porque é a melhor pessoa que conheci em todos os meus anos na polícia rural", declarou ao jornal local.

Em Jefferson começou a se relacionar com Mary Ann, a garçonete de um bar no trevo da Route 66. Disse a ela que se chamava Sam Salinger, que era viajante, que era casado mas sua mulher já não o amava. Tom lhe falou dos seus projetos, e essa moça foi a pessoa de quem ele esteve mais perto de revelar a verdade dos seus planos. A sociedade era injusta, era cruel. Fazia a moça seguir seus raciocínios, e ela chegava sozinha a conclusões reveladoras. Foi essa, conforme Munk anotou no seu *Diário*, a prova de que ele se apaixonara pela garota. Mary Ann se apresentou espontaneamente para prestar depoimento depois de reconhecê-lo nas fotografias como o jovem que convivera intimamente com ela durante alguns meses e repetiu o relato daquela tarde em que Tom, com o corpo nu, coberto apenas com um sobretudo cinza, lhe revelara que tinha a intenção de abandonar tudo e viajar para o Canadá, para um lugar frio, e começar uma vida nova. O que ela achava disso? Iria com ele viver perto dos grandes gelos? A moça lhe respondeu que precisava pensar no assunto, mas decidiu que não voltaria a vê-lo. Imaginou que fosse um desertor, como tantos outros. Pareceu-lhe um homem estranho, muito educado e atencioso, que agia como se quisesse esquecer algum crime ou tivesse fugido da prisão.

Às vezes, no verão, Tom trabalhava na serraria local. Por uma semana ou duas, para juntar o dinheiro que depois usava em suas compras especiais.

Durante vários meses chegou, inclusive, a lecionar na escola do vilarejo. Preparava as aulas com muita dedicação, como se quisesse se afastar da sua cabana por algum tempo, e às vezes se hospedava na pensão da sra. Ferguson, para ficar mais perto da escola. Traduziu para os meninos — e isso para mim foi uma surpresa — o conto "Juan Darién", de Horacio Quiroga, que também se retirou para viver na selva, construiu sua própria casa e sobreviveu com mulher e filhos em condições difíceis, escrevendo alguns dos melhores contos da literatura em castelhano. Usava o conto de Quiroga para ilustrar a crueldade da civilização, cuja raiz grega significava, disse na aula, domesticação, adestramento e doma.

Tinha encontrado um cervo, congelado numa clareira da

168

floresta. Primeiro pensou que estivesse vivo e o observou de um refúgio entre os arbustos. Alguns animais selvagens permanecem imóveis quando já não podem escapar. Pelo visto, se desgarrara da manada. Os cervos se reuniam no inverno, mas este devia ter se afastado ou se perdido. Parecia a estátua perfeita de um cervo jovem capturado no instante em que erguia a cabeça para se orientar com o sol.

De repente recordava como tinham sido seus dias felizes no passado: acordar numa cama, apoiar os pés descalços no tapete, tomar um banho de chuveiro, preparar o café, sentar-se para trabalhar na sua sala na universidade. Não era saudade, era uma maneira de observar sua vida passada como se ele mesmo tivesse sido um cervo congelado sob a geada.

3.

Por fim, deu início aos seus experimentos. O primeiro foi um ensaio; ele o chamou ensaio, como quem, num laboratório, faz um teste antes da experiência principal. Resolveu escolher um objetivo anônimo, para não correr riscos. Saiu da cabana ao entardecer, mas antes acendeu o lampião e calculou quanto tempo levaria para o querosene acabar. Por precaução, colocou o lampião dentro de uma tigela de lata sobre a mesa. Se tudo corresse bem, estaria de volta num prazo de seis horas, e se alguém passasse pela casa poderia imaginar que ele estava trabalhando e que, como tantas outras vezes, não quis abrir a porta para não ser interrompido.

Ninguém o veria entrar na velha picape e pegar a estrada rumo à rodovia e depois seguir até o desvio que levava a Durango. Não se preocupava com nada que não fosse seu objetivo ("Não penso em nada além da linha branca no asfalto e das árvores que passam"). Tomara a precaução de trocar a placa e colar uma sobressola nos sapatos para confundir suas pegadas; ia assim disfarçado para o Sul. Mas seu estado de espírito não era frio e calmo, e sim exaltado, a tensão se transformava em euforia. Como iria reagir? Tinha passado anos isolado e agora queria pôr-se à prova: "Não é o crime que nos isola, mas devemos primeiro nos isolar para poder cometer um crime".

Entrou na cidade pela *freeway* do norte, nessa hora havia muito movimento nas ruas. A multidão o perturbava, depois de tantos meses de solidão. Atravessou o viaduto que cruzava a estrada e desembocava no estacionamento central do grande *mall*. Parou a caminhonete na área reservada aos funcionários e desceu decidido, com um envelope na mão, e se agachou para examinar os pneus da picape, e no mesmo movimento deixou a bomba escondida sob o motor de um Honda vermelho. Depois saiu tranquilo do bolsão, foi até a beira do caminho de saída e voltou a entrar no estacionamento pelo outro extremo do shopping center.

Havia carros estacionados, carrinhos de supermercado, linhas brancas e letreiros e uma gaivota ciscando entre as manchas de graxa. Parecia perdida, tinha confundido o brilho cinza do asfalto com o da superfície da água. Podem voar quilômetros e quilômetros sobre o mar, mas nunca se afastam tanto da costa, salvo que enlouqueçam ao perder a orientação. Andava aos tombos, as asas abertas, os olhos vermelhos, o bico entreaberto com a pequena língua para fora. Ninguém parecia vê-la e zanzava desajeitadamente entre os carros estacionados e as poças de óleo e os restos da neve barrenta sobre o cimento, até que por fim levantou voo e se afastou rumo às luzes altas dos edifícios próximos.

Conforme ele pudera constatar no Best Computer Com de Durango, a porta lateral era a saída obrigatória dos técnicos e engenheiros de computação. Todas as grandes corporações repetiam a estrutura e a função dos seus trabalhadores, portanto bastava conhecer bem um edifício para conhecer todos os outros. Essa era uma prova da íntima debilidade do sistema: para baratear os custos, tendiam a repetir o formato e a disposição das suas instalações. Os banheiros, as caixas registradoras, os corredores e balcões, o setor de empacotamento, os escritórios, a porta principal, tudo era idêntico em todos os edifícios da empresa em todos os estados americanos. Isso valia também para os hotéis, os supermercados e os bares de uma mesma rede, e para os microcinemas e as enormes áreas de estacionamento, e também para os controles policiais e a disposição interna das prisões. A repetição fixa dos lugares e da função da série permitia poupar movimentos: como se a disposição espacial fosse pensada para que uma multidão simultânea e simétrica de funcionários, clientes e seguranças se movimentasse com facilidade e assim fosse mais simples detectar o que faziam aqueles que não obedeciam a essas disposições e localizá-los imediatamente com as câmeras de vigilância.

Tom tinha um registro dos técnicos que trabalhavam no laboratório do subsolo. Um grupo de engenheiros e de ex-estudantes de pós-graduação especializados em computação que tinham caído na escala social e trabalhavam agora como empregados anônimos de uma grande cadeia dando indicações aos clientes sobre as renovadas e complexas máquinas vendidas nas lojas da Best Computer Com.

Faltavam alguns dias para o Natal, portanto o local estava tomado de famílias que circulavam em grupo pela área de compras. O ar gelado da noite entrava no salão cada vez que a porta de vidro se abria; os carros iam e vinham pelo estacionamento. A gaivota passou voando por sobre o edifício e tornou a pousar no piso de concreto do estacionamento.

A mulher de lenço verde se aproximou do Honda vermelho com uma pasta na mão. Parecia jovem e usava óculos de sol, apesar da escuridão; vestia um casaco bege e usava um gorro de pele que lhe cobria as orelhas. Abriu a porta do carro, deixou a pasta no banco de trás, tirou o casaco; com a luz interna acesa, parecia uma boneca numa caixa; quando se sentou ao volante e deu a partida no motor, houve uma sacudida, um pequeno estouro de claridade e um estrondo.

Um velho com um longo capote cinza que empurrava um carrinho de compras parou por um momento diante do carro e depois seguiu em frente apertando o passo. Uma mulher que levava um menino pela mão se virou e caminhou de lado puxando o filho, mas também não parou. A gaivota levantou voo num rápido bater de asas e se afastou no escuro em direção à rodovia. Um minuto depois, tudo continuava igual.

O que mais o impressiona é que ele sai do *mall*, atravessa o

estacionamento, entra no carro e segue lento pelas ruas iluminadas da cidade, e ninguém sabe que foi ele quem matou aquela
mulher.

Gödel contara numa palestra em Harvard que, depois de
elaborar o teorema que o tornaria imortal, passou a noite andando de metrô e pensando que a vida dos que ali estavam iria
mudar por sua causa, sem que ninguém soubesse ainda.

Registrou no seu *Diário* esse primeiro experimento. Uma
sensação de onipotência, de ter ultrapassado a linha sagrada. Circulava entre as pessoas com a sensação de ser invisível e único.

O atentado seguinte visava impedir — ou retardar — a fusão de sistemas digitais e biológicos que permitiria a intervenção
retrospectiva em milhões de DNAs. Hanz Frinkly, do Biological
Lab de Minnesota, um alemão alto, rubicundo e de grandes bi-
godes, um homem simpático, muito efusivo, tinha sobrevivido
a um campo de concentração russo durante a Segunda Guerra,
daí aquele seu bigode "à la Stálin", como dizia. "Eu me olho
no espelho, e a lembrança de que sobrevivi ao georgiano me faz
sentir mais jovem", dizia. Era viúvo e queria refazer sua vida; no
verão, corria pelos bosques e, no inverno, pelos túneis subterrâneos que cruzavam o campus, iluminados com luz artificial.

Naquela manhã, a secretária havia deixado a correspondência do dia sobre sua mesa. Seria melhor abri-la em outra hora,
mas não conseguiu resistir à tentação de ver se alguém lhe escrevera comentando seu último e extraordinário artigo publicado
na prestigiosa revista *Science*. Ao abrir o envelope supostamente

enviado por um colega do MIT, explodiu uma bomba que o feriu gravemente.

As lesões lhe afetaram o cérebro, e desde então vivia recluso num centro de reabilitação próximo da universidade. Pelas janelas podia observar os jovens atravessando o parque rumo às suas aulas, mas esse espetáculo lhe era tão insuportável que preferia permanecer no seu quarto com a porta aberta para o corredor, onde outros doentes passavam com dificuldade, apoiados em muletas ou deslizando nas suas cadeiras de metal.

O matemático John Breedlove, que era o responsável pela cátedra Peano na Universidade de Chicago, saiu de manhã cedo, logo depois de seu desjejum, protegido por uma máscara cirúrgica, para não respirar o ar poluído, pois estava tentando não adoecer na primavera, como vinha acontecendo cada vez mais amiúde por causa das chamadas alergias, que todo mês de abril o obrigavam a se internar no Memorial Hospital. Estava prestes a finalizar seu trabalho sobre a lógica instável da informação em séries abertas e, de um modo supersticioso e um pouco ridículo, temia que uma doença o impedisse de concluir seus cálculos. Não cumprira nenhum dos mínimos deveres sociais que se supunha que um homem da sua idade e posição deveria ter cumprido: não se casara, não tivera filhos, dedicara a vida à sua carreira e se sentia apreciado pelos colegas. A carta falsamente enviada por um conhecido matemático da Califórnia, que chegara na entrega das onze horas da manhã, explodiu na cara dele e o matou no ato.

Um estudante de engenharia (John Hauser) achou um pacote embaixo de uma cadeira na sala de computação do Cory Hall, no Computer Laboratory da Universidade da Califórnia, e morreu ao levantá-lo. Tinha vinte e dois anos, era casado, tinha uma filha, era um ativo militante contra a Guerra do Golfo. Menéndez se encarregou de dar a notícia à jovem esposa afro-americana do rapaz assassinado. Vivia numa casa com varanda, na zona residencial do gueto, e ao ver o carro oficial demorou a abrir a porta, espiando pelas frestas da persiana. Quando a mulher afinal abriu e o convidou a entrar, Menéndez lhe deu a notícia e lhe entregou o crucifixo de prata que o jovem levava no peito. A moça, magra e de olhos ardentes, começou a tremer sem afastar a vista dele, sem dizer nada. Menéndez permaneceu imóvel por algum tempo, até que a mulher reagiu e começou a insultá-lo como se o assassino fosse ele.

Houve um atentado contra Alan Hunter, um destacado cientista de Yale que se formara no Institute of Advanced Studies de Princeton e trabalhava num projeto secreto, protegido pelo Estado. Malvestido, desatento a todo protocolo acadêmico, casado e divorciado várias vezes, vivia num bunker, sob a proteção de vários sistemas federais de segurança. Um dos seus discípulos declarou que naquela tarde levara Hunter de carro até sua casa e que o vira chegar ao portão, vigiado por um homem do serviço secreto que morreu instantaneamente quando explodiram duas bombas de plástico na entrada da residência. A onda expansiva arrastou Hunter contra o grande carvalho do jardim e o incrustou nos ásperos ramos baixos da árvore centenária, que o esmagaram como as pás de um triturador. Faleceu duas horas depois, vítima de politraumatismo e hemorragia interna.

Numerava os atentados, esperava chegar aos cem. Munk não queria nenhuma proximidade com suas vítimas, matava à distância, sem tocá-las; ele as considerava funções do sistema, indivíduos que estavam realizando uma tarefa voltada à destruição de tudo o que era humano na sociedade. Usava a informação disponível em qualquer biblioteca pública mais ou menos decente e lia na internet os relatórios de pesquisa disponíveis e com base nisso organizava seus objetivos.

4.

Por essa época, seu irmão recebeu uma carta em que Tom pedia que fosse visitá-lo antes que a neve voltasse a bloquear o acesso até sua residência na floresta.

Peter viajou por dois dias até chegar a Montana e se sentiu feliz quando, ao desviar para a reserva por um estreito caminho escarpado entre as árvores, desembocou numa clareira e viu Thomas, que, a um lado, limpava o barro do gume de uma enxada com um facão.

De jeans surrados e botas de cano curto, com uma camisa de flanela xadrez, parecia um lavrador ou um lenhador da região. Os dois se olharam sob a claridade difusa da tarde, e houve uma emoção e também uma alegria, como se tudo o que tinham vivido juntos persistisse em cada reencontro.

A surpresa para Peter foi que Tom agora tinha um papagaio. Uma papagaia, para ser mais exato. Um bicho amarelado, azedo, que os olhava de lado, com um só olho, de dentro de uma gaiola de madeira. Sim, disse Munk, é a Daisy. Para você não dizer que nunca falo com ninguém.

E ao ouvir que estavam falando dela, digamos assim, a papagaia saltou nervosa no arame e gritou enfurecida: "Quem veio, Tom, quem está aí?". E como Munk e o irmão começaram a se afastar, a papagaia saltou de novo e tornou a gritar com sua voz de velha avinagrada: "Quero ir pro hotel, Tom, vamos agora pro hotel, Tom", com um tom esganiçado de louca.

Seu irmão se transformara num caçador-coletor e num filósofo à maneira de Diógenes, dizia Peter. O vizinho mais próximo estava a cinco milhas, e na lagoa dos arredores Munk nadava nu nas tardes de verão.

Quando os jornais publicaram o *Manifesto* de Munk, a nação inteira parou para ler o texto, menos Peter, seu irmão. "Como ele é escritor, não lê…", disse Parker, "apenas escreve!" Só duas semanas depois, uma tarde, na oficina de contos que dava em Columbia, durante uma discussão sobre os contos de guerra de Tim O'Brien, um dos seus alunos afirmou que o estilo de Recycler era muito melhor que o de todos os escritores de guerra que tinham lido no curso.

Nessa noite, Peter, depois do jantar, já na sua casa, sentou-se diante do computador para ler o texto na internet. Achou que dizia algumas coisas justas e outras um pouco delirantes, mas no meio da leitura se deteve numa expressão, um ditado (*You can't eat your cake and have it too*), inserido duas vezes, uma antiga frase feita que seu irmão costumava usar.

Telefonou para uma amiga, Patricia Connolly, que os conhecia, e lhe repetiu a frase. O Thomas? Não pode ser!, ela disse para acalmá-lo. Claro que não pode ser, ele respondeu, e nesse instante teve certeza de que o irmão era mesmo o autor do *Manifesto*.

Então subiu ao desvão da casa, e sob o teto inclinado da *chambre de bonne* (como ele chamava o sótão no seu relato autobiográfico "Meu irmão e eu", publicado na *New Yorker*), em meio aos saudosos objetos da infância ali amontoados — O Cérebro Mágico, o Meccano, a luva de beisebol assinada por Billy Sullivan, a flâmula dos Yankees, uma fileira de velhos tênis alinhados cronologicamente —, encontrou num caixote, junto com fotocópias, documentos e fotografias, o original datilografado do ensaio sobre A *natureza perturbada* que Thomas enviara à *Harper's* em 1975 e que a revista lhe devolvera sem publicar. Dois parágrafos do trabalho se repetiam textualmente no *Manifesto*.

Sentado entre aqueles objetos familiares, Peter sentiu que precisava fazer alguma coisa. Quase não havia luz e as janelas refletiam a sombra das árvores, e nessa escuridão voltou a pensar que, se Tom era o terrorista, sua vida estava destruída.

Amava o irmão mais do que a qualquer outra pessoa no mundo, mas, para deter a demencial onda de crimes, teria que sacrificá-lo, e ele faria isso.

Quando Peter, com ar cadavérico, pôs a mãe a par da situação, ela se aproximou do marido convalescente e tomou suas mãos. Não se preocupe, Jerzy, disse, e depois olhou para o filho e, em polonês, sentenciou com voz gelada:

— Prefiro te ver morto antes de saber que você delatou seu irmão.

Os conversos, os ex-comunistas, os que estão decepcionados com suas antigas convicções são os verdadeiros *enfants terribles* da política contemporânea, dizia Menéndez, e quando viu Peter se deu conta de que ele pertencia a essa estirpe.

Se Judas tivesse vencido, não teríamos tantos problemas na Palestina, declarou Menéndez. Segundo ele, Judas percebeu que Cristo se transformou num extremista empedernido e inflexível e que a violência seria o resultado da pregação subversiva daquele que dizia ser o Pastor dos homens.

Os homens de Menéndez foram chegando ao vilarejo em pequenos grupos, com diversos pretextos, e se instalaram nos hotéis do lugar ou na casa dos policiais da região. Não disseram quem estavam procurando, mas ao amanhecer entravam na floresta e patrulhavam a área próxima ao vale.

Tom continuava levando sua vida de sempre, sem reparar nos movimentos estranhos. Só Daisy, a papagaia, parecia assustada e gritava a toda hora ("Vamos pro hotel, vamos pro hotel, Tom") e se agitava. Munk acabou cobrindo a gaiola com um pano preto, mas a papagaia se enfureceu e ele teve que tirá-lo, porque embaixo do tecido emborrachado ela gritava mais alto e numa linguagem incompreensível mas furiosa.

Por fim, na noite de 18 de junho, os agentes do FBI se aproximaram da cabana como se estivessem perante uma quadrilha fortificada. Sempre agiam assim: enquanto não contavam com uma superioridade de dez para um, não avançavam, e sempre agiam como se os suspeitos ou os sujeitos sob vigilância fossem facínoras dispostos a vender cara sua derrota (usavam essas expressões). Esgueiravam-se entre as árvores observando a luz que bruxuleava na cabana; ainda não era noite cerrada e, enquanto esperavam para irromper em silêncio, a papagaia começou a berrar do galho de árvore onde tinha sua gaiola. Quem vem, Tom? Quem vem, Tom? Munk foi até a janela e ficou ali observando por algum tempo, imóvel, enquanto os atiradores de elite da polícia o tinham sob a mira telescópica dos seus fuzis. Mas Munk voltou a entrar.

O xerife foi até a cabana e bateu na porta com dois toques tranquilos, como sempre fazia. Quando Thomas Munk abriu, o batalhão irrompeu em turbilhão e o rendeu, enquanto Menéndez entrava triunfante. Do chão onde fora derrubado pelos federais que o seguravam, Tom ergueu a cabeça.

— Como me encontraram? — perguntou.

— Foi seu irmão — disse Menéndez para amansá-lo.

— Então não foi o senhor.

Idênticos, disse Parker. Cada um, o melhor no seu estilo.

A cabana estava limpa, arrumada, com livros nas paredes e frascos de explosivos em prateleiras altas. Não havia armas à vista. Vasculharam as gavetas, virando tudo no chão, o que estavam procurando? Enquanto isso, Thomas Munk tinha se sentado à sua mesa de trabalho e com as mãos e os pés algemados lia um livro de análise matemática.

* * *

Quando terminaram a revista, espantados de que aquele homem, naquele lugar, tivesse sido capaz de fazer o que tinha feito, o obrigaram a se levantar. Obrigá-lo é modo de dizer. Só fizeram um sinal e Thomas Munk se levantou com a dignidade e o gesto altivo de um prisioneiro político.

5.

O que imediatamente circulou na mídia e se transformou no centro do debate foi a pergunta: como é possível? Como isso pôde acontecer? Já não se tratava da tradição norte-americana do assassino solitário que irrompe de surpresa num bar e mata todos os fregueses porque na véspera não quiseram lhe servir um café irlandês, ou do secundarista que mata quem encontra pela frente porque o chamaram de gordo durante três semanas e ficou de recuperação em educação física. Nem sequer do empregado de supermercado que foi demitido e, já que não pode recorrer a um sindicato ou a uma organização de apoio, sobe numa torre e mata todo mundo numa espécie de violência política privada. São eventos recorrentes na história de uma sociedade que fez do individualismo e da despolitização sua bandeira. Nesse caso se tratava de um homem da elite que durante anos se dedicara sistematicamente a realizar atos violentos e enganara a máquina de perseguição nacional do FBI por motivos que não eram pessoais, e sim políticos e ideológicos.

Munk agia sozinho, era um *selfmade man*, expressava os valores da sua cultura, era um norte-americano puro, mas sua vida pessoal não expressava o sucesso e sim o fracasso do sistema. O fato de que ninguém compartilhasse o segredo dos seus atos, de que durante tantos anos ele não o tivesse confiado a ninguém, era o detalhe mais extraordinário mas também o mais norte-americano de toda essa história. Todas as pessoas que o conheceram estavam surpresas e estarrecidas, e algumas se negavam a acreditar que o mesmo homem sereno com quem haviam convivido pudesse ter se transformado num terrorista e num assassino.

Nina, uma noite, voltou a bater no vidro da minha janela e a se sentar comigo para assistir ao noticiário. Já era muito tarde, por causa da diferença de fuso horário, quando vimos Thomas Munk pela primeira vez, no *ABC News*. Estava sendo transferido do presídio para os tribunais, e desceu do furgão da polícia vestido com um macacão laranja, o rosto hirsuto pela confusa barba ruiva mas com um sorriso nos lábios. Parecia um selvagem, o homem dos bosques, e quando viu a câmera ergueu as mãos algemadas com um punho fechado como numa saudação vitoriosa. Estava com os tornozelos acorrentados e avançava lerdo pela entrada do tribunal de Jefferson, onde se iniciava a instrução do processo, antes de ser transferido para os tribunais federais da Califórnia, em Sacramento.

O emboscado, disse Nina. Isolado do mundo, lutando sozinho. Difícil encontrar algo parecido na história política. Viveu quase vinte anos como um Robinson sustentando sua guerra solitária contra o capitalismo mundial. Na cabana encontraram um *Diário*, escrito em parte em espanhol e em parte codificado, onde ele registrava sua vida e anotava seus atentados detalhadamente.

O promotor pediu a pena de morte, e Thomas se recusou

a seguir o conselho dos advogados de um famoso escritório de Nova York, contratado por seu irmão, que pretendiam que ele alegasse demência e se amparasse nas disposições legais correspondentes para evitar a execução. Munk, em vez disso, rechaçou essa possibilidade e pediu que a defesa fosse entregue a ele próprio.

O fato de ele negar a proteção por insanidade era considerado pelos advogados uma prova de demência. Só os loucos argumentam que não estão loucos, porque ninguém em sã consciência insistiria estar no seu juízo perfeito. Para Munk, ao contrário, a discussão sobre a loucura não podia ser uma condição do processo, e sim seu resultado. ("Define-se como uma essência o que deveria ser o objeto de análise", dissera.) Portanto, pedia que seus escritos e seus atos fossem o centro do debate jurídico, e não sua pessoa. Porque ninguém é somente um assassino ou um louco, e sim muitas coisas mais, simultâneas ou sucessivas, mas um ato sim pode ser definido por seu caráter próprio, por seus objetivos e suas consequências. O Estado queria declará-lo demente para que seus argumentos políticos fossem desprezados como delírios, disse. Seus argumentos e suas razões não eram considerados, o que era clássico nos Estados Unidos, onde as razões políticas radicais eram vistas como desvios de personalidade. Segundo Munk, diagnosticá-lo como louco e não deixar que se defendesse era usar os métodos da psiquiatria soviética, que sempre afirmara que os dissidentes eram loucos porque ninguém em sã consciência podia se opor ao regime soviético, que era um paraíso e encarnava o sentido da história. Os Estados Unidos, agora que já haviam ganhado a Guerra Fria, pensam que são o mundo perfeito de Leibniz e que seus opositores estão fora da razão. Não fui eu quem inventou a violência, ela já existia e continuará existindo. Ou só os casos em que a violência tem objetivos políticos devem ser considerados um ato de loucura? Em suma, só aqueles que se opõem ao sistema são loucos, os demais são apenas criminosos, disse.

A discussão geral se centrava sobretudo em *como* (como Munk tinha feito para fazer o que fez), e não em *por que* o fizera. Era uma pergunta que ninguém fazia quando se tratava de um evento político (por que Oswald matou Kennedy?), só lhes interessava o como (estava no alto de um prédio de escritórios com um rifle de alta precisão), e quando alguém afinal chegava a indagar as causas, a resposta era sempre a demência.

Tom se negou a falar com o irmão e com o pai, e só aceitou receber a mãe, a pianista polonesa, como a imprensa a chamava. Era uma mulher decidida e valente, que suscitava o repúdio de todos os jornalistas que acompanhavam o caso por não se queixar e dizer o que pensava. Não está louco, o meu filho, por mais que seus atos sejam incompreensíveis. Quero que o julguem e o escutem antes de condenarem seus atos. Ela era a única pessoa que parecia compreendê-lo e ficar do seu lado, e essa era a prova de que alguma coisa estava errada, portanto todos insinuavam que a verdadeira culpada pelo estado do filho era essa pianista polonesa, excêntrica e desequilibrada. Ao sair das visitas, a mãe não parava para falar com eles e só uma vez encarou um repórter da NBC que tinha chamado Munk de monstro da selva.

— Você o conhece? Já falou com ele?

— Basta conhecer seus atos.

E a resposta dela não pôde ser ouvida por causa dos gritos hostis dos curiosos que a insultavam com ódio.

Visitou o filho todos os dias, mas acabou capitulando e, por medo de que ele fosse condenado à morte, também assinou a declaração de insanidade. Desse momento em diante, o filho já não quis mais falar com ela nem recebê-la. Munk não queria trair seus princípios para salvar a própria vida. Tinha o direito constitucional de defender a si mesmo, a não ser que estivesse louco, e o irmão estava litigando para que o considerassem incapaz de assumir sua própria defesa.

Atrás, além da roda de jornalistas, de advogados e curiosos dispostos a insultá-lo e acenar para as câmeras, havia um pequeno grupo de ativistas que realizavam uma marcha contra a pena de morte diante do tribunal. Pediam que Munk fosse submetido a um processo político, e não a um processo criminal. Erguiam cartazes com seu rosto de jovem universitário, com a legenda BUSH É O CRIMINOSO. Um manifestante solitário, atrás de todos, erguia um cartaz que dizia MUNK APONTA O CAMINHO. Foi o primeiro que a polícia arrastou para os caminhões.

No início de agosto, Munk seria transferido para Sacramento e teria início o julgamento. O promotor apresentou as acusações, que a opinião pública apoiou, mas o fantasma da pena de morte que rondava o ambiente acirrou o debate.

No *Nation*, um dos psicanalistas convocados pelo tribunal disse sobre Thomas Munk e suas opiniões: *"That is not only fascinating but illuminating and persuasive. Terrorists use ideas to justify appalling acts of violence but ideas alone do not create terrorists. Munk emerges not as a clinically insane person but as a brilliantly twisted, deluded, enraged, and evil man. The specialist shows how technological society is partly, but not wholly, to blame for the creation of a Munk"*. Um eminente jurista, o dr. Hamilton Jr., entrevistado pelo *Village Voice*, afirmou que as razões de Munk eram muito bem fundamentadas. "Trata-se de argumentos lógicos, claros e sólidos. Dias atrás conheci o homem pessoalmente, e em nenhum dos nossos contatos ou procedimentos mostrou sinais de doença mental. É um indivíduo lúcido, racional e amável. Claro que seus argumentos não são compatíveis com os assassinatos que cometeu, mas é importante notar que há muitos casos em que uma pessoa pode dizer: 'Sim, existe uma base ética justificada para matar'. O argumento dos governos, na verdade, é que o assassinato se justifica quando se entra em guerra. No seu *Manifesto* e nas suas explicações, Mr. Munk está de fato fazendo a mesma coisa. Mas pode um indivíduo se rebelar contra o Estado?"

— O Estado, claro, o Estado — disse Nina. — Nunca o descobririam se não tivesse sido traído pelo irmão. Não é inacreditável?

Naquela tarde estávamos sentados na sala da sua casa; lá fora fazia calor, e ela tinha ligado o ar-condicionado. Os peixes nadavam no aquário circular, e ela me fitou com seus calmos olhos azuis.

A traição pode ser elogiada? Preferia te ver morto antes de saber que você é o traidor do seu irmão, dissera a mãe. Estava certa. Nada justificava a delação. Nada justificava a delação?, perguntou Nina, e depois recitou em voz baixa os versos de Anna Akhmátova:

O inimigo torturava. "Vamos, fale!"
Mas nem uma palavra, nem um gemido, nem um grito
Ouviu o inimigo dela.

Assim como suas vítimas, Munk conseguira substituir seus sentimentos por suas ideias, sua compaixão por suas convicções. Assim como elas, não roubava, não sequestrava, não pedia dinheiro. Apenas as considerava uma função do sistema, indivíduos que estavam realizando uma tarefa voltada à destruição de tudo o que era humano na sociedade. Assim como eles, esperava que o incompreensível encontrasse seu sentido no futuro. Havia um sentido? Sim, porque havia uma ordem, mas era preciso ser muito impiedoso para descobri-la em meio à confusão geral.

— Para entendê-lo, seria preciso conversar com ele — disse Nina. Conversar, disse, como se se tratasse de um amigo a quem pedir explicações. — Falar com esse homem — disse em seguida.

Levantei para ir embora. Nina estava pensando em passar o verão na Europa, onde morava uma das suas filhas.

— Vou sentir saudade de você, querido — disse.

Então nos despedimos no jardim da sua casa, que ficava pegado ao jardim da minha própria casa, portanto só atravessei a cerca e subi ao meu escritório, e da janela, mais uma vez, eu a vi cuidar das plantas floridas (tulipas, azaleias, campânulas) que tinham sobrevivido ao inverno graças a ela.

Eu precisava conhecer Munk. Seria possível? Passei algumas semanas trabalhando a ideia até que um dia, em meados de julho, encontrei o argumento que justificaria minha visita à prisão.

Dez

O calor transformara o vilarejo num deserto; os estudantes haviam desaparecido, as secretárias só atendiam de manhã, a biblioteca não abria à noite. Nina já tinha empreendido sua viagem a terras mais frias. Eu cuidava da sua casa, regava suas plantas, abria as janelas de noite para refrescar os quartos e dava de comer aos peixes que nadavam estupidamente no aquário circular.

Órion persistia nos seus trajetos circulares (o estacionamento do Blue Point, a entrada de carga do Davidson's Market, o banco de madeira sob as árvores, a velha sala de espera do Dinky); andava com seu rádio-gravador ligado, com sua capa branca e um cachecol ao pescoço, porque o calor nunca era suficiente para seus ossos gelados. Sempre me cumprimentava de longe quando eu atravessava o campus a caminho da minha sala.

Eu estava sozinho, e nessa solidão precisava tomar várias decisões: no final do mês teria que desocupar a casa do professor

Hubert, empacotar minhas coisas, decidir se voltava para Buenos Aires ou aceitava a proposta de passar um semestre em Berkeley. Já havia conversado com eles algumas vezes por telefone e tinha preparado uma conferência, na verdade um *job talk*, sobre o uso do condicional contrafactual nas formas breves, e me preparava para viajar à Califórnia sem saber muito bem o que faria depois. Enquanto isso, deixava o tempo correr, saía para caminhar e procurava as sombras frescas nos parques do bairro ou me deixava estar em lugares mais neutros; o supermercado permanecia frio e deserto, e eu podia circular pelos corredores superiluminados, encher o carrinho e esperar diante das caixas registradoras até que aparecia o único funcionário em atividade, quase sempre um dominicano ou um paquistanês, que vinha dos fundos, de trás de uma cortina de tiras de plástico transparente. De vez em quando pegava um filme na Public Library ou me sentava para tomar um café no Small World. Vez por outra recebia uma visita de Elizabeth, porque eu já não ia mais a Nova York, a cidade me perturbava com suas ruas cheias de carros e gatos vira-latas.

Eu me sentia inquieto e passava a maior parte do tempo fora de casa. Por isso perambulava pelas ruas e me trancava na minha sala na universidade, com as janelas fechadas. Gostava de caminhar pelo prédio vazio, com as luzes que se acendiam automaticamente quando eu atravessava os corredores no amplo frescor do ar-condicionado. Chegava lá no meio da manhã e ficava até de noite, sem fazer nada, deixando o tempo correr; ia até a pequena cozinha do *lounge* para preparar um café e comer as nozes e as amêndoas que tinham sobrado das *parties*. Por vários dias me alimentei à base de nozes e café.

Minha sala estava quase vazia, porque eu tinha devolvido os livros à biblioteca e nas estantes só havia velhos programas de simpósios e congressos, circulares, folhetos da Modern Language Association, catálogos de editoras universitárias, uma revista (*New German Critique*) assinada por quem havia ocupado o lugar no passado, três ou quatro livros de literatura alemã e vários dicionários. Havia também arquivos repletos de provas velhas, de projetos de tese, de dossiês, de fotocópias de artigos que ninguém mais lia, de ementas de cursos. Anos e anos de trabalho acumulado naquele gabinete que havia sido ocupado por várias gerações de professores de literatura antes de mim. Até que um fim de tarde, quando estava a ponto de sair, ao apagar a luz da sala, a do corredor se refletiu na capa e no oval amarelo da edição da Penguin Classics do romance de Joseph Conrad *The Secret Agent*. Estava lá, invisível de tão nítido, numa prateleira baixa, e eu nunca o teria visto, não fosse a milimétrica conjunção que possibilitou a reflexão da luz no verniz da capa. Ida o usara no seu seminário e o deixara comigo naquela noite fatídica.

Por que ela havia deixado o livro comigo? Eu remoía o assunto enquanto comia nervosamente umas nozes, e de repente me lembrei da ocasião em que Ida havia comprado, num entreposto orgânico do Village, duzentos gramas de Caribbean Mix, uma mistura de amêndoas, nozes, frutas secas e uvas-passas.

As lembranças não têm ordem e muitas vezes surgem para nos distrair do que queremos pensar. A memória inesperada não me interessa especialmente, acho que é um defeito de fábrica, um erro de projeto. O fluxo absurdo de lembranças esquecidas confunde a alma e nos distrai das nossas verdadeiras obsessões. Sim, tínhamos comido amêndoas e nozes enquanto estávamos na cama naquele fim de semana em Nova York. Mas eu queria reconstituir o momento em que Ida, no meio do corredor, com a correspondência na mão esquerda, sua sacola no ombro e vários papéis na mão direita, se virou para mim quando me viu aparecer, com uma curiosa expressão de alegria e também de contrariedade.

Talvez quisesse me dizer alguma coisa sobre o livro, mas eu a interrompi com a iminência do encontro na noite seguinte (Hotel Hyatt). Ah, a urgência da paixão, vive-se sempre no presente. Ela então pediu para eu segurar seus papéis enquanto procurava um lápis. Para quê? Não me lembro, recordo apenas seu gesto de procurar na sacola e, depois, seu sorriso enquanto respondia que sim, claro, mas que precisava ir, já. E por que eu tinha saído da reunião?, perguntou. (Foi para lhe dar o número do quarto que eu tinha reservado no hotel, agora me lembro.) Afastou-se pelo corredor em direção ao elevador, e fiquei lá, com o romance de Conrad e uns folhetos na mão. Não parecia haver uma intenção deliberada, mas os fatos trágicos dotam qualquer detalhe de significado. Na contracapa do livro estava anotado o número do curso que ela estava dando naquele semestre (COMP. 555), e os papéis eram comunicados inúteis do *dean of the faculty* ou recomendações dos escoteiros de turno sobre os riscos do *sexual harassment*. ("Nunca feche a porta da sua sala ao receber alunos ou alunas. Não marque encontros com alunos ou alunas por motivos pessoais. Não os/as chame pelo nome.") Ida tinha trabalhado sobre O *agente secreto* em aula na primeira quinzena de março, na quinta-feira 7, uma semana antes do dia terrível e atroz. Era um sinal, era um signo, cada qual encontra seu oráculo na encruzilhada que lhe toca.

Eu tinha lido esse romance fazia muitos anos, mas agora eram os sinais de Ida que me levavam a lê-lo com paixão, como quem segue num mapa novos percursos numa cidade que já conhece. Anotado por ela, parecia outro romance, e parecia também uma mensagem pessoal. Ida assinalava com precisão e método as partes do livro que considerava significativas. Não havia nada de especial nisso, usava símbolos privados, pequenas marcas, signos leves, por exemplo, um "v" deitado (>) ou um sinal de exclamação (!), e em caso de interesse especial escrevia "ojo", em minúscula, e vários traços verticais nas margens do parágrafo que não queria esquecer. Chaves fechando frases, flechas, linhas meio onduladas ou riscos muito retos (como que traçados com régua) eram pistas, rastros, e fui seguindo as marcas como se estivesse lendo com ela!

Às vezes me desorientava e perdia o rumo, me desviava no meio da página com lembranças que me interrompiam e me distraíam, ou com imagens que serpenteavam vívidas. No quarto da minha casa, no bairro de Congresso, imaginei Junior deitado na cama, nu (mas de óculos), observando divertido os grifos dos meus livros (ou meu grifo nos livros). "Mas olha esse babaca, as coisas que ele sublinha... Espera, vou ler para você", dizia, enquanto Clara, com o corpo dobrado num grácil arco grego, pintava as unhas dos pés, chumacinhos de algodão entre os dedos, cheiro de acetona... Eu senti aquele cheiro íntimo!, uma madalena malvada que me distraía dos traços a lápis (nunca se sublinha um livro a caneta) que ela havia deixado para mim, minha Ariadne. A sintaxe é a primeira coisa que se ressente quando recordamos, e eu lia a mensagem de Ida aos saltos — sem articulações gramaticais. Mas era mesmo uma mensagem? Havia páginas sem nenhuma marca. Todos fazemos a mesma coisa ao anotar um livro, para depois — ao relê-lo — seguir as pistas: e foi isso que eu fiz! Segui as marcas de Ida como as placas fosforescentes de uma rodovia (*Last Exit to Holland Tunnel*), até que aos poucos fui percebendo que os grifos assinalavam *algo*.

Não era das que sublinham às tontas, com traços grosseiros, alguma coisa que gostariam de ter escrito; mais do que isso, ela tecia, com seus sinais, um relato secreto, em voz baixa, pequenos indícios, como um suave sussurro acompanhando as letras mudas, e eu voltava a escutar sua rouca voz lasciva aos meus ouvidos, seu rosto luminoso contra o travesseiro, lembranças desse tipo. Às vezes ela sublinhava uma palavra, "dynamite", por exemplo, e páginas depois a palavra "cool". É fácil reconhecer a alma de uma mulher por sua maneira de anotar um livro (atenta, minuciosa, pessoal, provocante), porque, quando amamos uma pessoa, até os discretos sinais que deixa num livro se parecem com ela.

Guiado por Ida, o romance de Conrad revelava uma intriga ao mesmo tempo evidente e subterrânea. Um anarquista em Londres decide dinamitar o fuso horário de Greenwich para chamar a atenção dos poderosos e levantar os explorados e oprimidos. (Na Comuna de Paris, os operários revoltosos destruíram a tiros todos os relógios da cidade.) O atentado fracassa, mas o romance se desvia para o personagem central do atentado (que no livro é secundário), o Professor. Um revolucionário profissional que abandonara uma deslumbrante carreira acadêmica para se unir a um grupo anarquista e comandar suas ações. Ida o transformava no centro de interesse: A *convicção* (tinha escrito com sua letra de pássaro na margem superior da página).

O professor carecia da virtude social da resignação: não se submetia ao imperativo *daquilo que é dado* (grifo meu), era um rebelde, estava a serviço da Ideia e da Causa. Vivia na subversão dos valores, como o eremita vive nas suas visões místicas, e fizera do seu isolamento a condição da eficácia política. "Tenho a coragem de trabalhar sozinho, muito sozinho, absolutamente sozinho. Venho trabalhando sozinho durante anos." Essas palavras estavam grifadas com uma linha sinuosa (como se ela tivesse se sobressaltado ao ler aquilo ou as tivesse sublinhado no inquieto vagão de um trem da New Jersey Transit).

these institutions which must be swept away before the F.P. comes along?' ⸴

Mr Verloc said nothing. He was afraid to open his lips lest a groan should escape him.

'This is what you should try for. An attempt upon a crowned head or on a president is sensational enough in a way, but not so much as it used to be. It has entered into the general conception of the existence of all chiefs of state. It's almost conventional – especially since so many presidents have been assassinated. Now let us take an outrage upon – say, a church. Horrible enough at first sight, no doubt, and yet not so effective as a person of an ordinary mind might think. No matter how revolutionary and anarchist in inception, there would be fools enough to give such an outrage the character of a religious manifestation. And that would detract from the especial alarming significance we wish to give to the act. A murderous attempt on a restaurant or a theatre would suffer in the same way from the suggestion of non-political passion; the exasperation of a hungry man, an act of social revenge. All this is used up; it is no longer instructive as an object lesson in revolutionary anarchism. Every newspaper has ready made phrases to explain such manifestations away. I am about to give you the philosophy of bomb throwing from my point of view; — from the point of view you pretend to have been serving for the last eleven years. I will try not to talk above your head. The sensibilities of the class you are attacking are soon blunted. Property seems to them an indestructible thing. You can't count upon their emotions either of pity or fear for very long. A bomb outrage to have any influence on public opinion now must go beyond the intention of vengeance or terrorism. It must be purely destructive. It must be that, and only that, beyond the faintest suspicion of any other object. You anarchists should make it clear that you are perfectly determined to make a clean sweep of the whole social creation. But how to get that appallingly absurd notion into the heads of the middle classes so that there should be no mistake? That's the question. By directing your blows at something outside the ordinary passions of humanity is the answer. Of course, there is art. A bomb in the National Gallery would make some noise. But it

35

Depois, mais adiante, de novo o mesmo grifo destacava a teoria que sustenta a ação direta; não se devia propor uma futura sociedade perfeita, não se devia contemporizar com as esperanças das belas almas; os pobres, os humilhados e os tristes não eram o pretexto para a ação dos que querem ser compreendidos

— e aceitos — pelo sistema; não havia nada a pedir, devia-se atacar diretamente o centro de poder com uma mensagem nítida e enigmática. "Ninguém pode dizer que forma a organização social poderá assumir no futuro. Por que, então, entregar-se a fantasias proféticas?"

Lembro que deixei o livro de lado e saí caminhando pelos corredores vazios do edifício, como um sonâmbulo. Os fragmentos desarticulados que Ida ia enlaçando no romance formavam uma malha que transparecia — na contraluz — a figura de Munk; não a verdade, apenas a ligação entre duas incógnitas que, postas uma junto à outra, produziam uma revelação. Ela me entregou o livro antes de ser assassinada! Era um aviso? Então ela sabia? Estava em perigo?

Tinha acabado com as nozes, então voltei a atacar os biscoitinhos dinamarqueses, secos, quadrados, que pareciam feitos de papelão. Entendi o que Ida estava *assinalando*: era uma teia de aranha, uma rede, o fio de Ariadne; portanto fui isolando as frases sublinhadas.

Os atentados contra personagens políticos são previsíveis e integram os objetivos habituais da violência revolucionária. Já não escandalizam ninguém, são as regras do jogo, tornaram-se atos quase naturais, sobretudo depois da estrepitosa morte de sucessivos líderes, príncipes e magistrados.

Agora consideremos outra espécie de atentado, por exemplo contra um templo ou uma igreja. Por mais subversiva ou política que seja sua intenção, imediatamente lhe darão o caráter de uma clara manifestação de ódio antirreligioso. E essa explicação atenuaria o significado alarmante e sem razão aparente que queremos dar aos nossos atos.

* * *

Um atentado criminoso contra um restaurante ou contra um teatro seria igualmente explicado por uma paixão não política; seria apresentado como o rancor exasperado de um homem sem trabalho ou como o ato de ressentimento social de um desequilibrado que tenta vingar uma afronta secreta. A sociedade se tranquilizaria imediatamente: "Oh, é o ódio de classe", ou diriam: "Oh, é consequência do fanatismo religioso". Devemos evitar que encontrem um sentido para nossos ataques.

Tudo isso está gasto, já não serve, não é instrutivo. A sociedade tem seu arquivo de causalidades rancorosas para explicar as ações revolucionárias. Nós, ao contrário, devemos buscar o ato puro, que não se entende nem se explica e provoca a estupefação e a anomia.

Devemos tentar uma ação que abale o senso comum e exceda a explicação estereotipada dos jornais. Devemos evitar que a sociedade consiga explicar o que fazemos. Devemos realizar um ato enigmático, inexplicável, quase impensável. Nossas ações devem ser ao mesmo tempo incompreensíveis e racionais.

Senhores, nosso objetivo político deve ser o conhecimento científico; é sobre esse conhecimento que se sustenta a estrutura do poder.

Assim, nesta época brutal e ruidosa, seremos enfim escutados.

Todos acreditam hoje na ciência; misteriosamente acreditam que a matemática e a técnica são a origem do bem-estar e da prosperidade material. Essa é a religião moderna.

Atacar os fundamentos da crença social geral é a política revolucionária da nossa época. Seremos rebeldes como Prometeu e verdadeiros homens de ação quando formos capazes de lançar nossas bombas incendiárias contra a matemática e a ciência.

Foi Thomas Munk quem pôs em prática esse credo. Não é notável que uma série de acontecimentos e o caráter de um indivíduo concreto possam ser descritos transcrevendo fragmentos de uma obra literária? Não era a realidade que permitia entender um romance, era um romance que facultava a compreensão de uma realidade que durante muitos anos permanecera impenetrável.

Há algo de solitário e perverso na abstração da leitura de livros, e neste caso se transformara num plano de vida.

Lembrou-me os leitores do I Ching que decidem suas ações com base no livro. Como se Munk tivesse encontrado na literatura um caminho e um personagem para definir sua ação clandestina. Um leitor de romances que procura o sentido na literatura e a realiza na sua própria vida. Bovarismo é o termo para designar o poder que o homem tem de se conceber outro diferente de quem ele é e criar uma personalidade imaginária. O termo vem de Emma Bovary, a protagonista do romance de Flaubert. Jules de Gaultier (*Le Bovarysme*, 1906) ampliou o significado, aplicando-o às ilusões que os indivíduos forjam sobre eles mesmos. Numa sociedade que controla o imaginário e impõe o critério de realidade como norma, o bovarismo deveria ser propagado para fortalecer o homem e salvaguardar suas ilusões.

Meus velhos amigos de Buenos Aires faziam a mesma coisa: liam *Guerra de guerrilhas: Um método*, de Ernesto Che Guevara, e iam para as serras. Liam *Que fazer?*, de Vladímir Ílitch Uliánov, Lênin, e fundavam o partido do proletariado; liam os *Cadernos do cárcere*, de Gramsci, e se tornavam peronistas. Liam as *Obras* de Mao Tsé-tung, e imediatamente anunciavam o início da guerra popular prolongada.

Mas Munk era mais radical ainda. No deserto do mundo contemporâneo, sem ilusão nem esperanças, onde já não há ficções sociais poderosas nem alternativas ao statu quo, ele optara — assim como Alonso Quijano — por acreditar na ficção. Era uma espécie de Quixote que primeiro lê furiosa e hipnoticamente os romances e depois sai pelo mundo para vivê-los. Mas era até mais radical, porque suas ações não eram apenas palavras, como no *Quixote* (e além disso Cervantes tomara o cuidado de que não matasse ninguém, o pobre cristo), mas tinham se transformado em acontecimentos reais.

Em *Sob os olhos do Ocidente*, de Conrad, Razumov, o agente duplo, um verdadeiro personagem kafkiano, escuta uma heroica revolucionária russa exilada dizer: "Lembre-se, Razumov, que as mulheres, as crianças e os revolucionários execram a ironia, negação de todos os instintos generosos, de toda fé, de todo devotamento, de toda ação". Será que ele lia a ficção *a sério*?

A decisão de mudar de vida: esse é o grande tema de Conrad. Em *Lorde Jim*, o herói, que num momento de covardia saltou do seu navio a ponto de naufragar, decide alterar o passado e se transformar num homem valente, como Jay Gatsby, que compra uma mansão na baía em frente ao mar e faz festas para seduzir a garota que anos atrás o abandonara. Mudar o passado, tornar-se outro, deixar de ser um catedrático e se transformar num homem de ação. Assim como Kurtz em *Coração das trevas*, o intelectual, leitor de Nietzsche, que constrói do nada, à força de pura vontade despótica, um império na tenebrosa paisagem do Congo: o império do mal.

Saí para a rua tão agitado que me aproximei de Órion e comecei a lhe contar o que acabava de descobrir. Estávamos no banco, sob as árvores. Ele se mexia sem parar, talvez por causa das picadas dos percevejos, talvez porque tivesse uma inquietação conradiana. Quem era ele, afinal? Meu único amigo no desterro. Escutou-me resignado e atento (embora de vez em quando ligasse o rádio, que soava muito alto com o noticiário e o boletim do clima), até que de repente, em voz baixa, disse uma frase bem alinhavada, em meio a outras palavras confusas e dispersas: "É preciso despistar a polícia".

Passei vários dias estudando os livros de Conrad, mas, em vez de escrever um ensaio, resolvi agir e liguei para Parker. De fato, informou, Munk dissera à família, em 1984, que tinha lido o romance de Conrad uma dúzia de vezes ao longo dos anos. O FBI, por seu turno, tinha verificado que em várias ocasiões Thomas Munk se registrara como Conrad ou Konrad nos hotéis que usava como base para seus atentados, e também assinara Kurtz, e no Missouri se apresentara como Marlow. Por outro lado, tinham constatado que as iniciais das bombas (FC) se assemelhavam à assinatura (FP) das bombas do romance.

O dr. David Horn, professor de literatura em Harvard e especialista em literatura forense, ao examinar os documentos para o processo em preparação, declarara *"his evident use of fiction to help him make sense of his life"*. Segundo Horn, ele aparentemente se imaginava como o personagem — *character* — de uma grande história. *The printed word was his universe.*

Agira imaginando que ninguém notaria as relações entre esse livro e sua vida. Por isso, para mim, a chave do problema era que Ida descobrira essas relações ao ler Conrad porque já *conhecia* Thomas Munk. Qual a relação entre eles? Ela sabia da sua ação? Ou a adivinhara? Só se ela conhecesse Thomas Munk e tivesse seguido sua trajetória é que poderia ter descoberto os rastros de Tom no romance. Será que eles tinham se conhecido nos seus anos em Berkeley, ela como pós-graduanda e ele como professor? É bem possível, disse Parker. Não havia dados claros nos arquivos do FBI, só a coincidência de datas. E por que não tinham postulado uma hipótese sobre a morte de Ida? Se eu queria encontrar uma resposta tinha que ir à Califórnia e entrevistar Thomas Munk.

Estávamos em agosto, em setembro eu precisaria dar a conferência em Berkeley. Munk tinha sido transferido para Sacramento, onde começaria o julgamento; seus visitantes eram amigos, admiradores ou pessoas que colaboravam com sua defesa. Parker se dispôs a ajudar, podia me dar uma credencial da agência e uma carta onde declarava que eu estava investigando a morte de Ida a pedido dos seus familiares. Não era nada, apenas um crachá com meu nome e minha foto, o endereço da Ace Agency e o número do meu Social Security.

IV. AS MÃOS NO FOGO

Onze

1.

Dois dias depois, peguei um avião da TWA de Newark a San Francisco; cheguei de manhã cedo e aluguei um carro no aeroporto. Saí rumo ao norte pela Route 101, passei por umas colinas amareladas e atravessei um bairro de casas iguais feitas de material pré-fabricado; a legendária cantora folk Malvina Reynolds cantava sobre aqueles condomínios dos subúrbios: *"Little boxes" of different colors "all made out of ticky-tacky, and they all look just the same"*. Ah, Clara, ela gostava dessa música, Joan Baez, Peter Seeger e Malvina Reynolds. E o canalha do Junior agora deve estar escutando meus discos. Duas caminhonetes passaram a toda a velocidade, pintadas com cores psicodélicas e com música no volume máximo: eram duas bandas de *garage rock* com as *groupies* e os chatos e os cartazes anunciando os shows. O tráfego fluía rápido e era moderado mas confuso. Era terça-feira e todo mundo parecia estar a caminho da praia, com caiaques e pranchas de surfe no teto do carro ou puxando lanchas com motor de popa.

A um lado se viam casas mais luxuosas e o longo perímetro da planta de uma grande companhia de computação. Não era uma fábrica, era um laboratório de vidro desenhado como uma grande prancha de surfe giratória. Era como Silicon Valley, onde se urdiam negócios de milhões de dólares e os executivos andavam de bermudas e sandálias franciscanas. Enquanto isso, eu avançava pela estrada com meu Chevy alugado, em meio à neblina clara da baía, esbanjando o pouco dinheiro que tinha conseguido juntar na minha temporada acadêmica. Estava jogando pela janela a poupança que pensava usar para me trancar num hotel por alguns meses e terminar o livro que estava escrevendo. Que livro era esse? Já nem me lembrava, e tampouco sabia que o livro que iria escrever era este que então estava vivendo.

Atravessei a Bay Bridge pela Route 80 e dali a poucas milhas, logo depois de virar para o norte, já estava em Berkeley. Sol, garotas na rua, animação nas mesas das calçadas, velhos hippies de rabo de cavalo vendendo bugigangas nas feiras ambulantes. Muita tatuagem, muito travesti, muitos turistas.

Parker tinha me dado dois endereços caso tivesse algum problema ou precisasse de ajuda. Um deles era o de Sam Carrington, um vendedor de carros que se dedicava a pagar a fiança dos malandros que não tinham dinheiro para obter a liberdade provisória; os sentenciados depois o ajudavam em trabalhos que Parker não quis me explicar. O outro era o da cantineira (foi assim que a chamou) de um bar na Telegraph Avenue, uma mulher gorda e espalhafatosa chamada Fatty Flannagan que sabia tudo sobre Berkeley e seus arredores. Tinha sido uma atriz conhecida nos anos 50, pelo menos segundo as fotos e os cartazes que decoravam o local, que a mostravam em comédias sentimentais de Doris Day e Audrey Hepburn. Foi ela que me indicou como chegar a Sacramento e me deu várias informações úteis ("Não fale em espanhol se quiser que o levem a sério; não se aproxime dos *junkies* nem dos policiais; não saque dinheiro nos caixas eletrônicos nem ande com cash no bolso").

A poucas quadras do bar, na Shattuck Avenue, ficava o French Hotel: na recepção, disse que vinha por indicação de Fatty, então me deram um quarto confortável e silencioso e só anotaram o número do meu Social Security e tiraram uma cópia da minha carteira de motorista.

Eu levava o endereço da última casa onde Ida tinha morado, numa rua com vários prédios baixos perto da San Pablo Avenue, a uma quadra do Velho Mercado, onde se vendia de tudo um pouco e, ao que parece, também se traficava crack e outros frutos proibidos.

Tinham se passado tantos anos desde que Ida não vivia mais lá que fiquei dando voltas pela área sem me decidir a perguntar por ela, até que achei melhor procurar o US Post Office do lugar, um prédio no número 2000 da Allston Way (entre a Harold Way e a Milvia Street) com arcadas de remoto estilo espanhol, em frente a uma praça onde vários jovens de bermuda e capa de chuva com capuz conversavam em círculo. Os guichês do correio não estavam abertos, exceto um do canto, onde me atendeu um homem com cara de macaco e uma viseira de mica verde como as que os crupiês usam e cotoveleiras brancas sobre as mangas do paletó. Disse que eu era detetive particular e que fora contratado pelos familiares da professora Ida Brown, morta num acidente em Nova Jersey; ela havia morado em Berkeley na época em que fazia sua pós-graduação. Escutou-me sem dizer nada e foi chamar outro homem parecido com ele, também de viseira e cotoveleiras brancas, mas dessa vez era um negro, com sotaque haitiano. Perguntei-lhe se Ida tinha deixado algum endereço para reenviarem sua correspondência. O homem anotou o nome de Ida e voltou dali a pouco dizendo que, de fato, ela alugara uma caixa postal para que depositassem ali a correspondência que pudesse chegar ao seu antigo endereço. Tinha autorizado uma pessoa a retirar as cartas. Depois de uma leve resistência — e de cinquenta dólares postos embaixo de um mata-borrão — concordou em me dar o endereço da procuradora que Ida havia designado, a professora Ellen McGregor. *I didn't sculpt off you, man* (Eu não lhe esculpi nada, *man*), soou o que ele disse.

Atravessei o campus pelo norte e subi em direção às colinas até desembocar num bairro de grandes casas de estuque branco e madeira, com grandes terraços floridos. Percorri várias ruas serpenteantes — Tamalpais, Rose, La Cruz — até chegar a Grizzly Peak, no alto da colina. A professora McGregor, como pude constatar na caixa de correio junto ao portão, morava no térreo de um sobrado, pintado de azul num estilo vagamente mexicano. Era uma mulher magra, de cabelo branco e olhos azuis, vestido de verão florido e sandálias de couro. Parecia não estar muito ocupada, porque me recebeu com amabilidade e me convidou a entrar depois de olhar minha credencial com certa ironia. O senhor é o primeiro detetive que eu conheço, disse-me, pensei que já não existissem. Nos romances costumam ser mais altos, acrescentou. Estamos em baixa, respondi, o negócio já não é mais o mesmo.

Professora aposentada de literatura comparada, McGregor tinha sido *second reader* da tese de Ida. Lembrava dela, gostava dela, e fez um gesto com um lenço de papel, como se enxugasse uma lágrima no olho direito. Sentamos nas cadeiras do terraço para beber água gelada com hortelã, e ela quis saber mais. Morreu num acidente muito estranho, expliquei, há quem pense que pode ter sido um atentado. Talvez encontremos alguma coisa que nos ajude a esclarecer o caso. De fato, ela retirava a correspondência de Ida, mas fazia anos que já não recebia nada, a não ser folhetos da MLA e circulares das universidades da região. Acho que ela logo percebeu que meus interesses eram pessoais. O senhor acha que a mataram?, perguntou. Nunca se sabe, respondi, há várias hipóteses. E qual é a sua? Mostrei-lhe o livro de Conrad. Ela o folheou com rápido olhar de especialista, e tive a impressão de que reconheceu o modo de sublinhar de Ida. E então?, perguntou. Talvez tenha mantido contato com Thomas Munk. Olhou-me surpresa. *Oh, my God*, disse, e acendeu um cigarro. Quando ela estudava aqui, ele era professor no Departamento de Matemática. A senhora não se lembra de algum comentário de Ida sobre esse amigo polonês? Bom, Ida tinha muitos amigos, era uma garota muito popular. Muito encantadora — olhou nos meus olhos — com quem sabia tratá-la. Muito independente, um pouco esnobe, muito trabalhadora. Resumo de orientador. Quanto à sua vida pessoal, acrescentou, era uma garota do seu tempo, promíscua e principista, muito radical.

Então me disse que, antes de ir embora, Ida tinha deixado algumas coisas num guarda-móveis e que nunca voltara para retirá-las. Entrou na sala e voltou com a nota do depósito e a autorização assinada por Ida. Lá mesmo fizemos uma cópia no fax da sua secretária eletrônica, e ela telefonou para o lugar avisando que uma pessoa iria da sua parte para verificar os pertences de Ida Brown. O senhor me avisa se houver alguma novidade? Sim, claro, respondi.

O depósito ficava na zona oeste da cidade, numa área de galpões, hangares e estacionamentos subterrâneos. Era um prédio de vários andares, e em cada pavimento ficavam os móveis e os objetos que os moradores tinham deixado antes de se mudar, fugir ou morrer. Tinha forma de funil, no qual se subia por uma escada de concreto, e em cada andar havia uma série de jaulas de tela de arame, numeradas, onde se amontoavam colchões enrolados, quadros, estantes, televisores, armários, aspiradores, roupa, malas. Era como caminhar entre ruínas de uma cidade abandonada. Lá estavam as lembranças perdidas dos fugitivos, dos mortos no Vietnã e dos jovens que tinham abandonado a universidade para se unir às comunidades de artesãos nos vales da baixa Califórnia. Quem me acompanhava era um chinês com ar distante que não parecia falar inglês e me guiava pelos corredores com gestos rápidos. Por fim abriu uma das celas e ficou comigo, apesar de eu ter dito que pensava em fazer uma simples vistoria. Uma lâmpada esquálida iluminava o recinto quadrado. Havia um abajur de pé, um ventilador e um baú. O baú estava aberto, e dentro dele se amontoavam pastas com *syllabus* dos cursos, disquetes de backup dos velhos computadores que já não podiam ser lidos, um número da revista *Telos* dedicado a Ernst Bloch, um cachimbo para fumar maconha, uma caixa de preservativos, camisas havaianas, e no fundo uma caixa de vidro com papéis e envelopes. Nada de especial, notas fiscais, formulários de impostos, receitas médicas e algumas fotos soltas: ela com outros jovens, ela num baile, ela de topless na praia, e por fim uma foto na qual Ida estava em primeiro plano junto a um homem de perfil, quase fora de foco, que parecia sair do enquadramento. Era Thomas Munk, jovem, com sua difusa cara de distraído. Atrás havia um endereço anotado com esferográfica. Guardei a foto diante do olhar impávido do chinês, mas quando chegamos ao térreo ele se postou diante do portão e estendeu a palma da mão, como um mendigo de Chinatown. Dei-lhe vinte dólares, e ele me deixou sair, mas antes me segurou pelo braço.

— Anestesia é um problema — disse num inglês achinesado e incompreensível. Era isso mesmo que ele tinha dito? Fiz de conta que era um cumprimento e me afastei com um sorriso.

2.

No fim da tarde fui até o endereço ao norte do campus anotado no verso da foto. Segundo as indicações que Fatty me dera (era mais um dos seus "contatos"), lá morava Hank, o Alemão, um fotógrafo que tinha uma videolocadora, a Black Jack, com cartazes de filmes na vitrine. Havia dois ou três jovens vasculhando as estantes cheias de caixas de VHS.

Hank era um homenzarrão simpático, de cabelo preto e barba preta, vestido com um avental branco. Fumava uma cigarrilha e parecia ser o único que escutava Tom Waits nos alto-falantes, porque os jovens estavam abstraídos como se fossem colecionadores de peças raras num sítio arqueológico no Egito. Uma garota de cabelo azul, descalça, de blusa aberta e minissaia, com uma tatuagem japonesa no pescoço, estava postada diante de uma foto de Hitchcock e tentava se comunicar no celular. O trailer? Vocês têm o trailer?, insistia com voz enérgica.

Hank fez um gesto para a garota de cabelo azul, e ela ocupou seu posto atrás do balcão. Subimos para uma sala no final de uma escada que também dava para a rua. Hank largara a universidade e abrira a locadora, que era um ponto de encontro do melhor da Berkeley alternativa. Não tinha terminado seu doutorado, e isso o transformara num marginal, explicou; tinha se negado a lutar no 'Nam, e isso o transformara num desertor. Vivera exilado no México e tinha voltado na época de Carter, e agora vivia numa semilegalidade consentida pela polícia. Tinha que ir para o México ou para o Canadá a cada três meses, o que lhe permitia renovar seu visto de refugiado das Nações Unidas e seu estoque de filmes estrangeiros. Sou um norte-americano com permissão, mas legalmente sou um apátrida, dizia com o orgulho de um cidadão do futuro. Os membros do grupo que se reunia no seu local pagavam uma mensalidade que lhe valia como uma espécie de subsídio, suficiente para Hank sustentar a videolocadora e um bar onde se podia comer comida californiana (quer dizer, mexicana, explicava ele) e beber vinho e cerveja. Tinha participado do boicote ao vinho chileno na época de Pinochet e continuaria com essa política até a morte do tirano. Portanto, pedi uma taça de Pinot grigio. Hank pediu uma Corona e acendeu mais um dos seus cigarros egípcios (seriam egípcios?). Disse a ele que pensava visitar Tom Munk na prisão e estava tentando achar os rastros de uma possível relação entre Munk e a professora Ida Brown nos anos em que ambos frequentavam Berkeley. Mostrei-lhe a foto de Ida. Estava um pouco escurecida, mas ainda era bem visível. Tinha a impressão de se lembrar daquela cocotinha, disse enquanto olhava a jovem Ida, uma beleza luminosa sorrindo com ar misterioso. Quanto a Munk, ia com frequência à videolocadora, era bem interessado em cinema. Muito reservado, às vezes ficava para beber uma cerveja, mas falava pouco. Hank já havia sido procurado pelos agentes do FBI, porque sabiam que Thomas frequentava o local. Tom passava por aqui de quando em quando, inclusive na época em que já estava vivendo nas florestas de Montana. Acho estranho um cara sozinho fazer esses atentados, disse. Muitos grupos ecologistas podiam ter ajudado, sem problemas. Menéndez e seus cães de guarda querem erguer um muro em volta desse caso, isolar Tom; sabe como são as coisas aqui, mais de um indivíduo metido numa coisa dessas, e já teriam que falar em política. Isolado, o transformam num caso clínico. Apesar do FBI, a polícia local pensa que os ecologistas mais radicais devem ter colaborado com Tom, mas preferem a história do homem sozinho. Hank me levou ao seu laboratório. A lâmpada vermelha ensanguentava o ambiente, rolos de filmes sem revelar pendiam no ar. Hank ampliou a foto e a projetou contra a parede. Com uma lanterna de luz crua, me mostrou o rosto um pouco distante e de perfil do jovem que era Tom Munk. A prova, segundo Hank, era a caixa do vídeo de *Johnny Guitar*. O western de Nicholas Ray que se via na mão dele. No arquivo de empréstimos, o filme aparecia retirado em 13 de junho de 1975 e devolvido dois dias depois. Na época, Munk já havia abandonado seu cargo de professor, mas de tempos em tempos aparecia em Berkeley, disse Hank. Hospedava-se no Hotel Durant e passava lá alguns dias, recuperando-se da solidão. Vinha até aqui e estudava muito cuidadosamente o catálogo antes de escolher um filme. Imagino que assistisse westerns por gostar do modo como era filmada a natureza do lugar onde ele vivia. E também porque era um romântico e admirava os heróis solitários que enfrentavam sozinhos os vilões da sociedade.

Sabíamos que ele tinha se isolado, disse, que estava trabalhando num livro; na época ninguém sabia quais eram suas verdadeiras atividades. Ida, por sua parte, contei-lhe, nessa época já estava lecionando em La Jolla, quer dizer, na Universidade da Califórnia, em San Diego, talvez viesse a Berkeley para se encontrar com ele. Hank duvidava que ele tivesse agido sozinho. E Ida, então? Bom, é verossímil imaginar que algumas pessoas se encarregavam de mandar as cartas de endereços distantes. Um trabalho em que não deviam tomar conhecimento dos objetivos. Muitas vezes esses grupos estão infiltrados por agentes disfarçados e não querem revelar sua existência, e por isso não os denunciam publicamente, mas matam seus membros um por um, onde os encontram. A justiça aponta um único culpado, e isso deixa a população sossegada, pois prova que, se não fosse por alguns desequilibrados, tudo estaria perfeito. Eu gostava desse desgraçado, disse Hank, era muito sério nas suas coisas, muito observador. Tinha lhe chamado a atenção que em *Johnny Guitar* aparecesse um pistoleiro lendo um livro. Parecia doente, o caubói, talvez tuberculoso, porque tossia cadavericamente enquanto lia. E usava óculos. "Sempre que, num filme de Hollywood, aparece alguém de óculos, quer dizer que se trata de um malvado", dissera Tom, lembrava-se Hank.

Além do mais, Munk era cômico, porque sempre dizia a verdade. Às vezes no bar lhe faziam perguntas indiscretas, e ele, com seu ar sereno, respondia a todas fielmente, mesmo quando a verdade — como costuma acontecer — o expunha ao ridículo. Vem comigo?, uma garota lhe perguntou certa vez. Não, ele respondeu. Por quê?, ela devolveu, você não me acha atraente? Acho, sim, mas já estive com uma garota agora há pouco. Não dizia tudo, só dizia a verdade sobre o que lhe perguntavam.

Quando saí, a mocinha de topete azul continuava sentada numa banqueta, agora assistindo a outro filme de Hitchcock (*Um corpo que cai*, se não me engano) na tela presa ao teto, e foi ela quem me abriu a porta para sair. Voltei para o hotel e me estatelei na cama, de barriga para cima. Tinha cada vez menos vontade de dar aquela palestra para arranjar um emprego em Berkeley. Tive a impressão de que minha vida de *professor* estava acabada, mas não conseguia imaginar qual seria minha vida nova. Estava nisso quando peguei no sono; acordei de madrugada, e a tevê continuava transmitindo imagens. Antigamente, pelo menos, quando eu acordava no meio da noite, o aparelho mostrava uns riscos brancos que corriam de cima a baixo com uma crepitação incessante, como se fosse o sinal de um enlouquecido universo remoto.

3.

Eu tinha que liberar o quarto ao meio-dia, portanto fiz o

check out por volta das onze, fechei a conta e caminhei alguns quarteirões pela Telegraph, até que resolvi tentar o Caffe Mediterraneum, pois me pareceu que ali poderia tomar um café da manhã decente, sem ser obrigado a comer toucinho com ovos fritos. De fato, pude tomar um café duplo com croissants e estava lendo alguma coisa sobre Bush pai no *San Francisco Chronicle* quando vi aparecer a garota de cabelo azul, que pediu licença e se sentou comigo. Que coincidência. Coincidência nada, tinha ficado esperando na saída do hotel e me seguiu quando entrei no café. Sabia que eu estava indo para Sacramento e queria uma carona. Era muito magra, muito jovem, miniblusa, umbigo à mostra, piercings no nariz. É estranho o jeito como você fala em inglês, comentou, parece que está pensando em outra coisa.

Seu nome era Nancy Culler, estudava literatura comparada e estava fazendo uma tese sobre *Os pássaros*, de Hitchcock. Tinha partido da novela de Daphne du Maurier em que o filme se baseia e principalmente do roteiro de Evan Hunter, um grande romancista que assinava seus livros policiais como Ed McBain, mas no meio da pesquisa resolveu mudar de estratégia e falou para seu *advisor* que sua tese seria filmada, como um documentário. Segundo ela, seria a primeira dissertação em forma de filme da história dos Estados Unidos. E o que ela pensava filmar? Pássaros, disse rindo. Levava sua câmera de vídeo, muito leve, uma Sony DV, digital, a primeira que vi, para dizer a verdade. Queria registrar o que estava acontecendo na região e também Munk preso, talvez fosse até Montana para filmar as florestas de lá. Eu não percebia a relação entre o ataque irracional dos pássaros e as bombas de Munk? O filme do Hitchcock não era um exemplo de terrorismo ecológico? Os pássaros atacando os humanos idiotas... Cuidado, porque a qualquer momento a natureza vai reagir, e o mundo vai virar um inferno... Depois de me informar com a maior seriedade sobre seus objetivos acadêmicos, acabou de comer seus cereais com iogurte e fumou um baseado. Achava muito estranho que eu fosse argentino; os pampas, a Patagônia, os grandes espaços vazios; o que eu pensava das reservas naturais argentinas? A caminho do carro, ela me filmou caminhando a seu lado, com a câmera colada ao rosto. Ela nunca iria aparecer na imagem, disse, seria o olho da câmera. O que eu achava do título "Bird's eye view"?

Atravessamos a ponte da Route 80 para entrar em San Francisco, e quando estávamos perto do Union Square ela propôs que déssemos uma passada na Robinson's House of Pets, o pet shop que aparecia no filme de Hitchcock com o nome de Davidson's. Ficava na Maiden Lane e era a mais antiga loja de aves dos Estados Unidos. No início de *Os pássaros*, a loira rica e mimada, que dirige um carro esporte e já tomou banho nua numa fonte romana, entra na loja à procura de um periquito, e lá encontra o advogado que anda atrás de um casal de rolinhas, e ela logo se insinua, ou melhor, segundo Nancy, diretamente se joga nos braços dele, porque vê no advogado um supermacho, *one big dick* etc.

Fomos para o andar de cima, onde se exibiam as aves tropicais, especialidade da casa. Aqui Tom Munk tinha comprado seu papagaio, e agora Daisy era exibida numa gaiola, com um cartaz: *O papagaio de Munk*. Era uma papagaia, na verdade, e estava zangada; amarelo-ovo e com as penas estufadas, enterrava o bico embaixo de uma asa e de vez em quando erguia a cabeça, olhava com um só olho e gritava: *Go to the Hotel, Tom, go to the Hotel, Tom*. Nancy a filmava, e depois filmou o viveiro com filhotes de águia. No fim do ano vão fechar isto aqui, é uma pena. Quando prenderam Tom, alguém, provavelmente o xerife, devolveu a papagaia à loja onde ele a comprara. Logo a venderiam em leilão. A gente podia comprar e levar para o Munk, disse ela. Não era má ideia, mas eu nem sabia se conseguiria me encontrar com ele, e também não queria andar por aí carregando uma papagaia.

Saímos de San Francisco e em Oakland finalmente pegamos a 80, que nos levava para o centro do estado. Viam-se lojas na beira da estrada e atrás, até onde a vista alcançava, muitas plantações. Íamos escutando uma rádio de Pasadena, e ela se pegou com "Undone — The Sweater Song", de um grupo que acabava de lançar seu primeiro disco, eram os Weezer, disse. Rock alegre, com barulhos e som ambiente no meio da música, e em primeiro plano uma conversa entre o baixista e um amigo da banda, me explicava Nancy. O grupo tinha se dissolvido, e ninguém sabia se iam continuar tocando juntos porque o líder, um tal de Cuomo, foi estudar arte em Harvard. Tudo muito pós-punk, muito nerd, onda superintelectual, segundo ela. Eram centenas de bandas nas garagens da Califórnia fazendo esse lance roqueiro na linha dos Beach Boys, mas os babacas se separaram quando começaram a chamar a atenção. Ela pelo jeito tinha sido *groupie* da banda, porque logo me contou que passara vários dias de paixão na cama com o tal de Cuomo. "Aquilo foi amor, mas amor expresso", definiu. Ela não era capaz de ficar apaixonada por mais de três dias, depois disso já vira vício... e ela preferia os vícios que conseguia comprar... Falava assim, tudo bem curto e epigramático, como se grafitasse frases nas paredes da mente.

Escuta isso, escuta isso, pediu, é "Only in Dreams", o máximo dos máximos; a canção era longuíssima, duas guitarras e um baixo improvisavam uma espécie de *soul-bayon. The concept of "creating a buzz" was being thrown around* (mal traduzindo, porque se perde seu tom de voz: o conceito da banda é criar entusiasmo), gritava Nancy sobre o interminável solo de guitarra. Me lembrou o grupo Vírus, que tocava em Buenos Aires nos anos 80, uma espécie de alegria lúcida e frenética. Ia aos shows deles porque um amigo escrevia as letras da banda. Ela me escutava com atenção, mas sem interesse. Por que vírus? Por que esse nome? Por causa do Burroughs?, perguntou. A linguagem é um vírus, essa parada? Era uma garota moderna, falava em blocos de palavras, não em frases, e era ela que se deixava levar pelo entusiasmo. Era bem o tipo da costa da Califórnia, a praia era tudo, o surfe, o sol, a música, o pique das balas. Punha o corpo para fora da janela e filmava um nada e algum passarinho planando. Tem muitos aqui por causa das plantações de cereais, explicou. Nas cercas e nos postes de luz se viam muitíssimos pássaros imóveis que de repente saíam em lentos bandos escuros contra o céu azul. Por isso Hitchcock tinha vindo filmar nessa região. No meio do campo se viam muitíssimos espantalhos, mas as aves não ligavam a mínima para eles nem se assustavam com sua figura, pousavam na cabeça ou nos braços dos bonecos como se estivessem ensaiando um ataque camicase aos humanoides e suas famílias.

Paramos várias vezes para ela filmar os corvos ou as nuvens (e também para que urinasse na beira da estrada, a saia levantada e sem calcinha). Quando começou a anoitecer, deixamos a rodovia e entramos em Vacaville, um típico vilarejo rural, com *saloons* e abrigos para embarcar o gado nos caminhões boiadeiros. Havia vários Skoda parados, enormes como dinossauros, com seus reboques de culatra no estacionamento do Motel La Roca, e lá ficamos porque, segundo ela, onde param os caminhões, é certeza que o lugar é bom e tem muita puta por perto.

Pegamos um quarto só para os dois (para economizar, disse ela) e ao abrir a porta ela logo tirou a blusa e ficou com os peitinhos à mostra. Sentou na cama e já foi ligando seu notebook japonês ao telefone e ficou on-line. Depois disso a perdi de vista durante quase uma hora, quando ficou navegando num buscador pirata conectado aos arquivos dos atores que tinham trabalhado nos filmes de Hitchcock. Os que eram crianças em *The Birds* agora eram velhotes aposentados que viviam em residências geriátricas na Califórnia, e ela pensava em entrevistá-los para sua tese.

Tinha um pouco de garota cyberpunk, de menina hacker, e me mostrou como furava a segurança das companhias aéreas e baixava duas passagens na primeira classe para Nova York e depois de algumas operações complicadas fazia as reservas e pagava com um número de conta roubado que tinha anotado no pulso — como uma tatuagem — com caneta preta. Não lhe fiz muitas perguntas, mas acompanhei seu trabalho com um misto de admiração e espanto. Sabia que alguns estudantes e muitos grupos *under* costumavam invadir os computadores das grandes empresas e usavam seus números privados de telefone para ligações de longa distância, e contava-se que alguns deles — sobretudo os estudantes de comunicação de Palo Alto — já tinham conseguido tirar dinheiro de contas secretas nos grandes bancos, mas eu nunca tinha visto ninguém fazer essas coisas ao vivo. Quando conseguiu as duas passagens San Francisco Nova York-San Francisco, virou-se com a expressão exultante de quem tivesse ganhado uma medalha olímpica.

— Sempre viajo de graça — disse, e se aproximou sorrindo.

Para ela, ir para a cama comigo era como tomar um copo de água, enquanto para mim foi como andar na montanha-russa.

Depois pedimos cerveja, e *fajita* com *tortillas*, e nos sentamos para ver tevê e conversar. Eu gostava dela porque levava tudo a sério e queria saber o que eu queria perguntar a Munk. Era possível que o cretino também tivesse matado Ida? Por que ele faria isso?, perguntava. Eles se conheceram em Berkeley e continuaram a se ver, e talvez ela estivesse ciente das atividades de Munk, talvez não por completo, mas quem sabe ele tivesse lhe contado alguma coisa. Ou quem sabe ela colaborasse com ele. Ela gostava mais dessa ideia: a garota boa de briga. Mas, se fosse assim, por que o FBI não estava a par, se tinha tanta informação sobre ela? E por que tinham desvinculado a morte de Ida dos outros atentados? Quem tinha influenciado quem? Ele tinha dado a ela a radicalidade do seu pensamento, aquela capacidade de avançar além dos limites? Ou tinha sido ela que o levara do ambientalismo abstrato e do ecologismo idiota à violência revolucionária?

Mr. Munk causou muito mais prejuízos do que benefícios à causa, ela disse. A causa era a defesa da natureza. Achava que ele, no fim, ia ser carimbado como louco, um pirado à solta, tipo Oswald, e um abraço. Você não viu, disse de repente, que o artista — Alfred Hitchcock, Patricia Highsmith —, como especialista da alma de uma sociedade, foi substituído pelo psiquiatra? Perdemos a inocência, disse. Temos uma necessidade mórbida de segurança. Antigamente eram os russos. E agora? O perigo está dentro!... Olha o Munk..., um gênio dedicado a montar bombas caseiras no meio da floresta... Imagina o que vem por aí..., todo mundo da minha geração vai ser tratado como delinquente juvenil ou terrorista em potencial... Olhava com muita atenção para a brasa do seu *joint*, de pernas cruzadas, de repente dava umas risadas e depois retomava seu tonzinho cerimonioso. Não, não, falando sério, você percebe? A gente surfando, surfando, e os tubarões só ali por baixo, e começou a rir outra vez...

Dormimos abraçados, com o ar-condicionado no máximo.

Esse foi o primeiro barulho que contribuiu para espantar meu sono. Além disso, havia a água correndo pelo encanamento, também havia gritos, cachorros latindo ao longe, também havia vozes, brigas, suspiros de amor e, ao fundo, a voz metálica da televisão. Para piorar, a luz do corredor ficou direto acesa e entrava pelas frestas iluminando o quarto com um brilho branco. Ela dormia enrodilhada e apertando o corpo contra o meu e às vezes abria os olhos e demorava algum tempo para me reconhecer.

Na manhã seguinte, no estacionamento do motel, esperava por ela numa Harley Davidson um sujeito magro com tatuagens de flores e pássaros, de cabeleira presa com bandana, bigode chinês e roupa de couro, e Nancy seguiu viagem com ele.

4.

Sacramento é uma cidade plana e geométrica, é a capital e o centro administrativo do estado da Califórnia e me lembrava La Plata por causa do seu jeito sossegado e das suas ruas organizadas por letras. Era um desses centros reservados à burocracia, cheios de escritórios e repartições. Ao chegar, deixei o carro no estacionamento do primeiro hotel decente que encontrei. Troquei de roupa e saí caminhando em direção à zona da prisão estadual. Pelas ruas se via um movimento de jovens e grupos ambientalistas rumando para o centro. Moças e rapazes e velhos militantes pacifistas, grupos feministas, militantes gay e contra a guerra que iam lá apoiar Munk no seu direito de se defender e ser ouvido. *Voice for Munk, voice for Munk*, repetiam como se fosse um mantra ou uma ladainha. Viam-se grafites com a imagem da cabana no bosque e uma legenda que agora se personalizara: MUNK FOR PRESIDENT. Os anarquistas o consideravam um prisioneiro de guerra, um refém do capitalismo.

Num escritório ao lado do presídio se amontoavam jornalistas, curiosos, advogados e turistas, era ali que se solicitava a permissão para as visitas. Eu levava a carta de Parker com o visto de Menéndez, e mostrei minhas credenciais explicando vagamente o sentido da minha presença. Espero confirmar, disse à corpulenta policial que me atendeu, se Munk conheceu uma ex-aluna de Berkeley, mais tarde professora numa grande universidade do Leste, porque esse dado pode ser útil na investigação. Mostrei, diante do rosto espantado da guarda, a foto de Ida e os grifos no livro de Conrad. A mulher disse que precisava consultar um superior e ligou para um tal de Reynolds, e então disse, falando a um celular que se perdia nas suas mãos de giganta, sim, não, não, sim, não, sim, sim, e depois, erguendo o rosto para mim, me avisou que havia boas chances de que eu pudesse vê-lo no dia seguinte, desde que eu comparecesse à primeira hora.

Saí para a rua e fui até o local de reunião dos manifestantes no Capitol Park, a uns quatrocentos metros da prisão. Policiais de capacete e escudo tinham cercado o parque e não deixavam ninguém avançar em direção à prisão, mas sim entrar livremente na praça por um estreito corredor entre uniformes azuis.

Os dirigentes tinham organizado muito bem o local e com um megafone indicavam onde estavam os banheiros químicos que tinham instalado num canto, pediam a todos que jogassem o lixo nas lixeiras, que não usassem material não biodegradável, diziam que quem quisesse falar podia se inscrever junto a um palco improvisado no meio do parque. Sobre o estrado, um grupo com duas guitarras, teclado e baixo, os quatro com pinta de orientais, talvez filhos de japoneses ou de coreanos ou de vietnamitas, autodenominado Munk for Munk, tocava rock acústico com letras em levada de rap baseadas nas palavras de ordem *Out, out of the Obvious*, ou seguiam aliterações anarquistas como *Free, free, freedom for Fire*, ou também velhos lemas revolucionários atualizados, como *One, two, much Munk*, e às vezes cantavam refrões roqueiros de ar dadá como *Mucus, Mud, Muddle..., Munk!*

As pessoas que estavam se manifestando no parque eram em sua maioria alunos dos *colleges* e das escolas da região, que se identificavam com o universitário brilhante rebelado contra o Sistema, ao qual se referiam assim mesmo, com maiúscula. Havia também grupos de poetas que recitavam seus versos e formaram foros de discussão. Os que caminhavam pelos arredores usavam colares, tatuagens e bandanas, punham flores no cabelo, e tinham certo ar de colegiais em férias, me lembravam os piqueniques organizados pelo Partido Comunista no tempo em que eu ia ao colégio (mas não a esses piqueniques). Grupos de bons garotos defendendo boas causas, com uma alegria a toda prova. A que se devia a fascinação que Munk despertava? À qualidade pura da sua rebelião; era malvada, era demoníaca, e era um grande acontecimento na luta contra a injustiça e a manipulação. Era um herói norte-americano em sentido pleno: um indivíduo muito educado, um intelectual de grande relevância acadêmica, que toma a decisão de abandonar todos os seus bens e se retira para viver na floresta, com a elegância e a simplicidade de um monge, e que, em consequência das suas reflexões e da sua experiência, decide mostrar que a rebelião é possível, que um homem sozinho pode pôr em xeque o FBI.

Eram essas as opiniões que se recolhiam nas discussões e nas rodas de conversa e entre os ativistas acampados no parque. Não era uma manifestação política, mas um novo tipo de agitação, uma *festa*, como se estivessem festejando um legendário grupo de rock que não acabava nunca de chegar. Estavam sozinhos. Não havia nenhum canal de televisão, não havia jornalistas nem fotógrafos cobrindo o evento, mas eles se comunicavam com seus celulares e seus cartazes, e duas ou três rádios alternativas transmitiam o ato instaladas numa barraca branca. Deviam ser ao todo umas três ou quatro mil pessoas; eram mulheres, crianças, velhos, jovens, militantes de movimentos sociais e pacifistas, que apoiavam a ação de um terrorista ou, em todo caso, a necessidade de que ele fosse escutado.

Tinham vindo das colinas do sul da Califórnia, dos vales centrais, dos vigilantes casarios do Middle West iluminados a noite inteira, em caravanas, em carros caindo aos pedaços, nos ônibus da Greyhound, em carros esporte, em picapes rurais, uma marcha incessante de velhos idealistas, filhos de hippies, de maconheiros, defensores dos animais, ecologistas, pacifistas, antirracistas, feministas, poetas inéditos, artesãos do Big Sur, mas também defensores dos direitos humanos de Nova York e de Chicago, defensores das minorias, uma maré de rebeldes, ex-marxistas, anarquistas, trotskistas, muitos tinham lutado contra a Guerra do Vietnã, contra a Guerra do Golfo, contra os agrotóxicos e as centrais nucleares, eram defensores das comunidades camponesas, dos pequenos empreendimentos rurais, da autogestão, do direito dos presos, dos *homeless*, de todas as causas perdidas e todas as derrotas, como se Thomas Munk tivesse ousado fazer o que muitos deles gostariam de ter feito ou de ter dito, mas não ousaram: *Matar todos esses bastardos tecnocratas e capitalistas!*

O grande momento do dia foi a performance organizada por um grupo de artistas de vanguarda de San Francisco que encenaram fragmentos de *Ubu rei*, de Jarry, diante das câmeras de segurança de todos os prédios públicos e dos locais protegidos da cidade de Sacramento; atuavam em pequenos grupos nas esquinas, na frente dos bancos, nos estacionamentos, nos caixas eletrônicos, nos banheiros das estações, nas esquinas perigosas, nos aeroportos. Representavam para o olho da câmera no portão dos prédios, nos corredores dos supermercados. Pequenos grupos de *agitprop* que durante vinte e quatro horas saturaram as imagens de segurança de toda a cidade com suas atuações, recitando as falas explosivas de Jarry, agitando faixas e entoando cantos diante da polícia, que, ao atacá-los, passava a fazer parte do *happening*.

Paralelamente, formalizaram um pedido perante a Corte Suprema do estado exigindo que aquele material fosse preservado, porque se tratava de uma obra de arte, financiada pelo National Award for Theatre e pelo The Popular Art Museum de Santa Cruz, e não podia ser censurada nem destruída sem que se atentasse contra a Constituição dos Estados Unidos, que preservava a liberdade de expressão e a produção artística.

5.

No fim da tarde me demorei na frente de um grupo que tinha erguido um tablado e os escutei discutir e rir e repudiar a nova lei antiterrorista que Clinton estava tentando aprovar. Consideravam Munk um novo Thoreau ("Thoreau enfurecido") que erguera o direito à desobediência civil, o qual incluía — segundo eles — o direito à violência contra um Estado repressor que levava periodicamente o país à guerra para sustentar a maquinaria infernal das fábricas de armamento. Consideravam que Munk havia sido o primeiro a responder ativamente à demanda implícita da sociedade pela defesa do mundo natural e da justiça social. Só tinha atacado figuras ocultas que sustentavam o arcabouço social e a estrutura tecnológico-militar. Não visara aos fantoches políticos nem aos congressistas corruptos, tampouco atacara os policiais ou os carrascos a soldo, não atacou os responsáveis econômicos e financistas da catástrofe, atacou quem ele conhecia melhor que ninguém, a *intelligentsia* tecnológica do capitalismo criminoso, seus responsáveis conceituais, seus ideólogos, os cientistas enlouquecidos com suas máquinas infernais e suas práticas biológicas. Era errado matar, mas era certo se defender e, sobretudo, usar a violência para romper o muro de silêncio e difundir o novo *Manifesto libertário*, uma peça teórica na melhor tradição norte-americana, a tradição de Jim Brown, de Malcolm X, de Chomsky. O tom do *Manifesto* os cativara. Seus argumentos eram magníficos; suas palavras, nobres e ardentes. Não havia objetivos práticos interrompendo a magia das frases, exceto uma espécie de nota de rodapé na última página, escrita à mão, evidentemente depois da primeira redação, com pulso firme, que podia ser considerada a exposição de um método. Era muito simples e era uma citação que — perto do repetido apelo patético aos sentimentos altruístas que a esquerda norte-americana costumava brandir melancolicamente nas suas manifestações pacifistas — parecia brilhar, luminosa e terrível, como um relâmpago em céu claro: "É preciso matar todos esses bastardos tecnocratas e capitalistas!".

Tinha escrito essa frase na cópia pessoal antes de enviá-la ao *New York Times* e ao *Washington Post* e agora era uma das provas da promotoria para demonstrar que quem tinha mandado as bombas era a mesma pessoa que escrevera o texto.

Munk parecia ter esquecido esse importante postscriptum, e tinha certeza de que seu "panfleto" (como ele chamava o *Manifesto*) seria a base da futura reabilitação da sua memória. Não será esquecido, disse um homem muito elegante, com o rosto coberto de pequenas cicatrizes, quem sabe de que guerras, que à sombra de uma árvore contava que havia alguns meses tinha passado uma noite conversando com Tom no bar de uma rodoviária em Oklahoma; os dois tinham perdido o último ônibus e esperaram juntos pelo primeiro da manhã. Quem falava era um homem de cabelo grisalho, que destoava do lugar porque estava vestido com um terno de linho branco, sapatos combinando, camisa azul-clara e gravata cinza. Tinha um ar senhorial, mas também um quê de rufião e de dândi. Falava com um tom pausado e tinha capturado a atenção dos que o rodeavam. Passaram a noite inteira conversando naquela *drugstore* meio vazia na estação semifechada, e Munk não falou de bombas nem de violência, mas sim dos seus grandes planos. Parecia um homem que precisava falar, que só precisava de uma alma que o escutasse. Disse que era viajante e deu um nome qualquer (Kurtz ou Kurzio, já não me lembro), mas claro que não acreditei e pensei que era um fugitivo, um pastor evangélico expulso da sua comunidade por abuso sexual, ou um escritor fracassado, ou um especulador que tinha sido fraudado. Agora sabemos que é um assassino, mas naquele momento percebi nele algo de inquietante e atraente, perigoso para si mesmo, e pensei que fosse um suicida. Parecia aflito, como se estivesse a ponto de desertar, disse o homem de branco, mas o que mais me impressionou foi ver sua mão queimada, a esquerda, sem enfaixar mas com a pele escamada, como alguém cujo trabalho consistisse em pôr as mãos no fogo.

Doze

1.

Cheguei à prisão às dez da manhã; no balcão de entrada apresentei meus documentos e a carta de Parker e, na zona de controle, pedi para falar com o dr. Beck, um médico interno do presídio, amigo — ou empregado — de Sam Carrington, que o usava como contato com seus rapazes (como ele chamava os detentos) e seu negócio de carros usados. Apareceu imediatamente, era um gordo exultante, com ar de curandeiro de feira, vestido com um jaleco branco com seu nome bordado. Imaginei as paredes do seu consultório com títulos emoldurados e vagos diplomas acadêmicos. Não parecia ter muito o que fazer naquela manhã e fumava um cachimbo de madrepérola, o que acentuava seu aspecto de ator de comédia. O certo é que graças a ele (e a mais cem dólares) pude entrar sem problemas e atravessar todos os controles.

Uma prisão de segurança máxima nos Estados Unidos é uma instituição complexa, talvez a mais complexa forma de vida social que se possa imaginar, disse-me o doutor enquanto descíamos num elevador com paredes de vidro. Na realidade, é um laboratório experimental da conduta dos homens em condições extremas, um excelente local de trabalho para um psiquiatra como eu, disse. Saímos num pátio coberto e depois de atravessar um corredor tubular paramos diante de uma imperativa grade branca. O dr. Beck me apresentou ao guarda e se retirou. Voltaríamos a nos ver do outro lado, quando eu passasse a zona de controle. Escutei a porta se trancar atrás de mim e desci ao porão acompanhado por um carcereiro.

Ali embaixo ficava a sala de identificação, um recinto escuro fechado com uma malha de metal que não permitia enxergar do outro lado. Na parede posterior havia vários traços indicando o lugar onde a pessoa devia se encostar e uma série de números para medir a altura de quem seria fichado. À minha frente, no teto, havia vários refletores que imediatamente me ofuscaram. O guarda que tinha me acompanhado se retirou, e fiquei sozinho na sala. Uma voz no alto-falante ordenou que eu me posicionasse no centro, entre umas riscas brancas, embaixo de uma claraboia gradeada. Tudo estava escuro atrás da malha, e era daí que vinha a voz que me fazia as perguntas. Quem eu queria ver (já sabiam), com que finalidade; expliquei-lhes que precisava mostrar ao detento alguns documentos que podiam ser úteis na investigação. Perguntaram se eu tinha antecedentes criminais, se tinha marcas ou cicatrizes, qual era minha religião, minha raça, se era viciado em drogas. Eles já recebem todos esses dados no formulário que mandam preencher quando se pede a autorização, mas repetiam as perguntas para ver se eu me enganava ou fornecia outros dados, ou por pura rotina. A questão era cansar o visitante e tratá-lo como se fosse ser encarcerado. Depois me fotografaram de frente e de perfil e me mantiveram por longos minutos sob a luz ofuscante, imagino que para me intimidar.

A voz que vinha dos alto-falantes retomou então as indicações. Endireite o corpo, levante o queixo, jogue os ombros para trás, tire os óculos, olhe para a frente, vire para a esquerda, agora para a direita, mantenha-se de perfil. Tire a roupa, deixe-a no chão. Vire-se de costas, agache, abra as nádegas ("mostre o cu"). Endireite o corpo, de frente agora, levante os braços, mostre as axilas, levante os testículos. Bem, agora vire o rosto para a luz, abra a boca e ponha a língua para fora, mostre os dentes. As mãos afastadas, os dedos bem abertos, palmas para cima, palmas para baixo. Vista-se. A luz se apagou. Imaginavam que a pessoa podia esconder droga em algum orifício, ou então um estilete envolto em fita plástica escondido nas profundezas da alma. Um espeto, podia ser, algum bagulho para os rapazes presos, um boletim do Partido Operário impresso em invisível papel de arroz. Por muitos anos eu fora à prisão para visitar Beto Carranza, um amigo que teve a sorte de ser preso antes do golpe militar de 1976 e, apesar de ter sofrido torturas e várias simulações de fuzilamento, ficou sob a guarda do Poder Executivo e se salvou de ser assassinado clandestinamente. No presídio de Devoto, naqueles anos, quando eu o visitava, os guardas diziam que estava fichado, perguntavam se era da "orga", se era *trosko* ou veado, se era judeu e comunista (ou só judeu), e no fim pediam dinheiro para cigarros. E os amigos dos presos passávamos mesmo cartas escritas com letra microscópica em papéis para enrolar cigarros ou transmitíamos mensagens decoradas. Lembro que quando Carranza aparecia na sala de visitas, estava sempre contente e era otimista e transmitia esperança, a nós, que vínhamos da rua.

Finda a revista, saí daquela sala e entrei numa outra, onde deixei o dinheiro que levava, os cartões de crédito, as chaves. O livro de Conrad fazia parte dos objetos que podiam entrar numa zona de alta segurança.

Quando saí da sala de identificação, o dr. Beck estava lá,

esperando por mim. Segundo ele, a prisão era um dos lugares mais tranquilos do mundo, podia-se caminhar de noite pelos corredores entre as celas sem nenhum problema. Aqui a vida estava em suspenso, não tinha propósito nem significado. Numa cela pode-se ver um cobertor amarronzado no chão de cimento e um homem que não consegue dormir, ou que nem sequer tenta dormir, sentado na beira da cama, com os pés descalços sobre o cobertor, imóvel, esperando a manhã chegar. Há muitos negros e latinos presos (são 67%), e 25% dos reclusos são brancos, disse o médico, os outros 8% são orientais, mas 67% dos guardas são brancos, em geral brancos pobres da Louisiana ou da Virgínia, que antes trabalhavam na área de carga e descarga das grandes fazendas ou do porto, mas que ficaram desempregados e se alistavam como carcereiros. Preferiam viver trancados a ficar sem trabalho. O dr. Beck também tinha começado a trabalhar aqui porque não via outra perspectiva e se sentia confortável nessa função, pois, exceto pelos feridos nas brigas — espetadas, cabeçadas que esmagavam o nariz — e pelos estupros, a maioria tinha doenças leves e passava algum tempo na enfermaria para descarregar a tensão da convivência.

Quanto a Munk, todos o tratavam com muito respeito e o chamavam de Professor; tinha sido transferido para a zona de isolamento, mas, como não tinha matado nenhum policial, era considerado um prisioneiro comum. Ele está bem agora, disse o dr. Beck, temos certeza de que não é um psicótico, muito pelo contrário, é um homem agradável, estudioso, de poucas palavras. Ah, não acredito que seja fácil encontrar uma pessoa como ele. Um grande homem, uma mente luminosa. Vive no seu mundo, pensa o tempo todo. Ampliou minha inteligência não só pela possibilidade de conversar de vez em quando com alguém como ele, mas também por sua história. Viveu sozinho na floresta, sem luz elétrica nem televisão, portanto aqui se sente nas nuvens, ele não diz isso, mas posso perceber.

Tínhamos descido vários andares por uma escada de cimento até chegar à área cinza, também chamada "o atalho" (*Short Cut*). Lá estavam os assassinos, os psicopatas, os criminosos mais aguerridos à espera da sentença. Era o que tecnicamente podia se chamar área psiquiátrica da penitenciária, embora Beck risse dessa denominação. Os loucos estão fora, amigo, eu sei o estou dizendo, aqui só há criminosos desenganados, disse, e me deixou sozinho diante de um corredor de concreto tão limpo que parecia esmaltado.

2.

A sala de visitas era um recinto branco com altas janelas gradeadas e luz clara. Um guarda me recebeu e me fez sentar diante de uma mesa retangular, e em seguida se acomodou no fundo da sala vazia, como o entediado zelador de um museu que olha sem ver as obras-primas ali exibidas. Uma das paredes dava a sensação de ser uma câmara de Gesell, quer dizer, um espelho especial que permitiria nos vigiar do outro lado. Me lembrou o aquário privado de D'Amato, com o tubarão-branco nadando obstinado nas águas claras à espera da presa. Um relógio redondo de grandes agulhas pretas marcaria o tempo da visita, e já tinha começado a rodar.

Ao fundo se ouviam vozes distantes e ruídos de passos metálicos que se aproximavam pelo corredor de acesso. "Não gosto quando as pessoas falam de mim como se eu não estivesse presente", ouviu-se alguém dizer. "Calma, Mistah Munk", respondeu-lhe o guarda, um negro de cabelo branco, enquanto entravam na sala.

Thomas Munk era mais alto do que eu imaginava, tinha um ar sereno e inesperados olhos azuis. Estava lá vestido com um uniforme marrom de presidiário, uma espécie de pijama que lhe ficava largo demais, tinha as pernas algemadas com uma barra de metal nos tornozelos, e mesmo assim conservava um ar altivo, como se sua altivez não dependesse de nenhuma circunstância externa. Ao se mover, seus passos tilintavam com um som tétrico, estava *detido*, e pela primeira vez a palavra adquiriu para mim todo o seu sentido. Uma pressão férrea, mecânica, uma eficiência absurda, impessoal, que tem o poder de imobilizar um homem.

Sentou-se bem na minha frente, do outro lado da mesa; estava tão perto que recuei um pouco o corpo, enquanto ele abria e fechava a mão esquerda coberta de cicatrizes e queimaduras.

Já lhe restava pouco tempo, disse, havia coisas que queria dizer e queria que algumas das suas ideias pudessem ser escutadas *em primeira mão*. Agradecia a todas as pessoas que vinham vê-lo, tinha muitos pedidos de entrevistas, mas me recebera porque ficara intrigado com o fato de eu vir de Buenos Aires.

— É verdade que os revolucionários argentinos levavam sempre uma cápsula de cianureto? — me perguntou.

— Para evitar a tortura... Não é que quisessem morrer.

— Entendo — disse.

— Quando a repressão se desatou, a média de vida de um militante na clandestinidade era de três meses...

— Neste país a clandestinidade é impossível — disse —, um homem pode se esconder por algum tempo, mas será sempre filmado e observado, faça o que fizer, e lerão sua correspondência, vigiarão sua conta bancária e revistarão em segredo sua casa e as casas dos seus amigos. A única maneira de se manter a salvo é ficar só num lugar afastado. Na ilha deserta se rumina, se murmura, se resmunga, se pensa. Ninguém pode saber o que tramamos, os pensamentos não podem ser *vistos*. Nisso consiste hoje a clandestinidade, é preciso recuar e começar de novo.

Vivemos numa época de refluxo e derrota; é preciso ser capaz de ficar sozinho para recomeçar. A natureza tomou a precaução de que as ideias sejam *invisíveis*. É o último refúgio da rebelião. Antes era possível construir grupos clandestinos, pequenas organizações férreas, uma rede de células fechadas, disciplinadas e eficazes. Essa etapa acabou, houve uma série terrível de derrotas. Agora é preciso começar outra vez, estamos na época dos homens sozinhos, das conspirações pessoais, da ação solitária. Só podemos resistir escondendo nossos pensamentos invisíveis, confundindo-os com a multidão. Somos indivíduos dispersos, internados nas florestas, perdidos nas grandes cidades, sujeitos em fuga extraviados nas pradarias. Estamos isolados, mas somos muitos. Passamos da massa à manada. Esta é a nova situação política: dispersão, retrocesso, a vanguarda está perdida atrás das linhas inimigas. Kropotkin, o príncipe Kropotkin, o revolucionário russo, o brilhante teórico anarquista, chamava *consistency* (consistência) a energia que mantém ligados os homens em situação de perseguição e de perigo. Unidos na dispersão, desconhecidos entre si, esses grupos em fusão mudam constantemente: de direção, de dimensão, de território, de velocidade.

O anarquismo nega a falsa distinção entre o uno e o múltiplo: para começar, *o indivíduo*, contrariamente à etimologia do termo, é múltiplo. O Príncipe o chamava *um composto de potência*, cada indivíduo é um coletivo de forças, e cada coletivo pode ser concebido como um indivíduo. Como diz a Bíblia: "O oleiro pode fazer um vaso para a honra e outro para a desonra. Vasos de ira, vasos de compaixão" (Rm 9,21). Quer dizer — disse —, uma vida para a honra; uma vida para a desonra. Uma vida de ira. Uma vida de compaixão. Cada forma de vida tem seus valores, sua linguagem e sua lei, e estão em constante mudança e redefinição. A subjetividade anarquista é variável. Sua descontinuidade é um fato que Kropotkin explica como a "resultante" de uma série de unidades autônomas e de sequências que a compõem simultaneamente.

Nossas mais íntimas memórias, nossos mais íntimos sentimentos, nossas formas de viver são múltiplas. Cada decisão que tomamos fecha uma série de alternativas possíveis. O que acontecerá se tentarmos tomar várias decisões contraditórias ao mesmo tempo e as mantivermos separadas como séries abertas? Uma vida política, uma vida acadêmica, uma vida sentimental, familiar, sexual, religiosa que tenham entre si relações muito difusas (para não dizer clandestinas).

Expressava-se sem ênfase, um pouco cansado, como quem encontra um estranho num trem e trava com ele uma conversa casual e errática. Tinha começado a estudar seus companheiros de reclusão, cujas condutas não deixavam de surpreendê-lo. Estavam tranquilos olhando as imagens da televisão na sala de descanso, e era aí onde se desencadeavam os motins mais sangrentos. O que mais os enfurecia era ver as pessoas que estavam lá fora, vivendo normalmente. Não era a opressão que provocava sua rebelião, mas a repetição corriqueira dos gestos cotidianos que se refletia na tela. Saber que a vida transcorria fora dali os enfurecia e os revoltava.

Às vezes, disse depois, era assaltado pela nostalgia de um tempo que não recordava ter vivido. Havia um pátio com vasos de barro vermelhos e gerânios e se escutava um piano. Era sua mãe. Sentia saudade, mas não queria vê-la, ela se relacionava com o aspecto mais fraco do seu espírito. Tocava piano de um modo tão verdadeiro, minha mãe, acrescentou, que sempre a recordo com emoção sentada diante do teclado, com seus óculos de ler música. Era uma pianista polonesa, quer dizer, não era russa, e se sentia *inferior*, mas era excelente. A música exprime os pensamentos melhor que nenhuma outra coisa, disse.

(O exercício de imaginar mundos possíveis ou sociedades

alternativas é uma constante do pensamento utópico, mas ninguém teve a ideia — exceto por acidente ou por acaso — de imaginar várias vidas pessoais simultâneas, radicalmente diferentes umas das outras, e depois ser capaz de vivê-las.)

— Eu procurei expressar meus pensamentos por meio da *ação direta*. Está tomando nota? — Olhou-me como se tivesse despertado, e sorriu. — Mas, então, o que veio procurar aqui?

— Sou amigo de Ida Brown. — Continuou imperturbável, não era alguém a quem se pudesse surpreender com esses truques. — Tenho uma foto — disse, e a coloquei sobre a mesa. Estudou-a com cuidado. Uma moça sorridente e um jovem fugidio. Ele se lembrava dela? — Era estudante de pós-graduação em Berkeley. Morreu num acidente. O senhor a conhecia?

Ele a conhecera, sim, fazia muito tempo, disse. E continuaram se vendo? Tinham se visto depois, sim, umas poucas vezes. Era uma amiga, podia confiar nela. Concordamos nisso, como dois estranhos que se surpreendem ao saber que amaram a mesma mulher. Mas ele não disse nada parecido, eu é que estou imaginando essas coisas, porque não houve confidências, e o único ponto de contato foi que, ao mencionar Ida Brown, começamos a falar em castelhano e imediatamente o policial que estava conosco acendeu uma luz vermelha.

— Não se preocupe. Vão levar mais tempo para decifrar o que estão gravando, mas Menéndez vai nos entender, ele é o único que pode ter interesse nesta conversa, e se o senhor está aqui é porque ele permitiu — disse. — O mexicano está tentando *entender*... o mistério da personalidade criminal — disse com ironia. — É um cachorro que não consegue pegar uma mutuca, só sente a picada. E salta. Dá dentadas no ar, late na noite. Pode um cachorro entender uma mutuca?

Segundo Munk, o FBI acumulava provas, consultava especialistas, usava seus laboratórios científicos, seus labirínticos arquivos interligados com todas as polícias do mundo, lançava a rede para apanhar o golfinho, mas no fim resolviam as coisas — quando resolviam — com a tortura, a chantagem, a denúncia.

— Meu irmão, por exemplo, é pior que a minha papagaia Daisy, ela pelo menos não sabe o que diz. Deram a ele um milhão de dólares de *recompensa* e juraram que não iam me pendurar de uma árvore.

Parecia falar para si mesmo, indiferente à simpatia ou à antipatia de quem o escutasse, graças ao hábito que tinha adquirido de pensar em voz alta, na solidão da floresta, como o eremita que no deserto fala das suas visões. Acho que não estou reproduzindo fielmente suas palavras porque as escrevi quando voltei para o hotel, horas mais tarde, mas parte da sua fala está nas minhas anotações, e tentei transmitir o sentido do que ele expressou naquele dia.

Com meu teorema das decisões, disse depois, ganhei a medalha Fields. Assim que recebi o dinheiro da medalha Fields, abandonei tudo, e esse foi meu ponto de partida. Outorgaram-lhe a medalha em reconhecimento aos seus avanços na lógica das decisões. Tratava-se, segundo ele, de experimentar com as vidas possíveis e as vidas ficcionais. Nos dois casos estamos imersos num mundo que é *como* o mundo real e estamos imersos *como* estaríamos no mundo real. A chave é que os universos ficcionais — diferentemente dos mundos possíveis — são incompletos (por isso não podemos saber o que Marlow fez depois que acabou de contar a história de Lorde Jim). Munk se propusera a completar *politicamente* certas tramas não resolvidas e agir de acordo. Preferia partir de uma intriga preexistente. Isso foi tudo que ele disse sobre sua leitura dos romances de Conrad.

De início, pensara em escrever em diferentes cadernos cada

uma das séries alternativas da sua vida: mas depois percebeu que o interessante eram as intercessões. Para não comprometer ninguém, havia muitíssimas páginas cifradas no seu *Diário*, escritas com um sistema de códigos dinâmicos, de sua invenção, que mudavam conforme a hora do dia! Às três da tarde, as palavras queriam dizer uma coisa, mas à meia-noite seu sentido já era outro.

Sabia que os técnicos do FBI tiveram que recorrer à Nasa, e os criptógrafos da Nasa tentaram recorrer aos russos, mas os russos estavam dedicados a decifrar os códigos das contas secretas dos ex-dirigentes do Partido Comunista na Suíça e não quiseram colaborar numa coisa tão supérflua como decifrar o diário de um ex-matemático.

— Os russos perderam tudo, mas conservam o desprezo pelos norte-americanos, nisso eu também sou russo.

Engano seu se acredita que não penso nos mortos, disse depois. São iguais a mim, eu podia ter sido um deles. Grandes cientistas, perfeitos canalhas, homens sensíveis. John Kline amava os pássaros. James Korda, um teólogo, tinha um amante que não pôde expressar sua dor para não delatá-lo. Leon Singer foi socialista a vida inteira, e isso lhe causou problemas na carreira acadêmica. Aaron Lowen não tinha suportado o exílio. Eram ingênuos e, por causa da sua ambição pessoal, que eles chamavam amor à ciência, avançavam arrasando tudo o que tinham pela frente, como os buldôzeres que derrubam florestas e matas sagradas. Esqueciam — ou não queriam ver — as consequências dos seus atos. O mal é este: não assumir as consequências dos próprios atos. As consequências, não os resultados. As consequências, disse. O eterno problema é como ligar o pensamento à ação. Certos atos expressam claramente os modos de pensar: nisso eles eram como ele.

A luz do lugar era uma luz perpétua, os tubos fluorescentes

criavam uma atmosfera sempre diurna. O policial sentado a um lado parecia dormitar de olhos abertos. A conversa, ou melhor, o monólogo, de vez em quando era interrompido por gritos ou lamentos ou golpes contra as grades e pelo som distante, intermitente, afiado, das vozes irreais da televisão, os sons vazavam pelas grelhas do ar-condicionado. Também não havia silêncio na cadeia. Nunca, disse, e sorriu como se tivesse me descoberto de novo. Então me perguntou o que eu estava lhe dizendo.

— O que estava me dizendo? — indagou.

— O senhor teria recebido uma carta de Ida Brown.

Demorou para mover suas peças.

— Uma carta?

— Deixe-me explicar deste modo — respondi. — Ida teria descoberto por acaso no romance de Conrad certas relações com seu modo de agir. Uma coincidência, talvez, e, para não denunciá-lo, teria escrito uma carta alertando o senhor. — Fitou-me imperturbável, e continuei. — Ao escolher o romance de Conrad, o senhor deveria ter inferido, como faria um plagiador, a possibilidade de que alguém por acaso, ao ler justo esse livro, pudesse descobrir a ligação. O FBI entreviu alguma relação entre o romance e suas ações, mas não conseguiu avançar. Um livro por si só, isolado, não significa nada. Fazia falta um leitor capaz de estabelecer o elo e restabelecer o contexto. Os grifos são nítidos, as datas coincidem. Ela trabalhou o romance em aula na primeira semana de março. E deve ter enviado a carta antes do dia 13, porque nesse dia deixou o livro comigo, ela o esqueceu, digamos, ou me usou como controle... caso lhe acontecesse alguma coisa. — Ele se reanimara e me olhava com atenção. — Não sei o que ela pode ter dito na carta, mas, pelo pouco que a conheci, posso garantir que não iria delatá-lo sem avisar, sem lhe dizer que tinha descoberto o que estava fazendo e até lhe propor que fugisse, que parasse de fazer aquilo.

Demorou para responder.

— Não recebo cartas há meses, e as que recebo, rasgo sem ler.

Havia, no entanto, alguns pontos cegos. Eu estava convencido de que a morte de Ida não tinha sido um acidente. Cada um deve ser — pelo menos — dono da própria morte. A integridade depende disso.

— O senhor sabe o que é a integridade?

— Teria usado a integridade para não matar pessoas inocentes.

— A integridade, no meu caso, é uma virtude posterior aos fatos — replicou. — Nunca se deve explicar os próprios atos e nunca se deve apresentar justificativas!

Se ele tivesse guardado silêncio sobre suas razões, disse depois, teria vencido. Uma série de mortes incompreensíveis, uma obra de arte malvada e perfeita, toda a sociedade girando em falso sobre um ponto cego. Repudiava os moralistas que matavam e destruíam em nome das boas razões. Seus argumentos, ao contrário, não eram compatíveis com os assassinatos que cometia. Nunca dissera *por que fazia o que fazia*. Desse modo tinha alcançado a soberania absoluta, uma soberania pré-política e ultramoral, disse. Não havia nenhuma proposta no futuro que justificasse os atos presentes: recusava a esperança utópica, sempre protelada, teimosamente adiada, que no entanto era apresentada como o horizonte último da ação. Nunca disse isso abertamente, mas acreditava que a violência política se explicava por si mesma. Era um conceito, não precisava de explicação. Era um exemplo, um caso, algo que se dava a pensar. Funcionava como os casos imaginários na história da filosofia: a caverna de Platão; a corrida de Aquiles e a tartaruga.

Mas havia algo que escapava a essa lógica, repliquei, porque a morte de Ida tinha obedecido a uma causa, e eu lhe propunha uma interpretação. Ela não iria delatá-lo — repeti —, e lhe enviou uma carta para avisar...

— Não foi assim — interrompeu.

— Então Ida colaborava com o senhor?

Um rosto impassível, aterrador.

— Não afirmo nem nego — disse.

Não podia mentir, ou queria que eu *acreditasse* que não podia mentir?

— Isso aconteceu muitas vezes no meu país. A bomba às vezes explode no colo de quem a leva. Ela colaborava com o senhor — afirmei, como se fosse uma evidência. — Nesse dia devia estar transportando uma das cartas.

— Não afirmo nem nego.

— No fim estava assustada..., horrorizada talvez. E morreu sozinha.

— Sozinha não — disse. — Somos muitos neste país.

Eu já conhecia essa linguagem; um exército invisível, uma guerra secreta. Heróis anônimos. O tempo todo fiquei pensando num jovem trotskista, muito querido, o Basco Bengoechea, brilhante, dinâmico, que tinha morrido ao manipular uma bomba — um *caño*, como se diz na Argentina — que explodiu inesperadamente e o matou no seu apartamento na rua Gascón, em Buenos Aires.

— É por isso que vim vê-lo, e assim pelo menos sua morte terá um sentido.

— Um sentido? — perguntou.

— Ela era uma intelectual destacada e é possível que encarasse uma luta secreta em defesa dos seus princípios e ideais. Não importa se estava errada ou tinha razão, mas morreu por algo em que acreditava, e isso deu sentido à sua morte...

— Ida foi uma mulher valente. Ela tem nossa consideração.

— Nossa?

— Sua e minha. Isso basta para recordá-la.

— Quando foi a última vez que a viu?

— Olhe — devolveu no seu espanhol perfeito —, não penso em comprometer ninguém. Nos livros se leem casos como o meu, mas quando as coisas acontecem com a gente são sempre mais sujas e nem um pouco elevadas ou dramáticas. É simplesmente sórdido e horrendo — disse Munk. — Deve-se fazer o que se deve fazer, às vezes parece impossível ou inútil, e às vezes simplesmente é atroz. Temos que começar de novo, do zero, como nos velhos tempos, estamos sozinhos, mas podemos resistir e vencer. — Fez um gesto com as mãos. — Muitas vezes na minha vida... — disse, mas foi interrompido pelo alarme do relógio. O tempo tinha acabado. — Está bem então — disse, e se levantou, trabalhosamente, com suas pernas algemadas.

Retirou-se seguido pelo guarda negro que o conduzia pelo corredor como quem tange um grande animal ferido.

— Com cuidado, Mistah Munk, com cuidado.

3.

Quando voltei ao hotel, as palavras de Munk ainda ecoavam nos meus ouvidos. Foi a morte acidental de Ida que o fez romper o silêncio e enviar o *Manifesto* que o levou à ruína. Foi assim? Não me deu explicações. "Somos vários", tinha dito. Era uma frase ambígua que só podia ser compreendida conhecendo suas ideias. "Sou Chambige, sou Badinguet, sou Prado, sou todos os nomes da história." Nunca sermos nós mesmos, mudar de identidade, inventar um passado.

Ela também era assim, tenho certeza, tive uma evidência, um pequeno vislumbre da sua paixão pelo segredo, pela vida oculta. Podia imaginar perfeitamente as viagens noturnas de Ida a cidades distantes, os gestos estudados, os riscos que a faziam parar no meio da rua com uma arma na bolsa e o coração na boca. Se tivesse morrido numa das suas viagens clandestinas e tivesse sido descoberta, todos estariam falando dela, para condená-la e amaldiçoá-la, mas pelo menos a manteriam viva enquanto a insultavam. É preciso estar muito desesperado e ao mesmo tempo sentir um ódio frio e lúcido para sair matando. Talvez tenha sido assim. Não afirmo nem nego. Não se justifica, nem se explica, mas pode ser possível, e até justo. Depende das circunstâncias. Ou talvez Munk só quisesse imaginar que nos Estados Unidos existia uma multidão de jovens decididos a entrar em ação, sem se conhecerem. Ele provara que um homem sozinho podia agir e burlar o FBI durante vinte anos. Pode ser. Não afirmo nem nego.

Pela janela do hotel eu via a chuva e a noite, era uma daquelas pancadas de verão violentas e breves. Do outro lado do estacionamento do hotel, nos subúrbios, via-se o campo, a planície escurecida, e ao fundo, longe, uns brilhos incertos. Eram as luzes da prisão, os altos muros como um céu estrelado. Pensei que Munk estaria também olhando a chuva, com as mãos nas grades talvez pudesse ver ao longe, em meio às trevas, o reflexo de uma luz na janela de um quarto de hotel.

Epílogo

Thomas Munk foi executado em 2 de agosto de 2005, dez anos depois da sua captura. A sentença foi adiada várias vezes, porque houve apelações, interpelações e novos julgamentos. Uma multidão clamava por ele, mas a Corte não concedeu o indulto. Já se passaram muitos anos desde aquele dia, mas recordo certos detalhes com precisão. A cadeira elétrica pintada de amarelo no centro de um recinto envidraçado. Os surrados tênis de basquete de Munk, com os cadarços amarrados em laço e o ruído da sola de borracha no piso de cimento. Sua mãe estava com ele, e também o homem de terno branco. A transmissão pelo circuito fechado da penitenciária tinha sido captada ao vivo por um link na internet.

Meu nome verdadeiro é Thomas Reginald Munk, não é The Shadow nem Recycler, nem sou o assassino intelectual, como sou tachado por aqueles que me perseguiram inutilmente durante vinte anos e só conseguiram me apanhar quando meu irmão me traiu.

Procurem a conferência sobre ética de Ludwig Wittgenstein:

"Se um homem pudesse escrever um livro de ética que fosse realmente um livro de ética, esse livro destruiria todos os outros livros do mundo com uma explosão". A ética é essa explosão. Javé foi o primeiro terrorista. Para impor sua Lei se dedicava a destruir cidades e a matar os filhos de Jó. Ou por que vocês pensam que Dostoiévski pensava em transformar Aliosha Karamázov, o aspirante a santo, num revolucionário?

O vídeo da execução ficou algum tempo no YouTube, mas a mãe recorreu à justiça e conseguiu que o retirassem. Durante algumas semanas, foi substituído pela imagem de Munk recebendo a medalha Fields, mas também esse documento se perdeu no oceano da web.

Foi Ida Brown quem me ligou a essa história e foi por causa dela que escrevi este livro. As lembranças continuam fixas, como lâminas. Ela vestida com a gabardine cinza, com um lenço amarelo na cabeça, esperando na entrada do Hyatt. De pé ao lado da cama, tirava os brincos e começava a se desnudar. Tinha umas manchas brancas na pele, uma suave tatuagem pálida que lhe cruzava o corpo. Eram sinais de nascença, rastros do passado, que a embelezavam ainda mais.

— Sou meio tobiana — sorriu Ida. — Está vendo, potrinho? — E se inclinou para que eu visse aquele desenho espectral no seu corpo. — Minha mãe não tem, mas minha avó sim, e minha avó diz que temos um antepassado esquimó… Imagina só, uma mulher na brancura do Ártico. Os esquimós nunca dizem seu nome verdadeiro, é um segredo, só o revelam quando sentem que vão morrer.

Duas semanas depois da minha visita a Munk, voltei para Buenos Aires. Quando cheguei a Ezeiza, meu amigo Junior estava me esperando no aeroporto, mas essa é outra história.

ESTA OBRA FOI COMPOSTA PELO GRUPO DE CRIAÇÃO EM ELECTRA E
IMPRESSA PELA GRÁFICA BARTIRA EM OFSETE SOBRE PAPEL PÓLEN SOFT
DA SUZANO PAPEL E CELULOSE PARA A EDITORA SCHWARCZ
EM MARÇO DE 2014